Sp Roig
Roig, Teresa, 1975-
El arquitecto de sueños /

34028085488006
CYF ocn878132794
09/04/14

El arquitecto de sueños

El arquitecto de sueños

Teresa Roig

Rocaeditorial

© Teresa Roig, 2013

Primera edición: octubre de 2013

© de esta edición: Roca Editorial de Libros, S. L.
Av. Marquès de l'Argentera 17, pral.
08003 Barcelona
info@rocaeditorial.com
www.rocaeditorial.com

Impreso por LIBERDÚPLEX, S.L.U.
Crta. BV-2249, km 7,4, Pol. Ind. Torrentfondo
Sant Llorenç d'Hortons (Barcelona)

ISBN: 978-84-9918-656-6
Depósito legal: B-20.787-2013
Código IBIC: FV

Todos los derechos reservados. Quedan rigurosamente prohibidas,
sin la autorización escrita de los titulares del copyright, bajo
las sanciones establecidas en las leyes, la reproducción total o parcial
de esta obra por cualquier medio o procedimiento, comprendidos
la reprografía y el tratamiento informático, y la distribución
de ejemplares de ella mediante alquiler o préstamos públicos.

A todos los soñadores
que construyen la realidad.

PRIMERA PARTE

> ¿Qué es la vida? Un frenesí.
> ¿Qué es la vida? Una ilusión,
> una sombra, una ficción,
> y el mayor bien es pequeño;
> que toda la vida es sueño,
> y los sueños, sueños son.
>
> CALDERÓN DE LA BARCA

I

*E*s 23 de junio de 1852 en Riudoms, provincia de Tarragona. El sol ya casi se ha puesto, pero aún hace bochorno y las nubes son del color del cobre al rojo vivo. Antonia Cornet está en el comedor de casa, esperando que su marido vuelva del taller de Reus. Nerviosa, mece con un pie la cuna donde duerme Cisquet, mientras vigila que su hija mayor no haga ningún disparate recogiendo la mesa o en la cocina.

Siempre que su esposo llega tarde, sufre muchísimo. No le gusta cenar sola con los niños y menos en su estado... Sin embargo, hoy es distinto. Incluso peor que otras veces. Y no solo porque se acerca una tormenta, sino porque hoy se van a la masía de la Calderera, como cada verano. Y a ella, con lo asustadiza que es, le aterroriza salir de casa cuando ya está oscuro. Especialmente la noche de las brujas.

—Madre, ¿cómo se encuentra? —pregunta la niña—. ¿Se le ha pasado ya el mareo?

Antonia miente y sonríe.

—Entonces... iremos a celebrar la verbena a casa de la abuela, ¿verdad?

A punto está de decirle que no, aunque ya tienen el equipaje listo desde media tarde, cuando oye un alboroto en el vestíbulo. «Aleluya», piensa. Y sale a recibir a su marido, que acaba de entrar con el carro por la puerta. Pero antes de bajar las escaleras, desde la mirilla, ve que va acompañado: una señora mayor vestida de negro. Y puede oír perfectamente sus palabras:

—Ya sabes lo que dicen, ¿no? Las criaturas sin huesos llenan de madres los fosos…

Conoce muy bien esa voz, el tono glacial que la caracteriza. Y sabe que pertenece a su suegra. Una mujer que ha parido y criado a siete hijos sanos y fuertes; no como otras.

Francesc Gaudí, ignorando el comentario, se apresura a cerrar el portón de madera. Pero la impotencia que lo embarga hace que lo empuje con demasiada fuerza y retumba la casa de arriba abajo, igual que un trueno. Vibran su esposa y el hijo que lleva en el vientre. Un hijo a quien todos dan ya por muerto. Todos menos ella.

—Será una criatura sana y fuerte, y se llamará como yo… —murmura Antonia.

—¡Abuela, abuela! —exclama la chiquilla, corriendo escaleras abajo para lanzarse a sus brazos—. Viene a la masía con nosotros, ¿verdad?

Antonia observa la escena desde el altillo, inmóvil. El pequeño Cisquet llora en el comedor. Y la señora Rosa, acariciando el pelo de la pequeña, la mira fijamente desde el vestíbulo. Sin decir nada.

—Si quiere acompañarnos, madre… Ya sabe que es su casa —dice Francesc mientras abreva la mula.

—Lo sé —responde ella, seca. Y añade, sonriendo a su nuera—: Pero no quiero molestaros.

Por la noche, Antonia no consigue dormir. La tormenta y el miedo se le han metido dentro. Cada vez que cierra los ojos ve figuras extrañas en el fuego, en las sombras de los árboles a su alrededor. Sueña que la criatura nace muerta o que ella muere durante el parto. Sangre, gritos, quejas y lágrimas... Despierta, empapada en sudor. Ya ha perdido dos hijos y la idea de perder a otro la aterra. Tanto como no ser una buena madre. Los rayos parten el cielo, los truenos resuenan en las paredes de la casa y un extraño dolor rezuma entre sus muslos. Es por el cansancio del viaje, piensa. Por haber ido a pie todo el camino, para que su suegra fuese en el carro con los niños... Y en parte para conciliar el sueño, en parte para evitar los malos presentimientos, le canta a su hijo nonato en voz baja:

San Marcos y Santa Cruz,
Santa Bárbara no nos dejéis,
Santa Bárbara va por el campo,
Llamando al Espíritu Santo,
El Espíritu Santo no puede dormir,
Tres nubes hace salir:
Una de fuego, una de rayos y otra de piedra repicando...

Así, una y otra vez, hasta conciliar el sueño. Entonces recuerda el día en que conoció a Francesc, la primera vez que lo vio en el taller de su padre en Reus, trabajando de aprendiz.

Era hijo de caldereros, igual que ella, pero también cabeza de familia, con una madre viuda hacía poco y seis hermanos que alimentar, por lo que no le quedaba otro remedio que aprender el oficio fuera de casa. A sus quince años, era muy guapo: tenía buena planta, un espeso pelo castaño claro y unos ojos azules como el mar. Con el tiempo, superada la timidez inicial, fue mostrando interés por la heredera de su maestro. Y esto hizo inmensamente feliz a la joven Antonia, que ya se había enamorado meses atrás: a primera vista.

Por la mañana, un dolor terrible en el bajo vientre la despierta de golpe. Para no asustar a nadie, ahoga el grito y el dolor en un llanto silencioso. Pero pronto se da cuenta de que está sola en el desván. El sol está ya muy alto. Y el revuelo de los chiquillos le llega del piso de abajo, junto con la voz de su suegra.

—Buenos días, dormilona… —le dice al verla aparecer en el comedor.

—Buenos días —responde, consciente de que no lo serán.

—Mi hijo se ha ido a Reus a hacer unos recados. Yo me iba a marchar con él, pero me ha pedido que me quedara a hacerte compañía. Por si acaso… Dijo que volverá al anochecer. —Y añade, sin tan siquiera mirarla—: ¿Cómo te encuentras?

—Muy bien —responde con una sonrisa falsa en los labios—. Gracias.

Y se apresura a encontrar cosas que hacer en la finca. Quitar malas hierbas del huerto, dar de comer a las gallinas, repasar cepa por cepa el estado de la viña y la uva…, cualquier cosa que la mantenga lejos de la señora Rosa que, sentada a la sombra de los plataneros, finge coser sin perderla de vista ni un momento. Y cualquier cosa que la distraiga del insoportable dolor que siente.

—Todavía no… —murmura faenando en la solana—. Todavía no, hijo.

Y

—Ya ha llegado la hora.

Después del silencio de toda la jornada, las palabras de su suegra se le clavan como puñales. Especialmente por el tono con el que las dice: como si se tratara de una defunción y no de un nacimiento.

—¡Es demasiado pronto! —exclama Antonia, reprimiendo el llanto—. Esperaremos a que llegue Francesc y entonces iremos a casa de mis padres, igual que las otras veces...

—¡No hay tiempo! —interviene la comadrona—. Sacarte de la cama ahora sería correr un riesgo innecesario, para ti y para el bebé... ¿No lo entiendes?

Antonia duda. Duda, porque sabe que las contracciones van a más. Y el miedo también. Por eso quiere ir a su casa, con su madre. Porque con la señora Rosa allí, todo se le cae encima. Y le falta el aire. Como si la enterraran viva... con su hijo dentro.

—Las vecinas cuidarán de los niños —dice la suegra de repente—. Y yo me quedaré aquí a ayudar. Por si acaso.

Entonces, viendo que su marido no llega, Antonia se da por vencida. Y con un suspiro cierra los ojos, dejando escapar las lágrimas que no ha llorado en todo el día. Porque esta será la noche más larga de su vida. Y porque, ahora sí, está convencida de que ya no volverá a ver la luz del alba.

Al recuperar la conciencia, un fuerte olor a aguardiente la obliga a espabilarse. Un paño empapado chorrea sobre su frente y le escuecen los ojos. En la boca nota aún el sabor del agua caliente con coñac que le han hecho beber horas antes. ¿Cuántas horas? ¿Cómo saberlo? Enseguida se da cuenta de que se ha equivocado: es de día. Otra vez. Y el hedor de sangre caliente y de sudor le anuncia que ha sobrevivido. A pesar de todo. A pesar de que no siente nada especial. Ni dolor ni alegría.

—¿Está vivo? —pregunta tímidamente a la comadrona, al ver que envuelve al recién nacido a los pies del lecho—. No lo he oído llorar... ¿Está bien? ¿Qué es?

—Un niño —responde la mujer. Y mientras le pone entre sus brazos el fardo que envuelve a un escuálido bebé de ojos azul cielo y carne color púrpura, añade—: No espere mucho a bautizarlo.

—Por si acaso —murmura. Y busca a su suegra alrededor, con la certeza de haberle quitado las palabras de la boca; pero no la ve. En su lugar está Francesc, que llora sin hacer ruido.

Ignorando la recomendación de la comadrona, Antonia ni siquiera se deja atar las piernas. A media tarde, después de pocas horas de reposo, la familia en pleno se va de Riudoms.

A la mañana siguiente, el 26 de junio de 1852, bautizan al recién nacido en la iglesia prioral de San Pedro Apóstol de Reus con los nombres de Antoni Plàcid Guillem Gaudí Cornet.

Antonia y Francesc ya no tendrán más hijos.

—¡Toni, ten cuidado!

Cuando están en la masía, después de llover, a Antoni le encanta salir a buscar caracoles. Cristianos, *bovers*, reinas... Pasa horas observándolos, uno por uno, detalladamente. Disfruta paseando por el campo, trepando por los márgenes de piedra, yendo a coger espárragos y hierbas aromáticas, o al riachuelo a mojarse los pies. Le fascina descubrir terrenos inexplorados, algo que no ocurre muy a menudo.

—Te vas a caer... ¡Toni, ven aquí!

Su madre sufre por todo, constantemente, y siempre está al acecho, muy cerca de su pequeño. Alerta. Como si con su cercanía pudiera protegerlo de los peligros del mundo, ahora que es demasiado mayor para seguir dándole el pecho.

—Vas a gastarle el nombre —suele decir Francesc cuando la ve sufrir de esa manera—. Déjalo jugar tranquilo, mujer, ahora que se encuentra bien...

Pero Antonia no puede evitarlo. Y no solo porque es sufridora, sino por el delicado estado de salud del niño. Y porque, en el fondo, se siente responsable.

Antes, y durante la noche del parto, también él sufrió mucho. Días después la comadrona confesó que, en el momento de nacer, el pequeño no respiraba. Por eso no lloró; apenas si podía mantener el aliento. Y por ello, al menos según dice el médico, probablemente es un niño tan débil.

El diagnóstico final, a los cinco años, es artritis. Su constitución robusta engaña: las terribles fiebres reumáticas que padece desde crío son la prueba fehaciente de sus dolencias. Unos dolores insoportables que le atacan de improviso, dejándolo postrado en el lecho durante semanas. Una cruz que, por desgracia, arrastrará el resto de su vida. Al igual que Antonia su sentimiento de culpa.

—Toni, ven aquí... ¡Pero no corras!

Con el temor de perder a su hijo, cualquier día, siempre a flor de piel.

Pero los años van pasando. Entre Riudoms, Reus y, claro está, la masía de la Calderera, donde toda la familia va a pasar el verano, desde mediados de junio, cuando empieza el calor, hasta septiembre, que acaba la vendimia. Allí, el pequeño de los Gaudí-Cornet crece feliz, a pesar de todo. Y poco a poco, a medida que su condición mejora, la sombra de la muerte se desvanece. Atrás quedan los días en que debían pasearlo por la finca subido a un burro, porque no podía andar. O las tardes pegado a los faldones de su madre, jugando en el corral con las piedras, los insectos y los gusanos que iba cogiendo del suelo, y viendo a sus hermanos Rosa y Cisquet corretear y jugar mientras él casi no podía ni ponerse de pie...

—Deberíamos llevarlo a la escuela —le dice Francesc a su mujer una noche—. A que aprenda cosas, haga amigos... y espabile.

—Pero...

—Ya es hora de que vuele solo —interrumpe las excusas de Antonia porque se las sabe de memoria, todas y cada una—. Mañana sin falta, cuando lleguemos a Reus, vas a hablar con el maestro. —Después, como si hablara consigo mismo, da la conversación por cerrada con un murmullo—. Y cuando salga del colegio vendrá al taller conmigo, para que vaya aprendiendo el oficio... Por si acaso.

«Por si acaso», siempre el maldito «por si acaso», augurando lo peor. Incluso cuando no está, doña Rosa se sale con la suya. «Seguro que ya han hablado», piensa Antonia. Como la niña es la heredera, y Francesc muy buen estudiante, le toca a Antoni seguir la tradición familiar: ser calderero. Y lo que ella piense no importa. Ella, que lo ha parido, que tanto lo quiere y protege... No es justo. Nadie mejor que ella puede saber lo que de verdad necesita el niño.

—Es por su bien, Antonia —concluye su esposo al verla apenarse, dándole un beso en la mejilla—. Es por su bien… y lo sabes.

Quiere replicar, pero la decisión ya está tomada.

Con un nudo en la garganta, se mete en la cama y se da media vuelta para que no la vea llorar. Una tormenta se acerca a la masía, la última del verano. Y hace temblar las paredes con cada trueno; las paredes y a ella.

Aprovechando que la luz de un rayo ilumina la buhardilla, observa a los niños durmiendo plácidamente en su lecho, allí cerca. Todos menos Antoni, que está despierto. Mirándola. Su madre se sorprende al comprobar que no hay miedo en sus ojos: solo un brillo especial, desconocido. Como si pudiera ver entre las sombras algo que nada más él percibe.

II

El 9 de junio de 1905, ante notario, José Antonio Ferrer-Vidal Soler formaliza la venta de su chalet del Paseo de Gracia número noventa y dos, esquina con la calle Provença, al matrimonio de recién casados que forman Roser Segimon, viuda de Guardiola, y el industrial Pere Milà.

Don José Antonio es un propietario: un burgués acaudalado sin oficio que vive básicamente del patrimonio familiar. A pesar de tener estudios de química, útiles para el negocio textil de la familia, su vocación lo decanta hacia la música y las bellas artes. Con solo treinta años posee una extraordinaria colección que incluye muebles del siglo XVIII, armaduras japonesas antiguas o fragmentos del *Retablo de san Jorge* de Bernat Martorell, entre otros. Está casado con Josefina Güell Bacigalupi, medio hermana y prima del conde Eusebi Güell, futuro mecenas de Gaudí.

José Antonio es hijo del político, empresario y economista José Ferrer Vidal, consuegro del marqués de Comillas, con quien fundó las siguientes empresas: naviera Transmediterránea, Tabacos de Filipinas, Banco Mercantil, el Hispano Colonial y Ferrocarriles del Noroeste, entre otras. Escribió un ensayo sobre cómo contrarrestar la crisis económica basado en la noción de equilibrio, y formó parte del llamado Comité de los Ocho que organizó la Exposición Internacional de 1888 con el alcalde Rius i Taulet, entre otros hombres poderosos de la época. A su muerte en 1904, por los méritos obtenidos, su majestad Alfonso XII les concedió la unión de los apellidos a sus descendientes y ennobleció al primogénito con el título de marqués.

De la millonaria herencia paterna, valorada en cuatro millones de pesetas, don José Antonio recibe uno y medio en forma de acciones, bienes inmuebles y efectivo; el resto se divide entre los otros cuatro hermanos. Todos ellos gozan también de una buena posición social y económica; especialmente Luis, jefe del Fomento Nacional del Trabajo y de la Cámara de Comercio y cofundador de la Caja de Ahorros y Pensiones.

La finca en cuestión está situada en pleno Eixample, justo en el límite de Barcelona, donde antes de 1897 comenzaba la villa de Gràcia. Allí mismo, años atrás, hubo una estatua en honor a Ceres, la diosa romana de la tierra y de la fecundidad, esculpida con piedra de Montjuïc, en el mismo terreno que antiguamente albergaba una capilla dedicada a la virgen del Rosario. La parcela tiene una superficie de 1 835 m² e incluye la antigua residencia propiedad de los Ferrer-Vidal, una lujosa villa que consta de planta baja y tres pisos, rodeada de jardines.

Y

Dos meses después de la compra, el señor Pere Milà visita a Gaudí para hacerle una propuesta: quiere una casa. Pero no un simple palacio o mansión, ni una reforma: quiere un edificio de pisos de alquiler que sea especial: nuevo de pies a cabeza, la envidia de sus coetáneos y un referente en el Paseo de Gracia.

—Y no es necesario escatimar en gastos —remarca—. Tenemos *guardiola*...

Poco después, el día de su quincuagésimo tercer cumpleaños, el arquitecto acepta el encargo. Hacer una última obra civil, que englobe todo el aprendizaje y su imaginario acumulado durante estos años, será el mejor regalo. Un sueño hecho realidad.

III

En el verano de 1831 el trajín es constante en Cal Fernando. Y no solo para los miembros de la familia Guardiola-Grau, sino para el pueblo entero. La mayoría de habitantes del Aleixar, una pequeña aldea de Tarragona, o bien trabajan para ellos en alguna de las fincas, o sirven en la casa solariega o, simplemente, tienen una relación de vasallaje con aquellos. No en vano, los Guardiola-Grau poseen gran parte de las tierras de la zona y la residencia más lujosa de la región, sin olvidar que son alcaldes del condado de Prades y pueden administrar justicia. Por estos motivos, cada vez que la señora tiene una rabieta, un capricho o un malestar, la villa entera sufre las consecuencias. ¿Quién osa morder la mano que lo alimenta? Así, nadie les lleva la contraria. Y a ella, en su estado, aún menos.

—Doña Josefa, ¿qué precisa? ¿Voy a buscar al médico? ¿A la comadrona? —pregunta la criada, solícita.

—Mm... Quiero... aceitunas —responde la señora—. ¡Corre, no te quedes ahí como un pasmarote! ¡Si le sale un antojo al niño, será culpa tuya!

Desde hace un mes, cada día es igual: de la cama a la *chaise longue* de la sala, de la sala al jardín, del jardín a la habitación, comiendo aceitunas a toda hora. Ya no puede más. Y el calor resulta tan insoportable como las dimensiones de su barriga. O las patadas que la criatura le arrea cada dos por tres... Pero no le queda más remedio que aguantarse. Por mucho que suplique al doctor, cada vez que este la visita con carácter de urgencia la respuesta es la misma: el embarazo sigue su curso normal. Paciencia. Y a pesar de tanta falsa alarma y pataleo, es evidente que el pequeño no tiene ninguna intención de salir.

—Será un culo de mal asiento... —bromea el médico un día.

Pero a doña Josefa no le hace ninguna gracia.

—¡Siempre igual! Cuando no es una cosa, es otra —se lamenta la criada—. Con el primer hijo le dio por las cerezas; con el segundo, por la liebre con setas, y con el anterior, las mimosas con nata...

—Tómatelo con calma, chiquilla, que ya queda poco —le dice la cocinera, sonriendo—. Yo diría que de esta semana no pasa.

—¡Que nuestro Señor te oiga! —suspira la joven implorando al cielo—. ¡Y que el otro no le haga más hijos! —añade con una risa maliciosa, refiriéndose al amo.

Ambas mujeres se parten de risa. Y cuando están a punto de seguir con el chiste, la campanilla suena con insistencia, interrumpiéndolas.

—¿Y ahora? —refunfuña la criada, poniendo mala cara de nuevo—. Como sea otro plato de arbequinas te juro que...

Pero ya no son aceitunas lo que necesita el ama. Por fin ha llegado la hora.

Después de una larga noche de espera, al amanecer, un niño precioso llena la casa de alegría. De alegría y de sollozos, aunque él no derrama ni una sola lágrima. Doña Josefa está tan exhausta del parto que la nodriza se hace cargo del bebé. Solo así el pequeño deja de gritar, pegado al pecho hasta hartarse. Y como el señor Ramon, su padre, no está, y la madre necesita reposo, es el abuelo don Pau quien lo lleva a Reus para que lo bauticen, aprovechando que duerme tranquilo y harto de leche.

Es un niño fornido, carnoso y saludable. Con la piel del color de la avellana tostada y los ojos de un verde cautivador.

—¿Seguro que no quieres cogerlo, hija? Se parece mucho a ti cuando naciste...

—Pues ponedle Josep —dice la madre para quitárselo de encima.

Y a continuación, medio dormida, ordena a la criada que corra las cortinas.

Algunas horas más tarde, un griterío lejano la despierta de repente. Al abrir los ojos, Josefa ve a su esposo a los pies de la cama. Con el niño en brazos. Mirándola.

—¿Como te encuentras?

—Muy cansada. Yo...

El alboroto de la calle interfiere en la conversación, hasta el punto que don Ramon ni la escucha.

—¡¿Qué demonios...?!

Un grupo de muchachos del pueblo se ha reunido bajo los ventanales de la casa, para cantarle la tradicional canción al recién nacido y a sus familiares:

> Echad confites que están podridos
> Tirad avellanas que están tostadas
> Si no los queréis tirar
> La criatura morirá.

Ella quiere decirle que los ignore, que ya se encargará el servicio. Quiere decirle que devuelva al chiquillo a la niñera antes de que empiece a chillar de nuevo. Pero su esposo no está por la labor. Le deja al pequeño en brazos y sale a regañar a los críos hecho una furia.

—¡Malditos mocosos! —gruñe al salir de la habitación, antes de cerrar la puerta de golpe—. Ahora verán...

Y no para hasta que el último desaparece, corriendo, calle abajo.

Mientras doña Josefa, que no se atreve a decir ni pío cuando su marido se pone así, se queda con el bebé a solas por primera vez. Y a punto está de hacer sonar la campanilla, pensando que va a ponerse a gritar... Pero no. Él solo la mira, fijamente. Entonces, ella se da cuenta de que, en efecto, su hijo tiene unos ojos preciosos. Como dos aceitunas.

Pasan los días y todos, la familia y los lugareños, agradecen que por fin haya llegado la calma. Parece que todo va sobre ruedas, cuando, de repente, el pequeño enferma. De la noche a la mañana. Sus llantos de desesperación, a causa de una fiebre inexplicable, se oyen por doquier. Y la campanilla no deja de sonar ni de día ni de noche. Pero nadie sabe qué le sucede al bebé. Ni siquiera el médico.

—Parece un golpe de aire… —dice para dar alguna respuesta a sus males.

Aunque por dentro piensa, como tanta otra gente en el pueblo, que la maldición es el verdadero origen; sin atreverse a decirles nada a los Guardiola, claro.

La nodriza, sin embargo, que quiere al niño como si fuera suyo, es incapaz de seguir de brazos cruzados. Convence a la dueña para hacer un ritual que le quite al pequeño la fiebre. Y doña Josefa accede enseguida. Solo pone una condición: que no se entere su padre.

—De acuerdo —responde la niñera.

Así pues, al atardecer, mientras todos duermen en Cal Fernando, las dos mujeres se encierran en la cocina. La nodriza pone un plato blanco con un poco de agua sobre el mármol y dice en voz alta:

—En el nombre de Dios y la Virgen María, que la ventada de Josep Guardiola i Grau sea pronto curada.

Al tiempo que recita la oración deja caer tres gotas de aceite de oliva. De una en una, al final de cada frase.

—Si la ventada la ha cogido por la mañana, que le curen Dios y santa Ana.

»Si la ventada la ha cogido al mediodía, que le curen Dios y la Virgen María.

»Si la ventada la ha cogido a la puesta de sol, que le curen Dios y san Imanol.

Entonces dibuja tres cruces con un cuchillo; ambas rezan tres padrenuestros y luego la nodriza se santigua tres veces.

—¿Ya está? —pregunta tímidamente la madre.

En el plato, las gotas de aceite han quedado intactas.

—Falta una cosa… —responde la niñera, disimulando una sonrisa—. Algo que solo puede hacer usted, señora.

A la mañana siguiente, el niño ya se encuentra mejor y la fiebre ha desaparecido.

—Hemos tenido suerte —dice su padre.

Pero doña Josefa no piensa lo mismo. Y se apresura a repartir montones de confites y avellanas entre los niños del pueblo. Porque cree en las segundas oportunidades… pero también en las maldiciones. Y en lo que de ella dependa, esta será la primera y la última vez que Josep se pone enfermo.

Después del nacimiento del último hijo, en casa de los Guardiola nada vuelve a ser como antes. Cualquier momento de tranquilidad es efímero, un espejismo. Y no solo por el carácter nervioso y temperamental del chico, sino por la época que les ha tocado vivir. La época y las convulsiones políticas en las que muchos miembros de la familia están involucrados.

Don Ramón Guardiola Veciana es teniente de voluntarios realistas y heredero del linaje noble más importante de la historia de Aleixar; la rama de los Veciana es la creadora de la fuerza policial conocida con el nombre de Mossos. Su hermano Simó, obispo de Urgell y abad de Montserrat, dirige la junta carlista durante la Primera Guerra. Desde muy pequeño, pues, Josep mama el fanatismo político en el ambiente familiar; pero ni la estima ni la admiración que siente por su padre, con quien trabaja codo a codo de sol a sol, consiguen despertarle el más mínimo interés por esta tendencia, al contrario de sus hermanos. A él, aunque todavía no tiene ni idea, el destino le reserva otra misión. Una que cambiará para siempre su vida... y muchas más.

En febrero de 1847, Aleixar celebra el día de San Blas con su tradicional baile de *coques*, dulce típico de la zona. Por la tarde, como es costumbre, se sacan los bancos de la iglesia a la plaza, y los zagales y las muchachas danzan al compás de la orquesta, saltando y haciendo chasquear los dedos para animar la subasta. Una *coca* tras otra desfilan ante el público, aumentando con cada venta el número de trabajadores y de ganancias para la cofradía, así como la algarabía. Entre los asistentes, sin embargo, no solo están los lugareños: gente de toda la región va al pueblo por estas fechas a visitar a sus parientes y a disfrutar de la fiesta, convirtiéndose también en foco de atención. Y es uno de esos visitantes quien despierta la curiosidad del joven Guardiola: el ex fraile Antoni Artells y Vallverdú. Quiere saber si las habladurías son ciertas: si es verdad que colgó los hábitos durante la quema de conventos del treinta y cinco para huir al extranjero; vive en Inglaterra desde hace muchos años y ha hecho fortuna con las exportaciones... Hace que se lo presenten.

Las aventuras de ese hombre tan peculiar invaden su imaginación juvenil, y Josep pronto se da cuenta de que tiene aspiraciones propias. Aspiraciones que van más allá de las fronteras de su región o del país. Aspiraciones que no satisfará nunca conformándose con pertenecer a la nobleza rural catalana, sin tan siquiera ser el heredero de la familia sino el cuarto hijo de la estirpe... No puede tratarse de una casualidad, piensa. Este aventurero de paso, que en pocos días vuelve a ultramar, es una señal. Y la evidencia de que hay un mundo lleno de oportunidades que le espera.

Josep escucha absorto cada palabra, cada frase, cada historia. Como si, colocándolas correctamente dentro de su mente, al igual que un rompecabezas, pudiera reproducir los paisajes y las sensaciones. Durante horas charla con el ex clérigo en la plaza, ajeno a todo lo que sucede a su alrededor. Poco le importan ya las danzas, aquella moza que le guiña el ojo o el sonido de la orquesta. El sol atraviesa el cielo hasta ponerse, y cuando finalmente se hace el silencio entre ellos, en la plaza, en el pueblo, lo sabe con certeza.

—¡¿Te has vuelto loco?! —exclama su padre.
—Pero ¿qué se te ha perdido en Inglaterra...? —pregunta doña Josefa.

El joven intenta hacerles comprender que quiere labrarse un futuro por sí mismo, lejos de su abrigo. Y que la decisión está tomada.

—¡Ni hablar! —sentencia don Ramón de forma contundente—. No tienes mi aprobación. Si quieres marcharte, hazlo. Pero si sales por esa puerta...
—Si sales por la puerta —lo interrumpe su esposa—, recuerda que esto será siempre tu casa.

En otras circunstancias doña Josefa lo hubiera dejado hablar —su esposo es el cabeza de familia—, pero no está dispuesta a perder a un hijo por el orgullo de su marido. Y sabe que Josep, también terco por naturaleza, está resuelto a marcharse. Digan lo que digan los demás.

—Cuando tengas preparadas las maletas, ven a verme —le susurra al oído mientras lo abraza—. Necesitarás tu dote para el viaje...

—Este chico hará grandes cosas en la vida. Ya lo veréis —anuncia don Pau, el abuelo, con la esperanza de que su yerno le escuche.

Pero este no responde. Y se va al molino, a solas, para acostumbrarse a la añoranza.

Unos meses más tarde, llega a Aleixar una carta con el siguiente destinatario: Cal Fernando, Reus, Cataluña, Europa. En ella, Josep explica a los suyos que está aprendiendo idiomas, trabajando en casas de comercio —en la importación y exportación de aguardiente, entre otras mercancías— y que pronto tendrá bastante dinero para irse a las Américas. Su destino es San Francisco, California. Allí donde, tiempo atrás, los españoles establecieron una misión en honor a san Francisco de Asís. La fiebre del oro impulsa la ciudad a crecer y a muchos aventureros a viajar con el afán de hacerse ricos...

A doña Josefa se le llenan los ojos de lágrimas, y no es la única que llora de felicidad en casa de los Guardiola. Tuvo razón el abuelo materno al augurarle grandes hazañas a su nieto, pero se equivocó en un detalle: pasaría mucho tiempo antes de que recibieran otra carta de Josep. Y ninguno de ellos viviría lo suficiente para saber cuál sería su fortuna.

IV

—¿Qué haces?

Al levantar la vista de los papeles, Antoni recuerda de sopetón donde está: en la fábrica. Y lo que teóricamente debería estar haciendo: darle a la mancha. Pero, en vez de trabajar, está absorto hojeando un libro de geometría de la escuela y haciendo dibujitos en los márgenes. El capataz del Vapor Nou lo mira expectante, con cierta sorpresa en sus ojos; curiosidad, quizás, al ver a un humilde muchacho tan aficionado a la lectura.

—¿Qué lees? —insiste, tomándole el libro de las manos.

Pocas veces abre la boca el joven Gaudí. Vergonzoso y de talante reservado, medita muy bien las ideas antes de pronunciarlas en voz alta. Claro que sus reflexiones a menudo no son siempre bien acogidas por los demás.

—Las gallinas de mi casa tienen las alas bien grandes, pero no vuelan —exclamó un día en mitad de la clase, interrumpiendo al maestro.

Este acababa de afirmar, rotundamente, que los pájaros tienen las alas para volar. Y Antoni no pudo morderse la lengua, lo que le supuso un buen rapapolvo.

Le gustan más los estudios que la disciplina, a pesar de que no es un estudiante modelo. Por eso esta vez, ante su amo, prefiere callar. Su padre le ha conseguido el trabajo de manchador, pues con el auge de la industria corren tiempos de vacas flacas para los artesanos, y sabe que en casa hace falta el dinero.

—¿Te gusta la aritmética? —le pregunta el jefe.

Él responde encogiéndose de hombros. Vestido con una blusa oscura que le llega hasta las rodillas, parece estar a punto de desaparecer bajo la ropa.

—Pues mañana te traeré un libro que te gustará más aún. De geometría. ¿Qué te parece? —añade el buen hombre acariciándole el pelo.

Con una sonrisa en la cara negra de hollín, Antoni reaviva el fuego. Y sus ojos azules se llenan de un brillo especial. En su interior se ha encendido una minúscula llama de esperanza.

Desde pequeño, en el colegio, este chiquillo pelirrojo de frente ancha y nariz grande sobresale entre el resto de sus compañeros. Y no solo por su físico de herencia campesina. Todos los años vividos entre el lecho y a ras de suelo, debido a su enfermedad, le han servido para conocer el mundo de otra manera; para absorber toda su riqueza, contemplando detenidamente cada objeto: las formas, la estructura, los colores; analizando cada minúsculo detalle por trivial que parezca. Y para guardarlo todo como un tesoro. También las horas que ha pasado observando a su padre trabajar; verlo convertir una lámina de cobre en una caldera, un cazo o un alambique, le demuestran la versatilidad de los materiales y del espacio; que el volumen es moldeable, relativo, infinito... Así, cuando los otros niños comienzan a plasmar dibujos sobre el papel liso, él ya lo ve dentro de su cabeza en tres dimensiones. Y su imaginación crece, tanto o más fuerte que su cuerpo.

Aunque el pequeño de los Gaudí-Cornet va a la escuela por las mañanas y trabaja por las tardes en la fábrica de lunes a domingo, los fines de semana tiene algunas horas libres; eso cuando no ayuda al padre en el taller o a la madre en el huerto. A pesar de ello, sin embargo, se las ingenia para pasar algunos ratos con sus amigos de clase, los únicos que tiene: Eduard Toda y Josep Ribera. A los tres les fascinan los restos arquitectónicos que hay por la zona, pasear por el campo y disfrutar de la naturaleza. Por eso, a menudo hacen excursiones por los alrededores, soñando juntos con un futuro donde también ellos dejarán su huella en la historia, igual que los romanos. Y es en una de estas escapadas cuando, mientras contempla el monasterio de Poblet invadido por la hiedra, Antoni decide que quiere ser arquitecto. Para jugar con la naturaleza, como ha hecho siempre, y ponerla al servicio de los hombres. Para convertir todo lo que le fascina —los árboles, las piedras, la luz— en obras de arte: casas, palacios, iglesias… Para crear. Sabe que puede, porque lo siente en cada latido de su corazón. Porque lo desea con toda el alma. Pero también sabe que, ahora, es un sueño inalcanzable, y no se lo dice a nadie. Simplemente confía en que el destino le dará la oportunidad que merece. Y procura recordarlo.

Y

A finales del verano de 1868, en tiempo de vendimia, todos los alumnos de la Escuela Pía formalizan sus matrículas para el curso siguiente. Este septiembre, sin embargo, un hecho histórico cambia la vida de los reusenses, incluidos los Gaudí-Cornet. El día 19, el revolucionario general Prim se levanta contra la monarquía española, haciendo correr regueros de pólvora por todo el territorio catalán y las provincias de la periferia. En Reus, su ciudad natal, se queman fábricas, se saquean casas de la burguesía y como consecuencia de la disolución de las órdenes religiosas, los escolapios son expulsados del convento. Además, la revuelta no solo atemoriza a los aldeanos, que huyen a toda prisa, sino que empeora la ya bastante precaria economía.

Con la escuela cerrada y muy pocas perspectivas de trabajo, la familia Gaudí tampoco tiene demasiadas opciones. Francesc y Antonia se hacen mayores y sufren cada vez más por el futuro de sus hijos. Por ello, toman una resolución drástica: enviar a sus hijos a la capital.

—Primero tú, Rosa —dice el padre—. Te quedarás un tiempo en casa de una hermana mía…

—Y vosotros —añade la madre, dirigiéndose a los chicos— iréis a casa de un primo mío.

—¿Qué pasará con nuestros estudios…? —pregunta Antoni tímidamente.

Este es el último curso que le falta para terminar el bachillerato, aunque todavía tiene alguna asignatura pendiente del año anterior. Y su hermano comenzará la carrera de médico, siempre que la economía familiar lo permita.

Antonia recuerda perfectamente el día en que el señor Joan, el dueño del Vapor Nou, fue a visitarles para hablar de los niños. En especial del pequeño Antoni.

—Tiene un gran talento innato y es una pena que lo malgaste en la fábrica. Piénsenlo. Porque si no estudian de jóvenes...

Francesc miró a su esposa de reojo.

Hacía unos años que los padres de ella murieron, y hasta entonces no se había atrevido nunca a tocar el tema de la herencia, pero quizá se acercaba el momento de hacerlo. La venta de al menos una parte del patrimonio Cornet les permitiría respirar tranquilos una temporada, que los niños siguieran los estudios e incluso casar a la niña.

—Haremos lo necesario para que puedan seguir estudiando... —dice Antonia con los ojos húmedos—. Lo que haga falta.

De repente, un silencio fatigoso, largo como un duelo, llena el comedor oscureciéndoles las caras. Y parece que nadie osa interrumpirlo.

—¡Algún día serás un médico de renombre! —le dice al fin Francesc a su hijo mayor—. Y tú..., tú —añade, mirando al pequeño—... ¿qué quieres ser de mayor?

—¡Yo, maestro de obras! —responde él, por primera vez en voz alta, emocionado.

Y todos estallan en risas. Todos menos Antonia, quien intuye que se acercan cambios decisivos, y no solo de carácter político.

Un escalofrío la sacude; tiene un mal presentimiento. Y se apresura a abrazar a los niños para disiparlo, esforzándose por sonreír.

Desde finales de 1868 en adelante, todo son ajetreos para los Gaudí-Cornet.

El taller cada vez da menos dinero, ya que se remiendan más calderas de las que se hacen nuevas. Pero Francesc trabaja igualmente un montón de horas, pues no sabe hacer otra cosa, mientras que a Antonia, quien se pasa los días completamente sola, se le cae la casa encima.

Al principio, los chicos van a menudo a verlos, y se quedan el fin de semana o algunos días. Y durante los ratos juntos alrededor del fuego, sentados a la mesa o faenando en la masía parece que nada ha cambiado. Pero a medida que transcurre el tiempo, las visitas se hacen cada vez más escasas y espaciadas. Hasta que el silencio se convierte en parte de la casa, como el polvo sobre los objetos.

La primera en echar raíces en la capital es Rosa. Y por mucho que les duela, el motivo es incuestionable: se ha enamorado. Perdidamente. Así pues, al cabo de unos meses, se casa de forma precipitada con José Egea y Ferrer, un músico de origen andaluz y de vida bohemia que tiene cautivada a la hija y angustiados a sus suegros, a partes iguales.

El siguiente en establecerse en Barcelona es el hijo mayor: Francesc está tan centrado en su carrera que no piensa más que en la medicina. Estudia noche y día, y cuando le queda alguna hora libre hace prácticas en cualquier hospital o consultorio. En esta época, con el constante éxodo rural en busca de trabajo y las insuficientes normas de higiene, las ciudades masificadas se convierten en un peligroso foco de epidemias; mucha gente muere de cólera, fiebre amarilla o tuberculosis. Pero allí donde unos ven el peligro, otros satisfacen la vocación.

El último en espaciar sus visitas es Antoni; y de los tres hermanos a quien más difícil se le hace vivir lejos del hogar. Las atestadas calles de la capital, el hedor, la agitación..., tanto trajín lo agota. Regresar al Camp de Tarragona, más concretamente a Riudoms y a la masía, le permite respirar hondo y recobrar la calma, además de hacer felices a los padres, en especial a Antonia. De todos modos, por desgracia, el servicio militar lo retiene una larga temporada en Barcelona. Y después, los duros inicios de la carrera, junto con el trabajo de aprendiz, acaban por doblegarlo.

—Estás muy delgado, hijo... ¿Comes bien? —le pregunta su madre con el corazón en un puño.

Antoni asiente con la cabeza, mientras procura masticar bien la carne. No la prueba desde hace semanas y quiere extraerle todo el sabor al máximo. Su dieta habitual en la casa de huéspedes donde vive es un plato de verduras, pan y vino; y solo cuando hay suerte un arenque o menudillos.

—¿En qué trabajas ahora? —le pregunta Francesc después de cenar.

El pobre hombre no entiende algunas de las cosas que le cuenta su hijo, especialmente los tecnicismos, pero le gusta oír su voz llenando la estancia; alimentando el recuerdo, antes de que se vaya otra vez.

—Trabajo como delineante para el maestro Fontseré en el proyecto de un mercado para el barrio de la Ribera y un enorme parque que se construirá donde hasta hace poco estaba la Ciudadela...

—¿Y no será que trabajas demasiado? —los interrumpe Antonia—. Tienes unas ojeras... ¿Duermes bien? Tienes que descansar, hijo, que en tu estado...

De una u otra forma, todas las conversaciones en las que interviene la madre acaban siempre con el recordatorio del problema de salud de Antoni; por si acaso se le olvida su condición de enfermo crónico. Él lo asume, porque forma parte del ritual de bienvenida. Pero a su padre no le gusta nada ese constante intento de sobreproteger al chico, como cuando era pequeño. De cortarle las alas.

—Si tú o tu hermano necesitáis dinero solo tenéis que decírnoslo, ¿eh? —concluye.

—Gracias —responde Antoni siempre, con una sonrisa y sin la más mínima intención de hacerlo.

Vivir de realquilado significa ocupar el penúltimo escalón de la escala social. Por debajo de los inquilinos están los que no pueden permitirse más que una pequeña cámara con un baño compartido. Y aunque ciertamente es triste, resulta menos terrible que una pensión de mala muerte, donde entran a robar cada dos por tres y donde la suciedad se pega al cuerpo como una segunda piel. Aunque, en el fondo, lo peor es que ni en uno ni en otro lugar se ve la luz del sol; tener ventana supone un lujo al alcance de muy pocos. Pero con todo el esfuerzo que han hecho sus padres al vender la mayor parte del patrimonio familiar para que él y Francesc sigan estudiando, no puede pedirles más. ¿Qué sería lo siguiente: la casa materna de Reus? ¿La masía de Riudoms?

Por la noche, a pesar de las preocupaciones que le rondan, Antoni cae dormido nada más tocar el lecho de su cama de Riudoms. El agotamiento que arrastra, y la tranquilidad que reina en el pueblo, desvanecen sus preocupaciones; al menos temporalmente. Y ni siquiera la conversación de sus padres, en el piso de abajo, le quita el sueño.

—Podríamos cerrar el taller… —murmura Francesc, cabizbajo—. Venderlo e irnos a vivir a Barcelona.

Su esposa, que acaba de preguntarle qué harán si la situación no mejora, se muerde el labio al oír la respuesta. Por un lado ansía reunirse con los muchachos, pero, por otro, no soporta ver a su marido tan triste.

—Quizá podríamos comprarnos un piso allí... —murmura él al cabo de un rato, como si pensara en voz alta—. Así los chicos tendrían un lugar decente donde vivir, que falta les hace... ¿no? —añade animándose.

Ella, que precisamente pensaba lo mismo, le responde con un beso en la mejilla. A continuación se van juntos a la cama, pese a que ninguno de los dos puede dormir. Y al amanecer, cuando el primer rayo de sol entra por la ventana, aún están despiertos. Abrazados.

Poco a poco, a duras penas, el matrimonio Gaudí se acostumbra a la capital y a su continuo bullicio. Tienen un pisito económico sin muchas pretensiones, puesto que no podían permitirse otra cosa, aunque viven de nuevo con los hijos. Cuando la añoranza los consume, escapan al pueblo o a la finca durante unos días a disfrutar de la naturaleza, al menos al principio. Pero Barcelona pronto se convierte en su residencia habitual. Y los años pasan, arrastrándose, sin permitirles levantar demasiado la cabeza.

Para ganar algunos duros, Francesc repara cazuelas en el pequeño taller de un conocido y su esposa cose o lava ropa para otros. Antoni sigue estudiando y trabaja de sol a sol para pagarse la carrera; igual que su hermano. Mientras, Rosa, cuando no discute con el borracho de su marido, cría a una hija que se llama como ella, en honor a la abuela paterna, que pasó a mejor vida cuando menos lo esperaban.

—Nuestro Señor la ampare —dice Antonia en voz alta.

En el fondo siente que se ha quitado un peso de encima. Aunque no las tiene todas consigo…

La sombra de la desdicha vuelve a planear sobre los Gaudí, al igual que un ave carroñera que se alimenta del sufrimiento ajeno, anticipándolo. Y antes de que se acabe el duelo por la Calderera, arremete de nuevo.

En el verano de 1876, un hecho llena de esperanza a los miembros de la familia Gaudí-Cornet, por primera vez después de tanta adversidad: el hijo mayor acaba la carrera de medicina. Y se aferran a la buena noticia como a un hierro candente. Es el ejemplo a seguir por Antoni, a quien ya queda poco para ser maestro de obras: la indiscutible evidencia de que, con afán, se puede conseguir cualquier cosa. Incluso que el descendiente de un humilde calderero llegue a ser médico. Es el orgullo de sus progenitores, que ven recompensado el esfuerzo de toda una vida. Tanta felicidad les parece imposible… Da la sensación de que de un momento a otro se desvanecerá, igual que un sueño. Todos lo piensan para sus adentros, sin decir nada, y tocan madera. Por si acaso. Pero es inútil.

El 1 de julio, recién licenciado, Francesc Gaudí Cornet muere de forma repentina a los veinticinco años. Poco después, Antonia, incapaz de soportar el dolor de la pérdida, cae enferma. La visitan dos médicos, una curandera, gente del pueblo… La familia se gasta el dinero que no tiene para curarla. Pero al verla tan pálida y consumida por la pena, todo el mundo dice lo mismo, con la boca pequeña: que se le ha helado la sangre del disgusto. Que ya nada puede salvarla.

—Cuídate... —le pide a su marido, la última noche, sabiendo que lo deja solo en el peor momento—. Y cuida de ellos —añade, refiriéndose a los dos hijos que aún les quedan—. Especialmente de Antoni. Recuerda que en su estado...

—¿En su estado? —exclama Francisco, llorando de impotencia—. Nos enterrará a todos... ¡A todos!

Y tiene razón.

Pero ella ya no puede oírlo.

V

Gracias a los primeros beneficios conseguidos por tierras inglesas con la importación y exportación de aguardiente y otras mercancías, el joven de los Guardiola atraviesa el océano para recorrer las Américas invirtiendo en todo tipo de negocios lucrativos. En 1875 decide establecerse en Guatemala y compra una finca en San Pablo Jocopilas, en la Bocacosta, tan grande que se necesitan dos días y un caballo para recorrer su perímetro. Una finca que consta en el registro como «ingenio azucarero». En sus alrededores se establece una comunidad de descendientes de los mayas quiché venidos de la zona de Totonicapán, al norte del lago Atitlán. Estos afirman que allí se encontraba antiguamente una importante ciudad que debía su poder a la producción y el comercio del cacao, utilizado en los rituales de su civilización. Y, de hecho, los niños del poblado a menudo encuentran restos arqueológicos durante sus juegos. A pesar de todo, la Chocolá, que es como la llaman los indígenas, pronto se convierte en una plantación de café. Y la corazonada de su nuevo propietario resulta todo un éxito.

El emplazamiento geográfico del terreno es privilegiado: entre la meseta y la costa o, como dicen los locales, la tierra fría y la tierra caliente. Esto, junto con el suelo volcánico y el clima, contribuye al cultivo del mejor café de todo Centroamérica. Y exportándolo a todo el mundo, Josep se hace de oro. Pero no tiene bastante. Entonces, con la voluntad de mejorar el proceso, se inventa la Guardiola: una secadora automática que hace que los granos se sequen de forma rápida, cómoda y uniforme, sin agrietarse. Así no hay que tenerlos durante días esparcidos en los patios, ni es necesaria la mano de obra para removerlos, ni se corre el peligro de que la lluvia dañe alguna remesa. Este invento revolucionario optimiza más aún el producto y aumenta las ventas. Y tan bien funciona, que pronto inventa otro artilugio para lavar y trillar los granos. Luego, una vez patentadas ambas máquinas, fabrica ejemplares bajo pedido en Nueva York para venderlos a sus competidores, ampliando su fortuna más y más cada día.

Corren tiempos difíciles a finales del XIX tanto en España como en las colonias. Política y socialmente. Al principio, la mano de obra era muy barata; siguiendo el Reglamento de 1842, cualquier hacendado podía adquirir un buen número de esclavos a precios razonables, siempre que se los instruyera en los principios de la religión católica, apostólica y romana, en caso de que no estuvieran bautizados, claro. De los diez a los sesenta años, hombres y mujeres trabajaban hasta dieciséis horas diarias a cambio de un par de comidas al día, consistentes en unos cuantos plátanos o boniatos, ñame, yuca y algunas onzas de carne y cereal. Dormían en barracones separados y tenían prohibido tanto salir de la finca como poseer armas y utensilios, o confraternizar sin permiso y vigilancia. Los castigos por desobediencia consistían en hacer uso de los grilletes, la cepa, la cadena o la maza; incluso azotarlos veinticinco veces era legal, siempre que no se les pegara en la cabeza o los mataran. Pero a lo largo de la década de 1880 todo se complica. Los motines y la abolición terminan con la esclavitud y con la época más próspera para los latifundistas, ya que los jornaleros indígenas no salen ni mucho menos tan a cuenta. Las colonias ya no son lo que eran, se lamentan muchos indianos. Por eso, cuarenta años después de haberse ido del Camp de Tarragona, don Josep Guardiola i Grau decide volver a casa. Pero no lo hace con las manos vacías. Lleva el corazón lleno de añoranza y los bolsillos de dinero, después de que los nuevos propietarios del Chocolá le hayan pagado mil veces lo que él pagó en su día. Además lo acompaña Lola, su hija bastarda, gracias a la cual descubrirá el tesoro más preciado del mundo: el amor.

—¿Quién es esa muchacha? —se pregunta Josep en voz alta.

Tantos años en ultramar le han pasado factura, y a menudo le resulta más cómodo expresarse en español que en catalán, formalismos aparte, pues lo tiene tremendamente oxidado.

—Es la hija de los Segimon-Artells de Reus, que están en casa de unos familiares en las afueras del pueblo —responde su hermano, sentado a su lado en el porche del molino.

«Artells...», piensa, recordando a aquel ex fraile que lo incitó a buscar fortuna por el mundo. Pero no responde. Solo tiene oídos y ojos para las dos adolescentes que juegan al escondite entre los olivos. Lola, con esa piel tostada que caracteriza a los mulatos, y una bellísima desconocida, tan blanca que deslumbra, igual que los rayos del sol.

Mientras saborea un cigarro las observa corretear con los faldones arremangados; dejándose cautivar por sus vivaces carcajadas, llenas de alegría; imaginando, en el caso de la anónima joven, su frágil cuerpo desnudo bajo la ropa, entre sus brazos... Da una larga y profunda calada antes de apagar el habano; a continuación saca el humo con parsimonia, delectándose. Y reconoce que es la tez más clara que ha visto en mucho tiempo. Quizás en toda su vida.

—Parece una muñeca de porcelana.

Al principio, las indígenas de Guatemala lo fascinaron. No se parecían en nada a las europeas. Sus cuerpos firmes, carnosos, la exigua vestimenta, el servilismo y aquella piel tan oscura... Cada semana metía a una diferente en su cama para satisfacer sus deseos. Y solo con una de ellas repitió durante algunos años: la que mejor sabía complacerlo. Hasta que, al igual que había sucedido con las otras, también terminó por aburrirse de ella. Una vez formalizada la venta del Chocolá, resuelto como estaba a irse de América, quiso entregarle a su amante una suma de dinero que le permitiera vivir cómodamente. Sin embargo, la mujer renunció a cambio de un favor: que se llevara a la hija que tenían en común. Al fin y al cabo, la niña era medio blanca, sangre de su sangre. Y así lo hizo.

Durante un tiempo padre e hija se establecieron en

París. Él quería hacer algunos negocios y creyó que a Lola le vendría bien recibir una educación formal. Por eso encomendó esa tarea a una institutriz: para que la convirtiera en una doncella elegante y distinguida, a pesar de su color. Además, desde allí podía acercarse fácilmente a Barcelona para atender sus asuntos y pasar las fiestas en el Aleixar, en familia. Solo había un problema: ni su gran fortuna, ni los lujos, ni la popularidad, ni todos sus negocios lo satisfacían.

Visita con frecuencia los *meublés* de los cuales es accionista, en la Ciudad de la Luz y en la capital catalana, pero tampoco encuentra ya ningún aliciente en pagar para recibir placer. Esto lo lleva a pasar cada vez más tiempo en casa, en el pueblo, convencido de que allí, de alguna manera, podrá recuperar la felicidad perdida. Aquella felicidad que no se puede comprar con dinero…

—No me habías dicho que tienes una nueva amiga… —le dice a su hija cuando se quedan solos—. ¿Cómo se llama?

—Roser Segimon i Artells —contesta Lola.

—Roser… —repite él en voz alta—. Bonito nombre.

—Entonces, ¿es de su agrado, padre? —pregunta la chica tímidamente.

Y él sonríe satisfecho.

—Lo es, hija, lo es.

La había visto de refilón por el pueblo, hace tiempo, y había oído hablar mucho de sus encantos. La bella Roser, la llaman. Pero hasta ahora no había despertado su interés. No como mujer; tan resplandeciente, tan perfecta. Tan pura. Igual que una fruta en su punto exacto de madurez. O un brote, dispuesto a ofrecer su esencia a quien ose convertirlo en flor... Y se da cuenta de que algo nuevo ha despertado en su interior. Un ansia que crece por momentos.

—Tráela a casa siempre que quieras —añade, procurando disimular la impaciencia.

Toda la vida ha creído que el amor es para los débiles, los pusilánimes que no pueden conseguir lo que desean. Porque él obtiene todo lo que quiere. Siempre. Y ahora está seguro: debe hacerla suya. En cuerpo y alma. Cueste lo que cueste.

—¿Te gustan?

Lola le muestra a Roser su colección de vestidos, confeccionados en París con las telas más finas y exclusivas, importadas de todo el mundo.

—¡Son preciosos...! —exclama ella boquiabierta—. ¿Puedo probarme alguno?

—¡Pues claro! Todos los que quieras.

Es una bochornosa tarde de verano y, en lugar de hacer la siesta, las chicas pasan el rato en Cal Fernando. Ante el espejo, se visten y se maquillan para imitar a las modelos de las pasarelas de París, mujeres exuberantes y seductoras que llenan los magazines que la hija del indiano ha traído de la capital francesa. A sus casi veinte años, ambas chicas hojean las revistas de moda y sueñan con convertirse algún día en una de esas atractivas mujeres. Hasta que, de repente, Lola le enseña a su amiga un álbum de retratos que guarda en un cajón del armario, con decenas de fotografías hechas en Francia y solo una de Guatemala. Una en la que sale su madre.

—Casi no me acuerdo de mi infancia en América... ni de ella —confiesa—. Por eso miro a menudo las fotos, para no olvidarme.

A Roser, sin embargo, le llama mucho más la atención un retrato del señor Guardiola. El ademán aristócrata, su profunda mirada, el denso bigote que lleva, la vestimenta elegante... Y deja escapar un suspiro.

—¿No crees que, para la edad que tiene, tu padre está de muy buen ver? —suelta al cabo de un rato.

—¡Es mi padre! —responde Lola con cara de asco.

—Sí, sí, ya lo sé... —refunfuña ella, ignorándola—. Pero ¿no te parece que es bastante atractivo? Quiero decir que la mayoría de hombres a los sesenta años se quedan calvos o engordan como cerdos, y en cambio él....

Su amiga, como si no quisiera entender lo que insinúa, la observa con recelo. Y acto seguido le quita el álbum de las manos de un tirón.

—No —responde seca mientras lo guarda de nuevo en el cajón.

—Pues a mí sí —dice en voz baja Roser, con orgullo, tomando otra vez una revista.

Hace tanto calor, que, después de probarse los vestidos y desfilar por la estancia, las dos amigas se quedan en canesú, despreocupadamente. No hay nadie más en la habitación y resulta más cómodo, de modo que ni se molestan en volver a ponerse el corsé. Además, se está tan cómoda en ropa interior... Pero cuando la puerta se abre de golpe recuerdan que van medio desnudas.

—¿Interrumpo algo? —se excusa don José, entrando sin ningún miramiento.

—¡Padre...!

Lola corre a esconderse tras una mampara. Pero

Roser, que yacía sobre la cama, solo tiene tiempo de ponerse en pie. Abandona la revista que hojeaba sobre el lecho, abierta de par en par sin querer. En la página que miraba hay una chica con los ojos cerrados y los labios entreabiertos, que espera ansiosa el beso de su amante.

—Hija… —empieza él, autoritario—. Disculpadme si os he asustado. No sabía que teníamos visita —rectifica, suavizando el tono y dirigiéndose a la amiga—. Tú debes de ser la famosa Roser, ¿verdad? Encantado de conocerte.

—Un placer —contesta ella, sonrojándose por momentos.

—El placer es todo mío. —Le besa la mano temblorosa brevemente.

Entonces, ve los magazines tirados sobre la cama; en especial el que está abierto. Y para echarle un vistazo se acerca al frágil cuerpo de la chica, aprovechando para oler el delicado perfume que desprende su piel.

—¿Necesitáis algo? —pregunta con una sonrisa pícara en los labios, mientras deja otra vez la revista sobre la cama.

A Roser le late tan deprisa el corazón que no puede ni pensar. La ensordece el vigor con el que vibra entera, toda ella, de pies a cabeza. La proximidad del padre de su amiga, ese hombre tan viril con quien sueña desde hace algunas noches, la enloquece por momentos. Todavía siente el calor en la mano que le ha besado; aunque no es el único sitio de su virginal cuerpo donde lo nota… Y suspira, mirándolo a los ojos, fijamente.

—No —interrumpe Lola—. Gracias, padre.

—Entonces, hasta la próxima, Roser —se despide

él, besándole de nuevo la mano, pero esta vez con más intensidad.

—Ha-hasta... pronto —contesta ella con un hilo de voz.

En cuanto don Josep sale de la estancia, y durante un buen rato, Roser aprieta los muslos bien fuerte para conservar todo el tiempo que pueda la agradable sensación que hierve en su entrepierna.

Al día siguiente, un colosal ramo de rosas llega a la casa donde se alojan los Segimon-Artells. Frescas y olorosas, recién cortadas del rosal. Blancas como ella. El sirviente que las entrega anuncia a la familia que están invitados a cenar en la mansión de los Guardiola, por gentileza de don Josep. Y el júbilo es generalizado.

—¿A qué se debe el honor? —le pregunta la madre, Magdalena Artells.

—Sus hijas son amigas —responde el criado, que no hace más que mirar de reojo a la joven de los Segimon.

—¡Ah! No me habías dicho nada...

Pero Roser, que ya no puede disimular la alegría, huye escaleras arriba, hacia su cuarto, para escoger el vestido que lucirá para la ocasión. Y cuando la señora aparece y la ve tan contenta, sabe muy bien que no se trata de una comida cualquiera.

—¿Estás enamorada? —la interroga.

—Es el hombre que quería —responde la chica—. El que hará realidad todos mis sueños.

Magdalena, entre la envidia y el recelo, suspira.

—Recuerda, hija, que hay que tener cuidado con lo que uno desea...

Y Roser asiente, ignorándola, mientras revuelve el armario con una sonrisa de oreja a oreja. Una sonrisa que parece que no se le vaya a borrar nunca.

—¡Bienvenidos! —exclama don Josep al recibir a los invitados—. Gracias por aceptar mi invitación.

Saluda a la madre, al padre, a los primos, a los tíos y, excepto por un fugaz gesto, evita a Roser toda la velada. A pesar de su vestido de seda natural, gracias al que luce un generoso escote, y a las continuas indirectas de Magdalena.

—El año pasado fue la reina de la fiesta en los Juegos Florales de Reus. Es igual que una muñeca de porcelana... También por la delicadeza: sus huesos se rompen con una facilidad...

A medida que transcurre la velada, la joven doncella pierde toda ilusión y se marchita igual que una flor lejos de la tierra. Y al final de la cena, se excusa para refugiarse en el baño a llorar sin que nadie la vea.

Lola, que se percata de ello, la sigue para ver cómo se encuentra; le dice que su padre está soltero porque es un culo de mal asiento, que no debería haberse creado falsas esperanzas... Pero por más que insiste, Roser no abre la puerta. Y cuando por fin lo hace, ya no es su amiga quien golpea con insistencia.

—Estás preciosa esta noche —murmura don Josep—. No entiendo por qué lloras...

La chica, al verlo cerrar la puerta del baño tras de sí, no sabe ni qué hacer ni qué decir. Solloza, jadea, apenas si puede respirar. El corazón le late febrilmente bajo el corsé, demasiado ajustado, y casi se desmaya. Especialmente cuando él la toma entre sus brazos.

—Creía que... que yo... que vos... —suelta entre suspiros.

Entonces él, en un impulso frenético, le llena de besos el escote, el cuello, los labios, con una pasión salvaje y desenfrenada. Acorralándola contra la pared, sofocándola a cada embate. Y la estrecha tan fuerte contra su cuerpo que Roser siente en carne propia el anhelo desmedido que lo domina. Un anhelo que la hace borbotear como en sus sueños más húmedos.

—Vuelve con los demás... ¡ahora! —le ordena apartándola de sí, en contra de la voluntad de ambos—. Y sonríe —dice al recuperar la entereza—: pronto serás mi mujer.

Ella obedece sin abrir la boca. Y con miles de mariposas revoloteando en su vientre se dirige de nuevo al salón.

Pasados unos minutos, aparece don Josep con un estuche de terciopelo rojo. No se pone de rodillas, ni le pide a Roser si quiere casarse con ella. En vez de eso, se dirige a sus padres para mostrarles la alianza de noviazgo y, a continuación, se la coloca a ella, en medio de la sorpresa general.

—E-es... ¡enorme! —exclama Roser con los ojos como naranjas, observando el tamaño de la piedra.

—El de casada lo será aún más —responde él, complacido.

Y todos juntos lo celebran hasta bien entrada la noche, con el mejor cava catalán y coñac francés, haciendo innumerables brindis por los novios.

Al terminar la fiesta, durante la despedida, el señor Segimon le hace una broma a su futuro yerno para preguntarle cómo deben tratarse a partir de ahora. Y la respuesta es seria y contundente:

—A nuestra edad no hay parentesco. Yo seguiré llamándolo don Domingo, y usted continuará llamándome don Josep. ¿De acuerdo?

Y por primera vez recuerda que tiene cuarenta años más que la novia.

Al cabo de pocas semanas, la pareja contrae matrimonio en la iglesia del Hospital de Reus, al amanecer de un precioso día de verano del 1891. Y en cuanto el cura los declara marido y mujer, sin excusas ni consideraciones, el indiano se lleva a Roser a casa para consumar la unión. Varias veces.

VI

*E*n enero de 1906, Gaudí trabaja la idea y los primeros esbozos de la futura Casa Milà en el obrador de la Sagrada Familia, que es donde pasa la mayor parte de su tiempo. Se acerca el final de la controvertida reforma de la Casa Batlló, popular y despectivamente llamada «la casa de los huesos», y las visitas de don Pere Milà son frecuentes. En ellas, este le reitera su apoyo incondicional, a pesar de las críticas, y aprovecha la ocasión para preguntarle si ya tiene algo. El arquitecto, sin embargo, le da largas. Al menos hasta que consiga crear una imagen entera de lo que imagina y pueda capturarla.

Para inspirarse recurre a la naturaleza. Visita la cantera Morrot, junto al castillo de Montjuïc. Evoca los paisajes de su infancia, del Camp de Tarragona. Recuerda los viajes que ha hecho. Contempla la ciudad. Piensa, sueña… Hasta que, finalmente, las ideas hierven en su interior, peleando por salir. Y como no puede arriesgarse a perder ninguna, no duerme, no come y no piensa en otra cosa durante días. Se lava la cara solo para frotarse los ojos bien fuerte con agua bien fría y espabilarse.

Cuando termina todos los bosquejos y los dibujos los pasa a limpio, uno por uno. Una y otra vez. Hasta que todo encaja a la perfección.

A la mañana siguiente, a primera hora, se reúne con los futuros colaboradores del proyecto, algunos de sus asistentes habituales: el constructor José Bayó Font, su hermano Santiago, José Maria Jujol, Domènec Sugrañes, Francesc Quintana, Joan Rubió y Josep Canaleta. Siguiendo sus órdenes, en la finca de los Milà del Paseo de Gracia ya no queda casi nada del chalet del antiguo propietario, Ferrer-Vidal: solo media torre, la escalera y un par de habitaciones habilitadas como barraca de obra. Una es para Jujol, el experto en ornamentación, y, en la otra, tal como ordenó Gaudí, tiene la pizarra en blanco y el tablero a punto, con los papeles esperando convertirse en planos con la ayuda de Canaleta y Sugrañes. Solo falta una cosa para empezar la aventura: compartir su idea.

Persona de pocas palabras como es, Gaudí les muestra, para empezar, los bocetos que ha hecho a lápiz. Los hombres se quedan boquiabiertos. Las ilustraciones recuerdan una montaña abrupta, llena de madrigueras, repleta de formas desiguales y ni una sola línea recta. Por su aspecto, más propio de un hogar primitivo que de una casa señorial, recuerda una topera o un laberinto de grutas. Pero nadie dice nada; callan y escuchan. Y bajo la intrincada apariencia de la obra, poco a poco, afloran los conceptos técnicos que todos conocen, con una estructura en la que, al menos, el suelo y los pilares son rectilíneos.

Explicándoles cada detalle, los ayuda a visualizar la edificación. Les dice que constará de sótano, semisótano, planta baja, cinco pisos, buhardilla y azotea; que la construirán siguiendo un sistema de planta libre, con pilares y vigas, y que esto transformará la fachada en autoportante en lugar de convertirse en un muro de carga, permitiendo que el exterior de la casa sea una masa única, cubierta de ondulaciones y acabados tridimensionales. Les habla de anatomía; de tibias, fémures y columnas vertebrales para los ejes perpendiculares; de costillas y clavículas para los horizontales; del aspecto carnoso de la piel humana para cubrir todo el esqueleto. Y, por último, les recuerda que deben ver más allá de la escultura abstracta que imaginan y transgredir las normas aprendidas.

—Se trata de un organismo vivo, no una simple casa.

Sus ayudantes observan los dibujos detenidamente. Suspiran, convencidos de que recibirán una nueva avalancha de críticas por el carácter osado de la obra. Pero, de nuevo, guardan silencio. Solo una vez, mientras delinean, Sugrañes y Canaleta se quejan de la dificultad para trabajar el proyecto en una mesa tan grande.

—Ni las reglas ni los brazos nos llegan...

Entonces, Gaudí toma una sierra y, ante la atónita mirada de los presentes, hace un agujero en medio del tablero, de la medida justa para que uno de ellos pueda pasar. Y ya no vuelven a quejarse.

Al poco tiempo, la barraca de obra de la Casa Milà se transforma en un aula magistral en la que el maestro explica sus teorías. Y en las clases no solo asisten sus colaboradores o estudiantes de arquitectura; también otros arquitectos y curiosos que van a fisgonear se quedan a escucharlo.

—Todo sale del gran libro de la naturaleza... Hace miles de años que las moscas vuelan, pero no ha sido hasta ahora que los hombres lo hemos visto y hemos construido aeroplanos... ¡Y con todo pasa igual! Un eucalipto crece; su tronco se resuelve en ramas, ramitas y termina en hojas. En estos planos y estas líneas hay manifiesta una figura geométrica. Y lo mismo en una palmera o en un pino: se mantienen derechos y sostienen con gracia todos sus elementos. No tienen necesidad de materiales exteriores ni contrapesos. —Y añade—: La originalidad consiste en el retorno al origen.

Después de muchos días de trabajo duro, llega lo que todos esperaban: una vez hechos los planos definitivos, solo falta la firma del cliente, su aprobación. Y el 1 de febrero de 1906, el arquitecto se reúne con el matrimonio Milà-Segimon en su piso de la Rambla de los Estudios. Una cordial tirantez enrarece el ambiente de principio a fin. Doña Roser observa al arquitecto con recelo todo el tiempo. Hablan de su origen en común y poco más. Así que este pasa a mostrarles los planos.

Sobre el papel, el edificio recuerda bastante a la Casa Batlló y la Calvet, pero más grande y con más ventanas. La fachada del Paseo de Gracia mide 23 metros, 19 metros la esquina y 23 más por el lado de Provença. Tiene dos patios interiores enormes, seis de luces, dos entradas principales y multitud de escaleras de servicio. Dispone de catorce habitaciones por planta, veintidós recámaras, diez servicios, nueve salas y cuatro comedores, entre varias galerías y pasillos, la mayoría con iluminación natural. En el sótano se encuentran las caballerizas, con veintiún boxes, una estancia para almacenar las guarniciones y dos para el heno, aparte de veinticuatro bodegas, un enorme almacén y la sala de máquinas para la calefacción.

Don Pere está entusiasmado y no para de ensalzar a Gaudí ante su esposa. Hasta que esta firma los papeles; luego lo hace él.

Al día siguiente, Gaudí entrega los planos definitivos en el ayuntamiento.

VII

—Tu madre estaría muy orgullosa de ti.

Francesc Gaudí i Serra es más fuerte que su hijo, y no solo físicamente. A pesar de la pérdida de su esposa y del heredero de la familia, sabe que no puede hundirse; que la vida continúa para los que siguen vivos. Que así debe ser.

—Lo sabes, ¿verdad?

Sin embargo, la tristeza de aquellas muertes inesperadas ha recluido al joven Antoni en un ostracismo emocional aún más marcado. Austero en expresión por naturaleza, sus largos silencios se convierten en un hábito, por lo que el padre hace esfuerzos continuos para animarle y mostrarle su apoyo, evitando que desfallezca. Porque se lo prometió a Antonia. Y porque no está dispuesto a perder a su otro hijo.

—Lo sé —responde a desgana, obligado ante la insistencia y para contentar a Francesc—. Lo sé, papá…

Pero por dentro, lleno de frustración, piensa que no es justo.

¿Cómo eludir la rabia que siente por la falta de su hermano y amigo, o por la madre tan protectora que lo ha dejado medio huérfano…? ¿Cómo perdonarlos y perdonarse a sí mismo a la vez? La culpabilidad no da tregua. Ni el dolor de la pérdida, ni el de la enfermedad. Así que, sobreponiéndose a la tristeza, busca refugio en lo único que le ayuda a no pensar: el trabajo. Y en este encuentra su tabla de salvación. Un poco de paz. Al menos, durante un tiempo.

A finales de junio de 1877, con algunas calificaciones pendientes de confirmar, Antoni Gaudí da por terminada la carrera de arquitecto. No recibirá el título oficial hasta casi un año después, pero mientras tanto ya trabaja de sol a sol, acumulando experiencia y conocimientos. Al igual que la mayoría de sus colegas. O más. Demasiado, quizá.

—¡Va, vente a comer, hombre! —le dice Joan Martorell una mañana de verano, poseedor ya de su propio diploma—. Hemos quedado para celebrarlo con Sala y Casademunt, el jueves en la Fonda Catalunya, allí en la calle del Vidre… ¡Yo invito! Además, tengo una propuesta que te interesará mucho, créeme.

—De acuerdo… —acepta Antoni.

—¿Me lo prometes?

—Sí, pero adelántame algo.

—Uy, ahora no, que tengo mucha prisa… —exclama Joan saliendo por piernas—. Nos vemos el jueves, ¿eh?

El cebo del trabajo nunca falla. Tampoco Antoni cuando da su palabra. Los compañeros de la Escuela de Arquitectura lo conocen bien, y saben que es un chico introvertido, poco dado a las conversaciones triviales y a perder el tiempo en los cafés, pero, al mismo tiempo, es un currante de narices, meticuloso y creativo. Lo aprecian, con sus virtudes y defectos. Y no les importa motivarlo para que participe en la vida social: necesita

relacionarse con la gente, hacer contactos. Aparte, claro está, de tomarse algún respiro de vez en cuando. Y él, en el fondo, también es consciente de ello.
—De acuerdo: hasta el jueves.

Antes de recibir el título acreditativo, el joven Gaudí ya ejerce como maestro de obras. La única diferencia es que no firma los proyectos; en su lugar, lo hace alguien que sí está diplomado. Durante muchos meses continúa trabajando bajo las órdenes de Josep Fontserè i Mestres, de quien aprende grandes cosas y con quien comparte el origen rural, pues este proviene de una saga de carpinteros de Vinyols i els Arcs, cerca de Riudoms. Al mismo tiempo, hace de aprendiz con otros arquitectos o cumple con encargos de particulares, la mayoría compatricios que han oído hablar de su fama de manitas. Y por si no bastara, siempre que puede se pasa por los talleres de la calle de la Cendra, en el barrio del Pedró, donde Fontseré encarga piezas. En el número 8 se encuentra el local de Eudald Puntí, especialista en la fundición de hierro, carpintería y vidriería, y al lado, en el número 10, el taller de Llorenç Matamala, escultor y adornista. De ambos artesanos toma ejemplo en las técnicas, los materiales, las aplicaciones; con el primero comparte su imaginación desbordante, las ideas revolucionarias sobre el espacio y la forma, que desde muy pequeño estudió en el campo y haciendo calderas con su padre. Y con el segundo entabla una amistad para toda la vida.

«Hay que trabajar mucho para prosperar», se dice a sí mismo infinidad de veces. Y lo escribe en su libreta para no olvidarlo nunca, encabezando una creciente lista de encargos.

De hecho, tanto trabaja y con tanta avidez, que a menudo las obligaciones de la Escuela quedan descuidadas. Pero a nadie se le pasa por alto que ese chico de apariencia robusta y mirada penetrante tiene un don especial. Y a pesar del recelo cariñoso del director, al comentar que no sabe si le dan el título a un genio o a un loco, el 15 de marzo de 1878 se le entrega el diploma. Por fin. La misma tarde, con el documento en el bolsillo, corre al taller de su colega Matamala. Y atravesando el umbral de la puerta, le dice muy serio, como si tuviera que contarle una desgracia:

—Llorenç... ¡ya soy arquitecto!

Después se ríe como hacía tiempo que no reía. Y juntos lo celebran hasta altas horas de la madrugada. Preparando las molduras de las farolas de tres y seis brazos que ha diseñado para el Ayuntamiento de Barcelona, y que lucirán en la plaza Reial y en la de Palau.

—Oh, ahora sí que lo hace bien, maestro... —le dice su compañero, siguiendo la broma—. Se ve que es todo un profesional, ¡sí señor!

Poco a poco, Antoni va abriéndose paso en el negocio. Sus primeros trabajos son más proyectos sobre plano que otra cosa, aunque él prefiere trabajar en tres dimensiones. Por desgracia, muchos no se ven cumplidos; como los quioscos de anuncios y flores para el inventor Enrique Girossi. Pero gracias a la fama de mañoso y los méritos que logra con cada encargo, va haciéndose un nombre. Claro que las colaboraciones con sus amigos y maestros Sala y Martorell le abren aún muchas más puertas. Sobre todo con

Joan, que ya se ha convertido en uno de los arquitectos de la clase alta barcelonesa y, en particular, del marqués de Comillas: Antonio López López, un español que ha hecho fortuna en las Américas con el transporte marítimo y el tráfico de esclavos.

—Los grandes trabajos no vendrán solos, tienes que salir a buscarlos... —le dicen siempre; igual que su padre, que lo anima a independizarse profesionalmente.

Así que Antoni, no demasiado convencido, abre un despacho propio en el tercer piso del número 11 de la calle del Call, cerca de la plaza Sant Jaume. E incluso se hace tarjetas para repartir entre los conocidos.

—Si algún día necesita levantar paredes, siempre podrá contar conmigo —le dice a su amigo Llorenç.

Pero lo cierto es que él no sabe venderse de otra manera que no sea a través de sus obras, del oficio. Y las tarjetas pronto quedan olvidadas en algún rincón de la casa y en los bolsillos de sus pantalones.

Por suerte, tanto Francesc como Joan se equivocan. Además, el marqués de Comillas no es el único indiano opulento que quiere invertir su dinero en la construcción. Hay otros en la Barcelona de finales de siglo con ideas que van más allá de hacerse palacios o mansiones: ideas revolucionarias. Y uno de ellos es Salvador Pagès Inglada: un hombre peculiar, que marcará un antes y un después en la vida del joven arquitecto. Y no solo a nivel profesional.

Compatricio de origen humilde, descendiente de tejedores, acumuló una gran fortuna en Nueva York, así como un considerable poder de convicción a lo largo de los años. Desde que se conocieron Antoni y él, a finales de 1876, trabajan juntos en el proyecto de La Obrera Mataronense, una de las primeras cooperativas industriales de España. Hombre osado y emprendedor, como gerente de la fábrica textil que tiene en Mataró, ha conseguido que sea la primera de la península en instalar alumbrado eléctrico. Y pretende construir, en un terreno cercano, lleno de huertos y cañaverales, la residencia de sus trabajadores, tal como hacen los ingleses en su país. Todo ello, a ojos del joven arquitecto y de los mismos obreros, lo erige en una especie de héroe, por convertir la idea en un reto en lugar de un simple negocio. Quizá por esta razón Antoni accede a participar, a pesar de que el beneficio económico será escaso: el arrojo que le transmite este hombre no tiene precio.

—Si no creemos en utopías ahora que somos jóvenes, ¿cuándo lo haremos, eh? —le dice Pagès a Gaudí, pese a doblarle la edad.

Y sin pensarlo dos veces, Antoni elabora un magnífico proyecto para la sede de La Mataronense, formada por un conjunto de fábrica, una zona residencial económica, un casino con jardín y un edificio de servicios.

Definitivamente no va a hacerse de oro con este trabajo, pero otros clientes adinerados se fijan en su talento, que es el mejor reclamo.

El Paseo de Gracia lo espera.

A mediados de 1878 se inaugura en París la Tercera Exposición Universal, con el tema «Agricultura, Artes e Industria». Más de trece millones de visitantes van a contemplar las novedades de los treinta y seis países que participan. Entre ellas, el teléfono de Alexander Graham Bell y un zoo humano llamado «El pueblo negro», donde se exponen cuatrocientos indígenas que hacen las delicias de los curiosos asistentes. Sin embargo, en esta muestra tan dispar también hay otras piezas que despiertan el interés de la audiencia. Y dos firmadas por un catalán: Antoni Gaudí.

—¿Tendrás tiempo de hacerlo todo...? —le pregunta su amigo Eudald Puntí.

Pero él ya está poniendo el taller patas arriba en busca de materiales. Un reconocido fabricante de guantes, Esteve Comella, ha encargado a Puntí unos mostradores y escaparates para su tienda del número cinco de la calle Avinyó esquina Ferran: la zona más chic del momento para la ilustre sociedad barcelonesa. Aparte, como quiere expandir el negocio, necesita también un escaparate especial para mostrar sus productos en París. Por eso confía en la originalidad del joven arquitecto.

La enorme vidriera, sostenida por una estructura metálica con uñas de gato de hierro forjado, permite una visión tan perfecta de los guantes del señor Comella, tan ideal, que causa expectación entre los parisinos. Pero es un barcelonés que visita la feria quien queda más embelesado y, a diferencia de otros, no solo por el género que se expone, sino por la pieza que tan bien resalta sus cualidades. Hasta el punto de que, de vuelta a Barcelona, quiere conocer al creador.

—Señor Güell... —dice Eudald solemnemente—. Le presento a Gaudí.

A Antoni le resulta familiar el apellido de este caballero, aunque no consigue recordar dónde lo ha oído antes. Le estrecha la mano con firmeza, sabedor de que es alguien influyente, pues viste de forma muy elegante, pero no se da cuenta de que la lleva sucia de hollín.

—Encantado —responde el hombre, sonriendo.

Y antes de que termine el apretón, sin ni siquiera sacar el pañuelo para limpiarse, el señor Güell empieza a hacerle preguntas sobre el trabajo, sus orígenes, la vida, cosa que le impresiona profundamente. Más aún cuando ata cabos y descubre quién es este nuevo admirador.

Eusebi Güell i Bacigalupi no es solo hijo del conde Güell, un próspero industrial barcelonés enriquecido en América, sino que además está casado con Isabel López Moreno, hija de Antonio López, marqués de Comillas. De ahí que le suene el apellido, ya que es el mecenas de un conocido suyo.

—Ahora entiendo por qué Joan Martorell habla tan bien de usted —le confiesa Eusebi.

El joven Gaudí, a quien no entusiasman los halagos, hace como si no lo oyera. Pero mientras sigue contándole ideas, toma nota mental de darle las gracias, una vez más, a su buen amigo.

Este es el inicio de cuarenta años de mecenazgo y de una sólida amistad que acompañará a ambos hombres hasta el final de sus vidas.

Tres años después de la muerte de Francesc y Antonia, los Gaudí-Cornet empiezan a levantar cabeza. Por fin la fortuna les sonríe; al menos a Antoni. Tiene la carrera de arquitecto, un despacho y bastantes encargos. De la pérdida quedan las cicatrices, la añoranza y el amargo recuerdo del dolor, que aflora de vez en cuando; que lo hará siempre. Aunque cada vez menos, claro. Incluso el reuma parece haberle dado una tregua... Desgraciadamente, sin embargo, no todo pueden ser buenas noticias. La sombra de la infelicidad, de alguna forma, sigue planeando sobre la familia, como a la espera del momento oportuno para abatir al miembro más débil. Y así, un 17 de octubre, la muerte vuelve a hacer acto de presencia. De nuevo antes de tiempo. Esta vez para llevarse a Rosa.

—Pobre Rosita... —se lamentan los parientes, refiriéndose tanto a la hermana de Gaudí como a la sobrina que lleva su mismo nombre y a la que deja huérfana—. Pobre niña...

Y es que alguien debe hacerse cargo de ella de ahora en adelante, puesto que su cuñado, víctima del alcoholismo, no puede ni con su alma.

De repente, el pequeño de los Gaudí se encuentra sin ningún hermano. Y toca fondo. Ni el apoyo del padre, que hace todo lo posible por lidiar con los problemas y la aflicción de perder a la hija, logra mantenerlo en pie.

—La meteremos interna en la escuela de Jesús María en Tarragona —responde Francesc a los familiares—. Allí la cuidarán hasta que... hasta que sea mayor —dice sin entrar en detalles.

Porque sospecha algo: que sufre un extraño problema de salud. Algún tipo de deficiencia. Pero, en ese momento, resulta terrible pensar que esta criatura inocente, tan parecida a su madre de pequeña, tenga que sufrir toda la vida igual que ella... Igual que Antoni.

—Casi no come, no habla, hace tres días que está en la cama... Desde el entierro. Yo ya no sé qué hacer —le explica Francesc al médico—. Es como si quisiera dejarse...

—¿Y no ha ido al trabajo desde entonces?

El padre dice que no con un gesto mientras suspira. En realidad quisiera decir tantas cosas... que no le salen las palabras. Solo el llanto.

—Tranquilo —contesta el doctor—. Déjeme que hable un rato con él... a solas.

Pere Santaló había conocido a Antoni el año anterior, en una de las tertulias del café Pelayo, y congeniaron rápidamente. Ambos son miembros de la Asociación Catalanista de Excursiones Científicas. Por ello, entre unas y otras coincidencias, pese a que Santaló no ejerce habitualmente la medicina, se ha convertido en su médico de cabecera. Y, al mismo tiempo, en alguien de confianza.

Al atardecer, un par de horas después de haber entrado en la habitación de Antoni, Pere sale con cierto alivio en el rostro. El padre se asoma a la puerta, impaciente, para interrogarlo.

—¿Cómo lo ha visto? ¿Qué tiene? ¿Se encuentra mejor?

—Tranquilo: en un par de días volverá a trabajar —responde, dándole unas palmaditas en el hombro.

Pero no le dice que su hijo se ha enamorado. Como un loco. Ni que esto le devolverá las ganas de vivir, a pesar de todo.

SEGUNDA PARTE

Muéstrame a un obrero con grandes sueños
y en él encontrarás a un hombre
que puede cambiar la historia.
Muéstrame a un hombre sin sueños
y en él hallarás a un simple obrero.

James Cash Penny

VIII

Uno de los trabajos que Antoni realiza para La Mataronense, dentro del proyecto de construcción, es el diseño de su emblema: una abeja como motivo central, decorada con elementos arabescos, que simboliza el espíritu de esfuerzo y trabajo en equipo de la cooperativa. Los dibujos gustan mucho a su responsable, Salvador Pagès, así que a partir de ellos deciden confeccionar el estandarte. Pero una de las chicas que ha de bordar la insignia en cuestión le escribe una carta para quejarse de la dificultad que supone plasmar en la bandera sus bocetos, con hilo de oro sobre terciopelo. «Señor mío: es muy difícil bordar una hoja con tanto detalle...» El desparpajo y la sinceridad de sus palabras pillan a Antoni por sorpresa. Claro que, cuando la conoce en persona, en su primera visita a la casa de los Moreu, no es la única cosa que lo sorprende.

—Antoni, le presento a Josefa Moreu.

Ni la última.

—Pepeta para los amigos —rectifica ella.

—Pepeta para los amigos —reitera Pagès con una sonrisa.

Es una joven alta, esbelta, con una densa melena de un rubio entre el oro envejecido y el cobre, y una encantadora sonrisa en los labios que culmina su indiscutible atractivo.

—Encantada —dice tendiéndole una mano.

Antoni no sabe qué responder y se la aprieta, desconcertado, mirándola fijamente de arriba abajo.

—¡Me parece que él también está encantado! —bromea Salvador.

Entonces, Antoni la suelta y se pone rojo como un tomate.

Quizá si hubiera ido vestida y no en bañador, peinada en vez de con el pelo suelto, o seca en lugar de chorreando, su reacción habría sido otra. Quizá. Creía que nadie se bañaba en la playa en Mataró… y menos cuando se espera visita.

—Disculpe mi atrevimiento —se excusa, apartando la vista.

Pero las curvas de su figura y el brillo de sus ojos lo han cegado y ya no ve otra cosa. A Pepeta se le escapa la risa.

—Es la maestra del jardín de infancia de nuestra agrupación —añade Salvador.

—Y profesora de francés —puntualiza ella, de nuevo.

—¡Y soltera! —exclama alguien desde la sala de estar.

—¡Todo un portento …! —bromea el industrial guiñándole un ojo a su amigo.

Y Antoni sonríe, pese a la vergüenza que siente.

—Pasen, pasen —dice la joven, indicándoles el camino—. Bienvenidos a nuestra casa.

Es la primera vez que la familia Moreu lo invita. Y, por suerte o por desgracia, no será la última.

Y

Durante todos los años que Gaudí está implicado en el proyecto de la cooperativa, domingo sí y domingo también va a comer a casa de Pepeta. Su familia es conocida en la ciudad, pues antes de que le tocara la lotería a su padre y montara una pequeña empresa de transporte marítimo, eran los propietarios de una fábrica de jabón que había justo al otro lado de la calle. Pero las malas lenguas añaden otros detalles a la historia. Por ejemplo, que el billete de lotería de Navidad se lo guardó la propietaria de la administración a la que iba siempre que estaba en Barcelona, en teoría por trabajo y en la práctica para ver a su amante y a la hija de ambos, y como resultó ganador, una vez cobrado, no volvió a visitarlas nunca más. Y hay quien dice que el principal cometido de la embarcación familiar, bautizada con el nombre de Antonio en honor al patriarca, no es solo la pesca, sino el contrabando de mercancías entre España y Cuba. De todos modos, viendo el talante progresista de los Moreu, y cómo les gusta mezclar negocios y placer, resulta evidente que no les importa demasiado la palabrería ajena.

—Parece ser que tienen un baño completo, igual que en los hospitales... —oyó decir a unos albañiles vecinos de Mataró.

—Qué grima... ¡Y qué dispendio!

Pero a Antoni, en su primera visita, no le impactó tanto el cuarto de baño con lavamanos, bañera y bidé, nada habitual para la época, como el resto de la casa, con aquel estilo inglés, sofisticado y alegre. Le cautivaron el gran salón con el piano de cola, la *chaise longue* y los tresillos, tapizados a conjunto con las cortinas, los mosaicos blancos y azules, los cuadros de paisajes tropicales y marineros, los frescos imitando la hiedra que sube por las paredes y las vigas del techo, el reloj de péndulo, los muebles de caoba... Y, sobre todo, el calor familiar que allí se respira. Por eso vuelve siempre que puede. Por eso y para verla a ella también, claro.

En casa de Pepeta, alrededor de la mesa, se reúnen la familia y los amigos, todos miembros de la cooperativa. Gente culta y viajada. Pero lo mejor viene después del festín, a la hora de digerir con la ayuda de licores o infusiones de hierbas; aunque algunos echan cabezadas y otros fuman, todos participan en la tertulia a su manera. En este ambiente distendido se habla de cualquier cosa: de la industria, de política, de literatura, de poesía... Sin malicia ni escrúpulos, libremente. Incluso, en algunos casos, las chicas se hacen confidencias al oído y, a pesar de la incorrección de su gesto, estallan en escandalosas risas.

—Pepeta y su hermana no me quitan el ojo de encima... —le confiesa Antoni un día, en voz baja, a su amigo Salvador.

—¡Ya se lo decía yo, que les gusta! —exclama él. Y acto seguido añade, discretamente—: Pero yo de usted me quitaría los fideos de la barba.

Al principio lo deslumbró su belleza física y la espontaneidad, pero, poco a poco, a medida que descubre otros aspectos de ella, el sentimiento se afianza y pasa de la pura atracción a convertirse en algo más consistente. Algo que nunca ha sentido antes por nadie. Una insaciable curiosidad, a todos los niveles, y el anhelo de profundizar en el conocimiento más íntimamente...

Quién le iba a decir que se enamoraría de una mujer tan culta, vivaracha, desenvuelta, apasionada... Una mujer tan diferente a él. ¡Quién le iba a decir que se enamoraría...! Pese a todo, la timidez y el miedo al ridículo lo hacen mantenerse en el anonimato. Al menos por ahora.

—¿Vendrá la semana que viene? —le pregunta ella cada domingo.

—Si Dios quiere.

—¿Y usted? ¿Usted quiere?

—Sí, claro —responde él, midiendo sus palabras, para que la emoción no lo traicione.

Y como si de un as en la manga se tratara, o un tesoro, guarda con celo aquella carta que le escribió, igual que si fuera de amor, a la espera de reunir el coraje suficiente para declarársele. A la espera de que llegue el momento.

Gaudí vive en secreto su amor por Pepeta durante meses. Años. Una vez perdida la cuenta, se reconforta con el mínimo contacto físico que pueda tener en los encuentros que comparten, aunque sean fortuitos, o simplemente observándola. Porque, mientras comen o durante la tertulia, se hable de lo que se hable y haya quien haya, él solo tiene ojos para ella. El objeto de su deseo. Y el de tantos otros también.

—¡Hay cierto pretendiente que incluso le escribe poemas!

—¡Leed alguno! —la instan unos curiosos entre los presentes.

—Eres hermosa, ¡ay de tu mirada! —recita la joven con ademán teatral—. Descubro de delicias un mundo...

Y todos ríen.

—Qué alcázar de coral en lo profundo... ¡Oh, no te alejes!

Todos menos Antoni.

—¡Sonríeme un instante!

Que reprime las ganas de llorar.

No soportaría ser también objeto de burla, o de lástima, como otros admiradores que han abandonado el secretismo. Y la posibilidad de recibir una negativa por parte de Pepeta lo paraliza, pese al riesgo de que alguien se le adelante... Así que, como un pez que se muerde la cola, con el tiempo le resulta cada vez más difícil confesar a Pepita lo que siente. Y la frustración, cada día que pasa, es mayor. Alimentada a menudo por rumores y anécdotas sobre la tendencia de las hermanas Moreu al amor libre.

—No hace mucho —explica su madre—, al día siguiente de un desfile militar que hubo aquí enfrente de casa, me vino a ver el capitán del regimiento, un murciano bastante agraciado y formal, y preguntó por una de mis hijas. Que las había visto en la ventana el día antes, y... ¡que quería pedir su mano!

—¿La mano solo? —exclama el padre de las chicas, haciendo reír a todos.

—Pero ¿para qué comprometerme con un marido, si puedo tener un novio tras otro? —declara abiertamente Agustina.

—¿Así lo vuestro con el seminarista no lleva a ninguna parte...? —pregunta alguien.

Y ella responde:

—¡Al cielo, me lleva!

«O al infierno», piensa Antoni. Pero no se atreve a decirlo en voz alta. Ni en broma.

Viendo cómo pasa el tiempo, y cómo su amigo languidece en secreto, Santaló le recomienda que se lo saque del buche. O del corazón. Sabe que en aquel entorno familiar ha encontrado el refugio y el calor que necesitaba; que los Moreu lo acogen con los brazos abiertos; a él y también a su padre y a su sobrina, a los que aprecian como si fueran parientes... Pero eso no garantiza que Pepeta le corresponda.

—De todos modos —insinúa Pere—. ¿Crees que te conviene una moza tan...? —No acaba la frase.

—¿Tan qué?

—Mm... ¿Liberal?

Y es que, por mucho que él quiera ignorarlo, la chica tiene un pasado bastante discutible.

A sus veintitantos años, Josefa Moreu ya llevaba un matrimonio fallido a sus espaldas y algunas aventuras que ensuciaban el buen nombre familiar.

Unos años atrás, con el visto bueno y la sustancial dote de su padre, se había embarcado rumbo a una nueva vida con un ex militar del bando carlista llamado Joan Palau. Este, que tenía aspiraciones de comerciante, quería abrir un negocio de transporte de mercancías en el norte de África; pero, mientras Pepeta aprendía idiomas, él se pasaba los días en el bar, jugando a las cartas. Finalmente, harta de los azotes que le daba al volver a casa, borracho y sin blanca, le plantó cara. Las cosas tenían que cambiar y mucho: estaba embarazada. Sin embargo, la reacción de su marido no fue como esperaba. Este, en cuestión de horas, vendió el barco que habían comprado con el patrimonio de los Moreu y desapareció del mapa, dejándola sola en el puerto de Orán, en Argelia.

Durante meses, Pepeta sobrevivió como pudo, tocando el piano en antros de mala muerte, llenos de criminales, contrabandistas y prostitutas. Al menos hasta que se tragó el orgullo y pidió ayuda a su familia, quienes enseguida le enviaron dinero para que pudiera volver a su hogar.

Tiempo después, descubrió que Palau se había casado con otra mujer antes que ella, lo que invalidaba su matrimonio, y el hijo de ambos moría de difteria a los tres años.

En el verano de 1885, para celebrar el nuevo emblema y la construcción de parte del complejo, se organiza una gran fiesta en La Obrera Mataronense, y Gaudí se encarga de la decoración. El tema central es la ópera *Safo*, una exaltación a la vida inspirada por la poetisa griega. El escenario es un bosque de lo más realista, lleno de arbustos y rocas, con un arroyo y una cascada de agua corriente de verdad.

—¿Qué es el amor?

A lo largo de todo el día se suceden las actuaciones artísticas. Hay música en directo, los pequeños cantan, los mayores recitan...

—¿Qué es la pasión?

El festival se convierte en un éxito colosal. Y Antoni está exultante. Tanto, que no cabe en sí de la alegría. Todo son felicitaciones. El corazón le late desbocado, le sudan las manos, se le nubla la vista... Y no puede dejar de mirar a Pepeta. No oye, no piensa en otra cosa que no sea en ella. Hasta la ovación final, después del discurso del catedrático madrileño don Miguel Morayta. Entonces, contagiado por la emoción general, decide que ha llegado el momento. Espera que todos se hayan ido para quedarse, con la excusa de ayudar a recoger, y cuando se encuentran solos en un rincón se lo confiesa. Con la cabeza gacha, de una tacada.

—Disfruto enormemente de las tertulias en su casa, de su compañía... Espero que mi interés no la coja desprevenida... Ya sabe que soy hombre de pocas palabras, pero, si se casa conmigo, Pepeta, le demostraré con hechos mi estimación. Hasta que la muerte nos separe.

Entonces, sin darse cuenta, toma una mano de la joven entre las suyas y, antes de que pueda abrir la boca, lo nota. Nota el anillo que lleva en el dedo: el de prometida. Y el brillo que iluminaba sus ojos claros se convierte en un tenebroso mar de lágrimas.

—Lo siento... lo siento mucho —responde ella.

Un fuerte ruido les llega desde el escenario, donde unos hombres desmontan los arreglos; pero parece más bien que el crujido es ante sus ojos, dentro del pobre Antonio.

—Estoy segura de que encontrará a alguien que le corresponda... Sois una bellísima persona. Sois...

Desde antes de conocerlo ya le admiraba. Lo admira como creador, por su intelecto, por la inventiva que le caracteriza; aunque no tanto como soltero descuidado, que a menudo lleva la ropa polvorienta y la barba o el bigote llenos de migas... Ya hacía tiempo que sospechaba de su amor, pero tenía la esperanza de que él nunca se atrevería a confesarlo. Y menos aún el día antes de hacer público su noviazgo. Así, le ofrece lo único que puede darle a esas alturas: el consuelo de una amiga y su admiración más leal.

—¡Sois el arquitecto de sueños! —dice para animarlo.

—Pero no el hombre de los vuestros... —responde él.

Y a pesar de romperle el corazón, sabe que es verdad.

IX

El 2 de febrero de 1906, el Ayuntamiento de Barcelona concede los permisos de obra para construir la Casa Milà.

Sobre el terreno forman equipo un constructor, tres encargados y doce albañiles, con sus respectivos peones, que trabajan de lunes a sábado, además del domingo por la mañana, que es cuando barren y ordenan para dejarlo todo listo para el día siguiente.

A medida que las maquetas toman forma, todos los implicados se dan cuenta de que estas distan mucho de los planos aprobados. Sobre todo la fachada, de un estilo modernista más conservador sobre el papel que en la realidad. Pero Gaudí responde con las mismas palabras a quienquiera que se lo comente:

—Toda obra de arte está viva. ¡Esta, aún más!

Y sigue a lo suyo.

Mientras tanto, los obreros rebajan el terreno cuatro metros.

En lugar de cimientos corridos se hace el desmonte y, encima, una vez bien allanado, el arquitecto ordena profundizar cincuenta centímetros más antes de tirar los puntos que corresponderán a los pilares.

—¿Y esta mole debemos hacerla aquí arriba? —se estremece Josep Bayó.

Su hermano Jaime, profesor de resistencia de materiales en la Escuela de Arquitectura, le responde:

—No te preocupes: está todo calculado. Tú chitón y adelante.

El suelo es de arcilla buena, roja, de la de hacer ladrillos, suficientemente compacta para plantar los pilares en pozos de solo medio metro. Y para ello, se monta un simple encofrado de maderas con ligaduras de cuerda y se llenan de grava y mortero de cal a partes iguales.

Los croquis indican de forma muy precisa el diámetro y la situación de cada columna. Algunas son de hierro fundido, aunque la mayoría, especialmente las del sótano, se hacen con los escombros del derribo del chalet de Ferrer-Vidal. Pocas son totalmente de piedra: solo las que dan a la fachada, a los patios y las de la planta noble, que corresponde a la futura residencia de los Milà.

La resistencia de los pilares se lleva a cabo en la casa Hermenegildo Miralles, un fabricante de asientos de silla donde se dice que existe la prensa más fuerte de toda Barcelona. Allí envían cubos de piedra y ladrillo para hacer pruebas cada día, durante semanas. Y tantas pruebas hacen, que acaban por romperla.

Una vez subidos los pies verticales, encima se ponen las vigas de hierro que constituyen los techos, con pequeñas bóvedas a la catalana. Los forjados son vigas y viguetas suministrados por Herrerías y Construcciones Torras, la empresa fundada por un antiguo profesor de Gaudí que lo aprobó, sin conocerlo de nada, solo por un ejercicio de cálculo. Las piezas llegan a la obra listas para colocar, perfectamente curvadas por los obreros de Astilleros Morell de la Barceloneta, gracias a las prensas de hacer planchas para barcos. Todas, una vez integradas en la estructura, son unidas a mano, una por una, por cerrajeros de la misma empresa náutica. Solamente con tornillos y remaches, sin ningún tipo de soldadura.

El patio circular se sustenta en una corona metálica de vigas y dobles vigas, semejante a un paraguas, como en las criptas góticas. Para colocarla se monta un enorme caballete, y todos los cerrajeros aprietan los tornillos, ahora uno, ahora el otro, hasta tenerlo completamente ajustado.

Aparte de la buhardilla y la cubierta, la Casa Milà dispone de cinco plantas. Y en cada planta hay más de cuarenta toneladas de hierro.

Alrededor de todo el edificio, por debajo del nivel de la calle y a la altura del semisótano, se construye un túnel por el que pasarán las tuberías de gas, los desagües y los cables eléctricos cuando llegue el momento. Una vez terminado el sótano, futuras caballerizas y cochera, se habilita un cuarto con estufa donde trasladan las oficinas desde la barraca de obra, el último vestigio del chalet, que a continuación derrumban. Y el siguiente paso consiste en partir a trozos la maqueta general del yesero Bertran, para llevar cada parte a la zona que le corresponde de la obra, y que así los picapedreros tengan el modelo presente a la hora de trabajar. Con lo grande que es, hacen falta dos hombres para cortarla y un serrucho de doble asa. Y además de muchas horas, la repartición casi le cuesta a uno de ellos una mano.

A los pocos días, el obrador de la casa se transforma de nuevo en el aula donde Gaudí da explicaciones a alumnos, amigos y curiosos, ya sean o no arquitectos. Y el desfile de gente por la obra es continuo.

—No sé cómo consigue criar tantas pulgas aquí... —refunfuña el maestro, con Bayó poniéndole polvos insecticidas en los bajos de los pantalones.

—¡Unos las traen y otros se las llevan! —responde Bertran, el yesero, que es quien pasa más tiempo en el sótano.

El arquitecto trata a todos por igual, muy educadamente. Cuando hay algún error o tiene que regañar a alguien, siempre lo hace bajando la voz. Al revés de la mayoría de gente, cuanta más razón tiene, más la baja. Y a la hora de dar órdenes, una vez hechas las explicaciones pregunta:

—¿Lo has entendido?

Cuando la respuesta es no, vuelve a empezar. Y cuando es sí, añade:

—Pues ahora cuéntamelo tú, venga.

X

A finales de marzo de 1870, Magdalena Artells Àvila entra en la mejor boutique de Reus para recoger los trajes que un mes atrás había encargado: uno de día, uno para ir en coche y otro para las fiestas de la alta sociedad tarraconense. De los tres, el último es el más elegante y el que primero quiere probarse, pues esa misma tarde piensa ir a hacerse un retrato con él. Su marido se va a Murcia a trabajar la semana próxima y quiere darle una sorpresa, obsequiándole con una bonita fotografía. Para que se acuerde de ella durante los meses que estarán separados.

—Me aprieta de aquí... —refunfuña con las manos en el vientre—. ¿Cómo puede ser?

La modista no se atreve a decir nada por miedo a ofenderla; clientas acomodadas como ella son las que llenan sus armarios y la caja de la tienda con igual generosidad. Pero las amigas que acompañaba a la joven no tienen tantos miramientos.

—¿No será que has engordado un poco?

—Quizás estés embarazada de nuevo...

Magda las ignora, mientras persigue su reflejo por los espejos del probador. Sin embargo, en ellos también ve a las chicas sentadas en la *chaise longue*, a punto para tomar su té a la inglesa. Y solo con pensar en las deliciosas pastitas de acompañamiento, se le hace la boca agua al instante.

—Ajusta un poco más el corsé —le ordena a la costurera. Y subiendo otra vez a la tarima añade—: Y sírvenos también algo para comer, que se me ha abierto el apetito.

—¿Solo el apetito...? —exclama una de las jóvenes, riendo al ver que se le ha descosido un pespunte.

Ella maldice en voz baja y las tres mujeres la oyen, pero nadie abre la boca. Las amigas porque se la llenan de galletas y la modista porque aguanta los alfileres. Además, es tan feo que una mujer diga palabrotas como que otra las escuche.

Al anochecer, en casa de los Segimon-Artells reina una falsa paz. Por suerte, la niñera acuesta a los niños pronto, así que Magdalena y su marido se quedan un rato a solas en el comedor, por fin. Y entonces, el malestar que la corroe salta a la vista.

—¿Qué ocurre? —le pregunta él, sospechando de su silencio.

—¿Te parece que estoy más gorda?

—Más que... ¿cuándo?

—Que hace unas semanas.

—Ay, mujer...

—¡No sé ni por qué te lo pregunto! —lloriquea, levantándose de la silla de golpe.

—¡A mis ojos estás tan guapa como el primer día! —contesta él para que recupere la calma—. ¿De acuerdo? Y no le des más vueltas. Esa cabecita tuya piensa demasiado —bromea, quitando hierro al asunto—. Deberías buscarte distracciones... ¿Por qué no vas mañana a la boutique aquella de Reus que tanto te gusta y te compras un vestido bien bonito, eh?

Y antes de terminar la frase, mete mano a la cartera. Ella, sin embargo, detiene el gesto, muy contrariada.

—Domingo, por favor... No te marches —le dice con un tono de súplica que emociona a su hombre—. Que vaya tu hermano solo por una vez...

—Amor: me quedaría contigo si no fuera por el trabajo. Pero sabes que este encargo de Murcia es muy importante para nosotros, ¿verdad? Haremos una carretera tan larga que...

—Estoy embarazada —lo interrumpe, mirándolo fijamente; esperando que, por una vez, elija a su propia familia en lugar de una maldita obra, y que no la deje sola, de nuevo, durante casi un año.

—¡Qué alegría! —responde él, abrazándola tan fuerte que la levanta del suelo y hace volar sus pies.

Por un instante, Magda cree que sí: que la escogerá a ella, a sus hijos, el hogar que casi nunca comparten. Pero al cabo de unos minutos, sin soltarla de sus brazos, Domingo le dice al oído:

—Pasará rápido, cariño, ya lo verás...

Y más tarde, en la cama, bajo las sábanas, finge no oírla sollozar.

A lo largo del verano, Magdalena se cansa de todo. Del calor, de sus amigas estiradas, del servicio que la trae de cabeza, de sus hijos que no le dan más que disgustos... Pero especialmente de sentirse sola. Está harta de que su marido pase más tiempo fuera de casa que allí, con ella y los niños. Y no puede evitar creer que quizá tenga una amante. O peor aún: que ya no la quiera…

Un vacío espantoso crece en su interior y ni comprarse vestidos, ni sombreros, ni zapatos le ayuda a desprenderse de esa horrible sensación. Solo cuando piensa en el bebé que pronto nacerá experimenta cierto consuelo. Su pequeña. Porque lo que lleva en el vientre es una niña; se lo dijo una vidente que le echó las cartas a principios de junio. Aquella mujer, además, le informó de que sería una criatura bellísima, cautivadora, irresistible; que rompería el corazón a muchos hombres. Y aquello, curiosamente, reconforta a Magda de una forma extraña. Y le da un brillo especial. Tanto, que los días de fiesta mayor todo el mundo habla de ella, convirtiéndose en el centro de todas las miradas, igual que cuando era joven y soltera. Más aún con su nuevo vestido de seda y batista, color burdeos, y una elegante pamela con un enorme lazo a juego. A partir de entonces es como si transpirara por su piel el encanto de la hija que lleva en el vientre, hipnotizando a todos los reusenses que se atreven a mirarla… Hasta el día del parto.

—¡Qué criatura tan hermosa!
—¡Es una preciosidad!
—¡Parece una muñeca de porcelana…!

Amigos, familiares, conocidos: cada persona que las visita dice lo mismo. Al igual que Domingo, cuando, tres meses después del nacimiento, vuelve a casa y la ve por primera vez. Tan impresionado se queda, que casi se olvida de preguntar a su mujer cómo se encuentra. Y no es el único. Así, poco a poco,

Magda va volviéndose invisible a los ojos de su esposo y del resto también.

—Incluso el nombre es perfecto —comenta el padre con los invitados, pletórico de orgullo—: Roser: ¡la flor que faltaba en nuestro jardín! ¿Verdad, querida?

Y Magdalena sonríe para satisfacerlo, consciente de que ya ha perdido todo el protagonismo. Pero cuando está a solas con la criatura, mientras le da el pecho, también cae en el mismo hechizo que los demás. Porque la niña es como un ángel caído del cielo, y es incapaz de dársela a una nodriza para que la amamante. Y pese a chuparle la vida con cada sorbo, no puede hacer otra cosa que apretarla bien fuerte entre sus brazos. Y amarla.

Desde pequeña, Roser Segimon i Artells ya sobresale de entre el resto de chiquillos, sean o no de clase pudiente. Aunque no solo por ganar siempre las apuestas que hacen las niñeras sobre quién de ellas saca a pasear al niño o la niña más acicalado. La fama de su belleza es conocida por burgueses, plebeyos y artesanos. Por todo tipo de gente. A pesar de que algunos no la han visto nunca.

—Enhorabuena, señora —dice tímidamente el hombre al que conoce como el hijo de la Calderera—. He oído que ha tenido una niña preciosa...

Por norma, Magda no suele hacer encargos a los que puede mandar al servicio, por ejemplo ir a buscar un cazo nuevo que ha encargado. Pero últimamente cualquier excusa le viene bien para salir de casa. Necesita tomar el aire, respirar lejos de aquellas paredes que la ahogan igual que un cepo. Con o sin su marido, se le cae encima. Cada vez más.

—Dicen que es casi tan bonita como su madre…
—susurra el calderero, observándola de reojo mientras cuenta las vueltas.

—¿Cómo se llama? —le pregunta ella, sonriendo—. Mi familia ha comprado aquí las cacerolas toda la vida y no recuerdo su nombre…

—Francesc Gaudí, para servirla —responde él, mirándola de refilón con sus profundos ojos azul cielo.

—¿Tiene hijos, Francesc?

—Sí. Tres, señora: dos chicos y una chica. El pequeño es el que me ayuda aquí en el taller. Pone cenefas en las calderas y las ollas, como la que hay en el suyo… Así quedan más bonitas, ¿sabe?

Magdalena duda un momento. No quiere que parezca que está haciendo caridad a este hombre que tan amable es con ella. Por eso le dice en voz baja y con mucho tacto.

—Venga a casa algún día. Tenemos mucha ropa que casi ya no utilizamos y estoy segura de que le sacarían más provecho que nosotros. Y a veces sobra tanta comida…

De repente, se da cuenta de que al calderero se le humedecen los ojos y calla unos segundos. El tiempo de estrechar su mano con las monedas del cambio dentro.

—Gracias, Francesc.

—¿Por qué? —pregunta él.

«Por verme, hablar conmigo, escucharme», piensa Magda. Pero en voz alta solo responde:

—Por todo.

A medida que se hace mayor, la pequeña de los Segimon acapara más y más la atención de los que la rodean.

Con sus rizos perfectos, los ojos color miel y su blanca tez... Cada día más hermosa y avispada, es como si ejerciera algún tipo de poder sobre la gente. Y gracias a ello, satisface siempre sus deseos. Pero no toma plena conciencia de su poder hasta el verano de 1874, cuando, siguiendo la costumbre de cada año, Magdalena y sus hijos se van a casa de unos parientes al Aleixar.

—¡Quiero tarta de cerezas! ¡Quiero tarta de cerezas! —repite, incansable, una tarde a finales de septiembre, habiendo ya merendado.
—Si acaba de zamparse un tazón de *menjar blanc*... —suspira la niñera.
—¡Tengo hambre! ¡Tengo más hambre! —chilla la niña en una de sus pataletas.
—De acuerdo, de acuerdo... —acepta la joven, sirviéndole una generosa ración.
Mientras, Magda toma el fresco en el jardín, ignorando los caprichos de Roser. Lleva rato con un libro abierto en las manos, aunque en realidad tiene la vista perdida más allá de sus páginas. En un par de días vuelven a la ciudad para reencontrarse con Domingo, que regresa de construir otra carretera en Valencia, y ya añora el paisaje del Camp de Tarragona. El lejano horizonte que le permite olvidarse del mundo, del ajetreo de Reus, de las asfixiantes paredes de su hogar... Y, sobre todo, de los berrinches de su hija. La niña tiene que salirse siempre con la suya. Incluso cuando es imposible.

—No me gusta la carne —gruñe la niña la última noche, durante la cena—. Quiero pescado. ¡Quiero pescado! —reclama con insistencia.

La criada, el cocinero, la niñera, los parientes,... nadie sabe qué darle, todos queriendo complacerla, pese a que no hay ni una sardina en la despensa. Y Magda, consciente de que para la niña es un juego y de que solo pretende incordiar, harta de tanta tontería, corta de raíz el problema.

—Esto es lo que hay. Y hasta que no deje el plato limpio no se levantará de la mesa —anuncia. Y dirigiéndose a su hija, añade—: Me has oído, ¿verdad? Pues ya sabes lo que tienes que hacer.

Con la puesta de sol, ordena que arropen a los chicos, da permiso a la niñera para retirarse, al igual que a todo el servicio, y se queda a la mesa, sentada frente a frente con su hija. Luchando contra el sueño, al igual que la niña, que cuando no se frota los ojos repite la cantinela, como si de repente recordara por qué sigue allí:

—Quiero pescado, quiero pescado, quiero...

El chasquido de un trueno despierta a Magdalena de repente. Y antes de preguntarse cuánto rato lleva durmiendo apoyada encima de la mesa, se da cuenta de que está sola. Frente a ella, el plato y el filete siguen intactos, pero la niña no está.

Corre a la habitación de los niños, a la suya propia, a la de los familiares, por toda la casa... Nada. Entonces ella y el servicio salen a buscarla, por la finca y sus alrededores, bajo un chubasco terrible. Los rayos estallan en el horizonte, pegando fuego al cielo. Los truenos ensordecen los gritos de unos y otros, que no paran de repetir el nombre de la pequeña. Van hasta Maspujols, hasta Vilaplana, incluso buscan en el arroyo, que se desborda por momentos a causa del temporal... Nada. Ni una pista. Y con las lágrimas fundiéndose bajo el aguacero que los empapa, horas después vuelven al caserón con las manos vacías. Y entonces tiene lugar un hecho de lo más extraordinario, algo nunca visto: de repente, empiezan a llover peces. Peces vivos, que chapotean en los charcos llenos de lodo para salvar su vida. Peces de mil formas y colores. Peces que caen del cielo igual que la lluvia...

Mientras todos contemplan boquiabiertos el espectáculo, a salvo, esperando que aclare la tormenta para proseguir la búsqueda, Magda, en el porche de la casa, de rodillas, suplica que un milagro le devuelva a su niña... Y cuando ya está a punto de rendirse, baja la mirada de las nubes y la ve justo frente a ella. Empapada de arriba abajo y con la falda arremangada igual que un fardo, llena de peces.

—¿Lo ha visto, madre? —pregunta con una sonrisa de oreja a oreja—. Lo ha visto, ¿verdad?

Transcurrieron muchos años hasta que Magdalena accedió a pasar de nuevo un verano en el Aleixar. El susto vivido durante el mítico aguacero de Santa Tecla, cuando una tromba marina azotó el pueblo, la marca de por vida. Y a su hija también, pese a que aún no lo sabe.

Para la joven en que se ha convertido Roser, aquella aventura no es más que una anécdota de la infancia. Una de tantas de las que han quedado atrás. Como las rabietas y los caprichos absurdos de chiquilla. Para ella, ahora, ya hay otras cosas mucho más importantes: el amor, por ejemplo. Con dieciocho primaveras, que luce esplendorosa, nada la satisface tanto como hacer uso de su ingenio para cautivar y seducir a los pretendientes que la rondan. Nadie tiene unos cabellos tan bonitos, una mirada tan dulce ni una piel tan blanca como la suya. Y causa verdadera sensación. En Reus, claro. Porque durante las vacaciones de 1890, de nuevo en aquel pequeño pueblo del Baix Camp, no es la única que despierta interés entre los solteros locales. Una extranjera de ojos, piel y cabellera oscura le roba gran parte del protagonismo. La muchacha, llamada Lola, es hija de un rico indiano nacido en el Aleixar, del que corren rumores apasionantes: que era el dueño de una inmensa plantación de café en Guatemala con doscientos esclavos a sus órdenes, que descubrió una mina de oro en California, que posee acciones del Canal de Panamá... Y Roser, víctima de la curiosidad igual que el resto, decide hacerse amiga de la joven. Además, la simple idea de confraternizar con los Guardiola, una familia de la nobleza catalana, le resulta muy tentadora.

XI

Poco tiempo después del festival en La Mataronense, Pepeta se casa con Josep Caballol, hijo de un conocido arquitecto. Pero la propuesta matrimonial de Gaudí no es lo único que fracasa: también el proyecto de la cooperativa. Y, de repente, Antoni siente como si hubiera perdido un montón de años de su vida. El rechazo de la mujer que ama todavía resuena en su cabeza, y el orgullo herido y la desdicha lo carcomen en silencio. Quizá por lástima o quizá por afecto, la joven guarda en secreto la proposición y no dice nada ni a la familia ni a los amigos. Así pues, los Moreu siguen invitándole todos los domingos a comer, pero él declina la oferta cada vez. La excusa es siempre la misma: tiene trabajo, mucho trabajo. Y como en parte es verdad, no solo funciona para ahorrarle asistir al enlace, sino que se convierte en un clásico.

—Me alegro tanto de haber aceptado la oferta de Josep Maria Bocabella… —admite en una conversación con Pere Santaló.

Lo que no reconoce en voz alta es que la Sagrada Familia le permite esconder la cabeza bajo el ala, que es justo lo que necesita.

—Quizá fue una señal divina... —bromea su amigo sin atreverse a terminar la frase por no recordarle el desafortunado rechazo. Bastante le duele verlo tan pesimista...

—No me casaré nunca —sentencia Antoni.

—Va, hombre, va...

Pere lo interpreta como un simple lamento e intenta animarle, pero los interrumpe su hija pequeña, cosa que indigna mucho a Antoni.

—¡Las niñas hablan cuando las gallinas hacen pipí!

Y con el llanto desconsolado de la criatura finaliza la conversación.

—Puede que estés predestinado a hacer otras cosas... —remata Santaló—. Cosas más importantes.

—Más importantes... —repite él, despidiéndose pensativo.

Al día siguiente, después de mucha reflexión, vuelve a casa de su amigo y agradece sus benevolentes palabras. Aunque, en realidad, el motivo de la visita es para llevarle unos caramelos a la niña y disculparse por el exabrupto de la jornada anterior.

Aparte del temperamento propio de su tierra natal, al ya no tan joven arquitecto se le endurece el carácter. El sentido del humor y la paciencia que en otros tiempos gastaba escasean ahora. O se le agota, de golpe, hasta el punto de traerle problemas.

Una mañana, como tantas otras, está en la Sagrada Familia con el padre Torres i Bages repasando unos croquis de la obra. Fuera, en la explanada de Sant Martí dels Provençals, se encuentran algunas paradas de churros y dulces donde la gente va a pasar el rato.

Hoy, sin embargo, al alborozo de costumbre se suman varias compañías de infantería y caballería que hacen la instrucción a toque de trompeta y tambor, aprovechando la sombra que hay en la parte de la calle Provença. Justo debajo de su estudio.

—Pero ¿es que no trabaja nadie en este país? —estalla Antoni, enfurecido, al cabo de un rato.

A los parientes de los militares se les unen multitud de curiosos. Y gracias a sus vítores, la música y el entusiasmo van en aumento.

—¡Esto no hay quien lo aguante! —gruñe.

Envía a uno de sus colaboradores, el dibujante Ricard Opisso, a decirles que bajen el volumen.

—¡O que se vayan! —dictamina.

Efectivamente, las compañías callan y el joven vuelve satisfecho a su escritorio. Pero minutos después aparecen por la puerta un brigada y dos sargentos, con cara de perro, preguntando por el responsable.

—¿Quién se cree que es usted para mandar a callar al ejército? —riñen, iracundos—. ¡Nosotros cumplimos órdenes!

—Me parece muy bien... —responde Antoni. Y sin morderse la lengua, añade—: ¡Pero vayan ustedes a cumplirlas donde no molesten a los que trabajamos!

La reacción es inmediata, a pesar de que el dibujante y el capellán interceden a su favor. A las palabras de Antoni siguen las amenazas de los oficiales, y a estas, nuevos argumentos por parte del arquitecto cargados de cinismo y terquedad. Así que, ya encendidos los ánimos, los militares pretenden llevárselo detenido. Y en pleno forcejeo aparece otro oficial para exigir explicaciones.

Por suerte, el hombre en cuestión resulta ser el

hijo de un amigo de Gaudí, el marqués de Montoliu, y pone paz a su favor. Pero no solo eso: aboga en su nombre ante el coronel del regimiento para que permita hacer de modelos a tres de los soldados que tocan la corneta y, con su ayuda, poder esculpir los ángeles trompeteros de la fachada. Con su ayuda y la del joven Opisso, que, en un intento de redención, hace de cuarto ángel.

—A ver si así os acercáis al Señor —le dice.

«A mí me gusta más acercarme a las señoras», piensa el joven artista. Aunque, sabiendo cómo las gasta el maestro, se lo calla.

Los que conocen a Antoni creen que el exceso de encargos es el principal motivo por el que siempre anda cabizbajo, meditabundo; que lo que le pasa es que trabaja demasiado... Únicamente Santaló y su padre saben a ciencia cierta que el origen de sus males es que le han roto el corazón. Y eso, ni el mejor arquitecto lo arregla. En esta materia siempre quedan grietas.

Cuando ya creía que había pasado página, que no yendo a Mataró tenía resuelto el tema, descubre que Pepeta y su marido se han trasladado a vivir al Eixample. De hecho, a la calle Diputació donde vive él unos pocos números más allá. Desde la ventana de su despacho puede ver una de las suyas. Pequeña y lejana. Pero la simple posibilidad de que esté allí, tras el cristal, en casa, mirando también afuera, le roba la concentración. Y ya no digamos encontrarse con ella. Así que, los días que la ve de lejos, corre, se esconde.

Mantiene la distancia. Pero muchas noches no puede evitar recordarla...

Son años llenos de nuevos y viejos sueños.

En la Exposición Universal de 1888 surgen muchos admiradores de su trabajo, encantados con el pabellón de la Compañía Transatlántica que ha construido para el segundo marqués de Comillas, Claudio López Bru. Pero eso no es todo. Desde 1883 trabaja diseñando una residencia veraniega para Manuel Vicens i Montaner, ceramista y corredor de cambio y bolsa. En la Casa Vicens fusiona estilos tan dispares como la campiña inglesa, el estilo árabe y los mosaicos romanos, con la inspiración que obtiene de observar las flores y plantas del terreno donde construye, situado en la calle Sant Gervasi. Paralelamente, en Cantabria, edifica la Villa Quijano, con un marcado aspecto oriental, llamada El Capricho por ser fruto de un antojo de Máximo Díaz de Quijano, cuñado del mismo marqués.

A finales de la década de 1880 termina los pabellones Güell en el palacio de Pedralbes, construido por su amigo Joan Martorell en una finca de treinta mil metros cuadrados, al mismo tiempo que construye una nueva residencia para la misma familia, en la calle Condes de Asalto, cerca de la Rambla. Y entre las obras de ampliación del colegio de Santa Teresa y el altar de San José de Calasanz en la basílica de Montserrat, todavía saca tiempo para viajar.

Visita León, donde proyecta la Casa Botines, un almacén-residencia para Joan Homs i Botinàs, comerciante que hace negocios con los Güell y tantos otros empresarios textiles catalanes. En la misma provincia, en Astorga, acepta el encargo del obispo Joan Baptista Grau para reconstruir el palacio episcopal, que había quedado destruido por un incendio años antes. Gracias a la financiación y con la compañía de Claudio López Bru, descubre el sur de España y Tánger, trabajando en la idea de construir unas misiones católicas franciscanas. Y siempre que puede, cuando está en Cataluña, sale a pasear con los compañeros de la Agrupación Excursionista, de la que es miembro fundador.

A principios de la década de 1890, aparte de la construcción de la Casa Botines y proseguir con su labor en la Sagrada Familia, inicia las obras de la bodega Güell en el Garraf y, también para la familia de su mecenas, diseña la capilla sepulcral que se construirá en Montserrat y la iglesia para la Colonia de Santa Coloma de Cervelló. Y en su tiempo libre, sustituyendo a veces el excursionismo, participa en las actividades del Círculo Artístico de Sant Lluc, una entidad católica dedicada al fomento de las artes.

Son años de mucha actividad. Años de sueños... Y de pesadillas.

La noche del 7 de noviembre de 1893 Gaudí vuelve de cenar con su amigo Salvador Pagès, artífice de la malograda cooperativa. A pesar de todo, sus ideales anarquistas siguen intactos, y Antoni, que vive al margen de las incipientes revueltas, lo escucha con más respeto que interés.

—¿Lo has oído? —pregunta Pagès de golpe.

—¡Claro! —responde él, distraído—. Hace años que te escucho.

—No digo a mí, sino el estruendo que ha sonado.

—Mm. ¿Un accidente, tal vez?

—O algo peor...

Al acercarse al origen del ruido, se cruzan con unos jóvenes que corren despavoridos en dirección contraria. Y antes de que puedan preguntar si saben qué sucede, uno de ellos anuncia gritando:

—¡Ha estallado una bomba en el Liceo! ¡Ha estallado una bomba en el Liceo!

Entonces, al girar la esquina que da a la Rambla, ven confirmadas sus sospechas: se trata efectivamente de un atentado.

Una bocanada de humo y de polvo sale por la entrada del teatro, junto con las víctimas cubiertas de sangre, propia o ajena, que se reúnen en la calle. Gritos y llantos se mezclan con los lamentos de decenas de moribundos que aún quedan dentro.

—Los Moreu... —farfulla Salvador con la mirada perdida.

—¡Dios mío! —exclama Antoni.

Pero, acto seguido, se da cuenta de que su amigo no ha dicho lo mismo que él.

—¿Qué quieres decir con los Moreu...?

Este no contesta. Y por cómo lo agarra de los hombros, con lágrimas en los ojos, tampoco le hace falta: sabe que Pepeta está ahí. Tal vez herida, asustada, sola... Y corre entre la multitud que se amontona en la puerta, gritando su nombre a diestro y siniestro; corre buscando su cara entre quienes huyen de la tragedia. Y corre, al no encontrarla, hacia el interior del teatro, con el pañuelo tapándose la boca y la nariz para poder respirar, ignorando los gritos de los presentes.

—¡Se ha vuelto loco! —exclama alguien.

Pero no: simplemente está enamorado. Todavía. Y más de lo que pensaba...

Entre la masacre, el desparrame de butacas reventadas y restos de cuerpos que hay en la platea, sortea obstáculos para escudriñar los rostros medio desfigurados de los cadáveres. Repitiéndose por dentro: «Por favor, Señor, por favor, que esté viva». Y como tampoco hay suerte entre los muertos, se va corriendo a las farmacias más cercanas, y a la Casa de Socorro, donde ha oído que atienden a los heridos. Va, a pesar de los consejos del amigo Pagès, que le sigue para evitar que se ponga en ridículo. Va trastornado, sin aliento. Y por el camino pierde la conciencia.

—Por favor, Señor, sálvala... Haré lo que sea... Mi vida a cambio de la suya... —mascula antes de desmayarse.

Cuando vuelve en sí se halla en casa. Supone que no está solo, pues oye un rumor en la cocina, pero no se queda a averiguar de quién se trata. Sale corriendo a la residencia del matrimonio Caballol-Moreu y solo se detiene unos metros antes, al chocar con un mozo que vende diarios al grito de:

—¡Todo sobre el atentado! ¡Todo sobre el atentado!

Con la vista nublada y el pulso tembloroso rebusca los bolsillos, le entrega unas monedas al joven y se apresura a leer la noticia, buscando el nombre de ella entre las víctimas. Pronto descubre que el artículo cita a los heridos, no a los muertos. Y cuando ya se siente desfallecer de nuevo, temiendo lo peor, una voz conocida le hace reaccionar.

—¿Antoni?

Es la voz de Pepeta.

—¡Qué agradable sorpresa! Cuánto tiempo...

Él, por un instante, quisiera estrecharla entre sus brazos, fuertemente, para asegurarse de que no está soñando; que es ella la mujer que le habla y le sonríe.

—Una alegría verla... —afirma, conteniéndose.

—Sabe lo que pasó anoche, ¿verdad?

—Una desgracia...

—¡Un milagro! —lo interrumpe ella.

Y le cuenta su versión de los hechos.

Parece ser que el matrimonio tenía previsto asistir al estreno de la temporada en el Liceo para ver la ópera *Guillermo Tell* y celebrar con los tíos y la prima Margarita la puesta de largo de esta. Por la tarde, sin embargo, cuando Pepeta se puso el traje que le habían hecho a medida expresamente para la ocasión, resultó que le quedaba estrecho. Sin querer, al quitárselo, se rasgó. Y aunque el desgarro era una minucia comparado con el disgusto, prefirió quedarse en casa, decisión que su hombre secundó para no contrariarla más.

—¿Puede creérselo...?

«No», piensa él. Porque cuesta admitir que esta sea la misma joven espontánea de quien se enamoró locamente hace casi diez años. Diez años, piensa.

Justo entonces aparece su marido, y ella los presenta.

—Josep Caballol. Un placer conocerlo finalmente, señor Gaudí, aunque sea en estas tristes circunstancias...

Pero Antoni ni lo mira ni lo escucha. Solo sigue pensando que, gracias a Dios, ella está viva.

—Enhorabuena —dice al despedirse.

La pareja, creyendo que los felicita por el nuevo embarazo, responde:

—Gracias. Será el cuarto. Si es niña le pondremos Margarita.

Y Antoni, que ni se había dado cuenta, sonríe por no llorar. Y no de alegría.

La misma noche, y durante semanas, se le hace casi imposible dormir. Las imágenes de los cadáveres del atentado lo atormentan, sentados en sus butacas, llenos de sangre y vísceras; se ve corriendo desesperado, buscándola; a ella riéndose de él, de su amor no correspondido. Y en medio de la pesadilla, en el escenario, Pepeta sonríe mientras su esposo le acaricia la barriga lascivamente…

Le costó tanto recuperarse de aquel rechazo entonces, que ahora, después de darse cuenta de que los sentimientos siguen vivos en su interior, no sabe qué hacer. Piensa en ella de nuevo, despierto y en sueños. De día y de noche. Con la cabeza y con el cuerpo. Se siente ridículo, patético, solo, sucio. Y no sabe qué hacer. Qué creer. Ni cómo purgar estos sentimientos de una vez para siempre…

A los achaques de una salud endeble desde la infancia, pronto se le suma el agotamiento, fruto de años de trabajo excesivo y de poco descanso. Así pues, durante la cuaresma de 1894, sumido en un intenso ayuno expiatorio, que confía le aclarará la mente, cae en una profunda depresión. Física y moral.

Tocando fondo, sin saber dónde agarrarse, Antoni ignora su propio sentido común y el de aquellos que lo aman. Hasta que el capellán Torres i Bages, un buen amigo a quien él admira y respeta, intercede. Justo a tiempo.

—Perdóneme padre porque he pecado…

Al menos para salvar su alma.

A partir de ese momento, Gaudí toma la fe como tabla de salvación; como la única luz que aporta claridad a su periplo vital. Ya no hay lugar para el amor humano en su existencia terrena; ni tampoco para las debilidades de la carne. Y sin imaginar hasta qué punto es determinante esta decisión para su futuro, y el de muchos otros, emprende una nueva etapa reforzado por esta catarsis, convirtiéndose en un devoto creyente. Al fin y al cabo, ha hecho una promesa...

XII

La primera vez no es como ella esperaba.

A Roser le hubiera gustado comentarlo con alguien antes, para hacerse una idea más aproximada, pero resulta de mala educación hablar de vergüenzas e intimidades. Y a pesar de haber vivido el impulso en varias ocasiones, como buena cristiana que es, no ha sucumbido nunca a la tentación y llega impoluta a la boda. Así que el mismo día del casamiento pierde la virginidad y toda idea romántica sobre el sexo. El placer de las caricias de inmediato se transforma en dolor al ser penetrada y, en un santiamén, el acto concluye, dejándola sorprendida e insatisfecha a partes iguales.

—¿Es normal que salga sangre...? —pregunta, solo a su madre, al día siguiente de consumar el acto.

Y esta, con una sonrisa burlona, le contesta:

—¿Qué pensabas, que todo es un camino de rosas?

Pronto se da cuenta de que, de hecho, estaba más enamorada de la idea de convertirse en esposa que de serlo. Se percata de la realidad: que las expectativas sobre el matrimonio y el amor estaban centradas solo en ella misma y en sus sueños, sin tener en cuenta al hombre con quien debe compartir ahora el resto de su vida. Un marido de carne y hueso que dista bastante del príncipe azul que imaginaba. Sí, es un *gentleman* que viste ropa de confección inglesa, se baña cada día y parece un aristócrata ruso con su bigote, pero en la cama... en la cama es otra cosa.

Mil preguntas la acosan y una gran decepción la invade por momentos.

—El amor es como una herida abierta que no se cierra nunca —afirma doña Magdalena—. Recuérdalo... Y ve acostumbrándote.

Y con estas palabras da por cerrada la conversación con su hija antes de que empiece.

Durante semanas mantiene una actitud resignada hacia don Josep, sobre todo a la hora de acostarse, y poco a poco ve cómo la urgencia de los primeros días va disipándose y, en su lugar, aparece una mezcla de entusiasmo y ternura muy reconfortante. Pronto ya no le importa que la llame muñeca, por la blancura de su piel, u otras cosas menos bonitas que la hacen enrojecer en la oscuridad. Le gusta que, en la intimidad, no la trate siempre como si fuera de porcelana. Incluso hacerlo con la luz encendida o en extrañas posturas, y que la cosa dure más que un par de minutos... le gusta, tanto, que no entiende por qué no lo hacen más a menudo.

—Ahora no. Tengo trabajo —responde él muy serio a las insinuaciones de su mujer, sentado en el escritorio, mientras hojea documentos y libros. Como siempre.

Su esposo pasa horas en la biblioteca, rodeado de libros en catalán, castellano, francés, alemán y otras lenguas; de ejemplares y ediciones curiosas, algunas muy antiguas. Es un hombre culto como pocos. No es de extrañar pues que muchos crean que es masón. Ella también es una gran amante de la lectura, la escritura, la música; pero puestos a elegir...

Al cabo de un rato, harta de merodear por la sala suspirando, al igual que una chiquilla que no puede salir a jugar, se lamenta en voz alta:

—Me aburro...

Y él, alzando la vista de los papeles, contesta:

—Entonces ve a pedir que nos preparen el equipaje.

—¿El equip...? ¿Nos vamos de viaje? —exclama, impaciente, corriendo a sus brazos—. ¿Adónde? ¿Adónde?

—Adonde tú quieras, mi amor —dice él con una sonrisa bajo el bigote.

El primer año de casados es una luna de miel constante.

Los Guardiola dan la vuelta al mundo, desde Egipto hasta Estados Unidos, pasando por Inglaterra, rodeados de un lujo y un confort del que pocos privilegiados disfrutan. Cualquier cosa que Roser quiere, él se la compra. Cualquier cosa. La trata como a una reina y ella lo adora. Es más feliz de lo que nunca habría imaginado. Y no sabe exactamente el dinero del que dispone su marido, aunque le da igual.

—Un millón se maneja bien —bromea él sobre los gastos del día a día, contestando al rumor que afirma que tiene una veintena guardados.

—Lo importante es que le des un hijo —insiste su madre.

Y no es la única.

Ella sabe el lugar que ocupa en la sociedad, el rol

que le toca como esposa, y lo interpreta a la perfección. Pero nunca se le ha dado bien acatar órdenes, hacer lo que corresponde solo porque se lo digan. Así pues, convencida de su poder, desea en secreto no tener hijos nunca, para poder disfrutar de la magnífica vida que él le ofrece. Y no piensa en las consecuencias.

Después de vivir un tiempo aquí y allá, entre el Aleixar y Barcelona, donde poseen un edificio en el pasaje de la Concepción con las letras JG en la fachada, se instalan definitivamente en París, en la avenue de la Grande Armée. Disponen de ayuda de cámara, cocinera, dos chóferes, lavandera, planchadora, camarera y peinadora. Tanta gente de servicio que a Roser le cuesta acostumbrarse; como pasa mucho tiempo con ellos, los saluda cada mañana. Y cada vez que lo hace, Josep le suelta un codazo.

—Aún no me ha dado los buenos días, jovencita… —le reprocha, en una ocasión, ante su prima.

—Es tan severo y tan altivo que da miedo… —le confiesa esta al final de su visita.

Roser se ríe, porque sabe que bajo las apariencias, y no tan al fondo, es muy diferente. Y porque la vida que lleva gracias a él es un sueño hecho realidad.

Hasta que se cansa de ella también.

Todo se precipita durante la inauguración del asilo que don Josep ha hecho construir en su pueblo natal, el Aleixar. Una institución que lleva el nombre de su mecenas, donde se atenderá a los pobres y que se usará como hospital, además de escuela gratuita para los niños en la que, aparte de leer, escribir y sumar, aprenderán también solfeo y dibujo.

Para celebrarlo, aprovechando que es 23 de junio, se prepara una gran fiesta. Al paso de la comitiva por Maspujols, a casi cuatro kilómetros, ya se oye la banda de música y el tañido de las campanas. Las salvas de mortero y los cohetes voladores anuncian la llegada del héroe del pueblo, acompañado por un cortejo de aldeanos impacientes que han salido al paso a buscarlo.

Después de la popular misa solemne se celebra un banquete privado en la casa familiar, Cal Fernando, con sesenta invitados y viandas del Gran Café de París de Reus. El festín consta de varios platos: arroz a la milanesa, pescado a la marinera, filetes de buey a la jardinera, langostas con salsa mayonesa, capones al horno, guisantes con jamón; e incluye postres variados: quesos, helados, dulces, frutas, además de champán Möet y vinos de Reus y del Priorat, entre otros.

—Os habrá costado una fortuna... —le pregunta alguien a su marido.

—¿El qué? ¿Este festín o el asilo? —contesta él.

Y todos ríen.

Todos menos aquellos que encuentran excesiva la generosidad del indiano. Por lo menos la que tiene con su pueblo.

—¿Había que construir un edificio de cuatro plantas aquí...? —mascullaa una pariente de la ciudad.

—¿Crees que le quedará mucho dinero, con tanto derroche...? —murmura otro.

Entonces Roser comienza a inquietarse.

Recuerda haberle oído decir a su esposo que el capital fundacional para la entidad era de cuarenta y cinco mil dólares, en bonos de la deuda pública de los

Estados Unidos; que la administración estaría a cargo de una junta formada por el arzobispo, el rector del pueblo, el alcalde y dos miembros de la familia Guardiola, y las encargadas de gestionarla iban a ser unas monjas paúles que solo cobrarían un sueldo de seis reales al día... Y que esta no era la última donación que pensaba hacer en el Aleixar.

—Se nota que le gustan los niños, ¿eh? —dice doña Magdalena, viendo a Guardiola con su hija Lola, repartiendo confites y monedas entre los niños del pueblo, que corren y saltan a su alrededor alegremente.

Si lo hubiera dicho otra persona no se lo tomaría tan a pecho, pero viniendo de su madre Roser intuye que va con segundas. Y lo peor de todo es que, mirándolo, se da cuenta de que sonríe como pocas veces ha hecho.

—Mujeres hay muchas... Un hijo es sangre de la propia sangre —sentencia la madre—. Y más aún si es el heredero.

Hasta el día de hoy, Roser ha tenido siempre el rol protagonista en la relación, pero demasiado a menudo compartido con quien antes de casarse era casi su mejor amiga. Claro que, entonces, aquella mulata venida de ultramar resultaba exótica e inofensiva. No era competencia para ella. En cambio, desde que se casó con su padre y se ha convertido en su madrastra, los recelos se la comen viva... Y ahora que es consciente de lo que está en juego, a ella también.

Por eso decide que ahora sí quiere quedarse embarazada.

Una tarde de las que el señor Guardiola está en la biblioteca, Roser mariposea a su alrededor con la esperanza de llamar su atención. Él trabaja desde hace meses en un idioma universal que ha bautizado con el nombre de Orba, fruto de la necesidad que tienen de comunicarse fácilmente aquellos hombres que viajan por varios países, sin tiempo para aprender sus múltiples y difíciles idiomas. Tiene prevista la publicación de un diccionario próximamente, gracias a la Librería Española de Garnier Hermanos, y está ultimando los detalles muy concentrado.

—Un diccionario... ¡Qué aburrimiento! —refunfuña ella.

—*Y gramatika studirsobie am serense ta pratse korrétsen* —responde él, traduciéndoselo a continuación—: La gramática se estudia para aprender a hablar correctamente.

Pero a Roser le da igual.

Ignorando su estado de suma concentración lo abraza por la espalda, lo acaricia, le besa el cuello, le susurra al oído... Ha pasado una semana desde que hicieron el amor por última vez y ahora está en sus días fértiles, así que persevera en el flirteo. Y él, finalmente, cae en la tentación. Aunque sabe que está tramando algo...

De un tiempo a esta parte se pone muy cariñosa, con ganas de tener sexo cada día, como al principio; solo que, ahora, cada vez que lo hacen, le pide o hace cosas bien extrañas. A veces se le sienta encima y lo monta como a un caballo, o se queda horas tumbada en la cama después de hacerlo, con una almohada debajo del culo, y hay días que incluso se pone boca abajo. Toma infusiones a todas horas: de pasiflora y terciaria, de caléndula y azahar, de plantas que desconoce; le hace tomar baños con aceites esenciales que dice que aumentan la cantidad de esperma... Pero lo peor de todo es que ella y Lola se pelean continuamente. Y ya no lo aguanta más.

—Ha dicho que mi útero está fuera de lugar y que sabía hacer un masaje maya de la fertilidad, y ahora… ¡tengo un dolor de vientre que me muero!

—¿Qué culpa tengo yo?

—¿Tú? ¡Eres una salvaje! ¿Cómo van a curar unas friegas que hacen tanto daño…?

—¡El problema es que tú eres una floja!

—No: ¡el problema es que tú me odias! Seguro que estás intentando envenenarme con tus brebajes de hierbas. ¡Hoy incluso he sangrado…! —lloriquea Roser, dirigiéndose a su esposo.

Y este decide poner fin a la pelea. De una vez por todas.

Después de enviar a Lola interna a un convento, al menos durante algunas semanas, por fin se respira cierta paz en casa de los Guardiola-Segimon. Pero la calma no dura mucho. De nuevo, una tarde en que don Josep está trabajando, Roser retoma el ceremonial de apareamiento. Pero el indiano está muy ocupado en detallar de forma minuciosa las condiciones de cesión de unos terrenos al Aleixar, para construir el cementerio con un panteón para él y su familia, y ella, al ver que su esfuerzo resulta inútil, estalla.

—¿No les basta con el asilo a los de tu pueblo?

—El panteón es para nosotros, para que el día de mañana nos entierren juntos.

—Y el día de hoy, ¿qué? ¡Yo todavía no me he muerto! —brama—. Tú venga a hacer donaciones a tu pueblo… ¡y a mí no hay manera de que me des un hijo!

Pero su arenga no termina aquí. Termina cuando dice en voz alta que no se queda embarazada porque él es demasiado mayor y su esperma ya no funciona.

Quizá si no se hubiera puesto tan pesada, ni insolente, su marido no le habría dado un tortazo. O quizá si no hubiera estado tan cerca. La cuestión es que estaba demasiado empeñada en su sermón egocéntrico sin darse cuenta de que a él ya le hervía la sangre por momentos. ¿Cómo osa faltarle al respeto de esa manera, tratándolo de viejo e inútil…? ¿Cómo puede ser tan desagradecida? Sin pensarlo, a don Josep se le escapa la mano, en un arrebato muy propio de cuando vivía en las colonias y trataba con esclavos indómitos. Con tan mala suerte que Roser pierde el equilibrio, cae y se rompe un brazo.

—¡Lo tuyo no tiene cura ni remedio! —exclama—. Lo quieres todo. ¡Eres insaciable! ¡Ese es tu mal, y eso no lo arreglan ni mil curanderos!

Pero transcurridos unos minutos, al verla lloriquear aún en el suelo, se lamenta de su reacción y le pide disculpas. Entonces, en cuanto se le acerca, ella le devuelve la bofetada con todas sus fuerzas.

—En paz —murmura desafiándole, con los ojos llenos de lágrimas.

A continuación él la besa apasionadamente. Y la lleva en brazos hasta la cama, donde hacen el amor, una y otra vez, hasta hacerla gemir de placer. Hasta caer rendidos.

Al día siguiente, cuando se despierta, descubre un enorme objeto en su cuarto, junto al ventanal, cubierto con una tela. En una nota, que firma su marido, lee: «Para que no estés sola cuando yo falte». Al destaparlo ve que es una jaula con un par de guacamayos: un ave preciosa y la más longeva que existe. Y aunque él no tiene la culpa de que tenga los huesos de cristal, sabe que el regalo es su manera de pedirle perdón por pegarle. Y lo acepta.

A pesar de todo, en cuanto pasa un tiempo prudencial, Roser vuelve a la carga. Hace que le preparen los baños con agua tirando a fría para refrescar los testículos, pues ha leído que el calor elimina los espermatozoides; hace que le pongan mucho ajo en sus platos, porque dicen que rejuvenece el sistema reproductivo, y lo mismo con el azafrán, la jalea, el ginseng… y todos aquellos productos que pueda conseguir para favorecer la circulación.

Pero nada funciona.

«Ten cuidado con lo que deseas…», recuerda que le decía su madre.

Aunque la alternativa le resulta insoportable.

En el mundo hay dos tipos de personas —anota en su diario—: las que saben lo que quieren y las que no. Y yo pertenezco a la primera clase. Toda la vida me han comparado con una muñeca de porcelana, frágil y delicada. O con la planta que lleva mi nombre, tanto por sus flores como por sus pinchos. Será por eso que mis huesos se rompen tan fácilmente, y seguro que por esa razón mi belleza es tan efímera y mi carácter tan desgarrador… Claro que ya lo dice el refrán: «Gent del Camp, gent de llamp».

Su diario es el único refugio que le queda. Un

amigo fiel con quien confesarse, a corazón abierto, sin miedo a juicios. Y a él recurre siempre que la inquietud la atormenta.

Mi insaciable necesidad de satisfacer cualquier anhelo, poco a poco, se ha convertido en un arma de doble filo. Ansías hacer, para tener, para ver y luego... todo sigue igual. Tarde o temprano, todo me cansa y me aburre. Todo se evapora y solo queda el tormento de una extraña sensación de falta... de no sé qué. Tengo todo lo que quería, pero no soy feliz. Y pienso... ¿ya está? Podría ser peor: podría no tener nada, me digo a veces... Y se me hace un nudo en el estómago. Porque quizás el dinero no da la felicidad, pero da muchas otras cosas. Que le pregunten a un mendigo qué prefiere: si ser feliz o rico. A ver qué responde...

Antes de casarme creía que el amor era el éxtasis final; que este sentimiento tan ansiado me satisfaría de lleno. Me equivocaba. El amor no mueve el mundo: el deseo sí. Querer es una acción más contundente que amar; la estima se disuelve en el tiempo y el espacio. Por eso a los hombres les gusta tanto el sexo. Porque el amor es intangible. Y probablemente por eso mismo a las mujeres nos gustan tanto las joyas...

No sé qué me depara el futuro. Sigo creyendo que soy especial, que estoy predestinada a grandes cosas, pero... ¿cuáles? Confío en que el destino me lo hará saber cuando llegue el momento. Mientras tanto, disfruto de ser la protagonista de mi vida y de mi lugar en el mundo, un lugar que me pertenece, ya sea por nacimiento o por matrimonio, y desde el que tengo una perspectiva privilegiada de la época que me ha tocado vivir.

Algunos pensarán que soy una mujer superficial, que vivo atrapada en un corsé, en mi pequeño universo burgués. Pero ¿a quién le importa lo que piensen los demás?

Hoy en día, nadie es tan grosero como para decir lo que opina en público. Todo el mundo está demasiado preocupado pensando en sí mismo...

Y entonces, de repente, para la pluma al recordar las excepciones. Hace meses que Roser piensa en otros hombres. Primero como simple ejercicio mental, luego con intención. Cuando acompaña a su esposo a San Francisco, donde tiene negocios inmobiliarios, sueña con un joven americano. Cuando van a París y visitan con frecuencia a Pau Gil, otro catalán a quien don Josep hace de albacea, piensa en él también. Y en Barcelona, en La Paloma, una sala de baile que han construido en la antigua fundición Comas de la que son inversores, se imagina bailando con otros hombres que no son el suyo... Solo una vez está a punto de escapársele de las manos la diversión, y es durante la primera carrera de coches en la capital catalana, en diciembre de 1899. Un sonado evento que organiza el industrial Pere Milà, sobrino del ex alcalde Josep Maria Milà Pi. Y es que Perico, como lo llaman sus amigos, es tan atractivo, con ese aire de dandi, sus trajes de colores atrevidos y su mirada penetrante... Tanto, que no puede evitar soñar con él esa noche y la siguiente. Varias veces.

Así, debatiéndose entre el autoengaño y la esperanza, Roser pasa el tiempo como puede. Ya nada la satisface ni la distrae. Ni los viajes, ni las joyas, ni las casas, ni los abrigos de pieles... Quiere lo único que no tiene. La única cosa que quizá no pueda tener. Y está desesperada. Tanto, que aumenta progresivamente las dosis de todo lo que le hace tomar a don Josep, incluso el aceite de clavo, aunque sabe que en exceso puede ser tóxico. Durante unos días, él va tan caliente que la persigue como un perro en celo, y lo hacen en cualquier lugar, a cualquier hora. Por primera vez desde que decidió que quería ser madre cree que realmente tiene posibilidades. Y está contenta. Hasta que el 19 de noviembre de 1901 en París, mientras celebran los diez años de casados, Josep Guardiola i Grau muere con las botas puestas.

XIII

Uno de los hándicaps de la construcción de la Casa Milà es el transporte de la materia prima de la obra de arriba abajo, ya sea a pie llano o derecho. La forma tradicional de hacerlo es con barras de madera y cuerdas, pero mucha gente sufre daños durante el uso de estos rudimentarios sistemas. Como por ejemplo el encargado de una obra cercana, que pierde la vida en un desafortunado accidente. Así que, con la voluntad de agilizar los procesos, Josep Bayó instala un tobogán por donde hacen descender los escombros desde los pisos superiores. Y no lo bastante satisfecho con esta mejora, diseña y construye una especie de cabrestante para subir los ladrillos y los pilares. Al día siguiente, Gaudí ya quiere ponerlo a prueba.

—¿Quién te lo ha calculado? —le pregunta.

—Yo mismo, sin saber de números… —responde modestamente.

—A ver cuánto aguanta. Haz subir esa piedra —indica, señalando una de las más grandes.

Y va tan bien la cabria que le hace repetir la operación una y otra vez. Hasta que cede.

—Arréglala y ponla en la factura —le ordena entonces el maestro, satisfecho.

—No se puede, Antoni, habrá que hacerla nueva…
—Pues hazla y ponla en la factura —insiste.

A pesar del disgusto, las felicitaciones del arquitecto impulsan al joven constructor a hacer un modelo mejorado de su invento. Y este se convierte en la primera grúa de España. Con ella resulta tan fácil y cómodo trasladar las piedras, que si antes subían un pilar al día, a partir de ahora ascienden cuatro. Y enseguida pasan al frontis.

Hecha de pilares y arcos de piedra ondulada, la fachada es autoportante, y se conecta con el resto de la estructura de la casa por medio de unas jácenas de hierro de treinta centímetros unidas por mortero de cal. Si para los pilares macizos se utiliza solo piedra de Montjuïc, para la fachada se usan dos tipos diferentes: caliza y amarilla. En especial la segunda, llamada popularmente blanda, cuando el bloque no lleva carga.

Toda la materia prima utilizada en la construcción llega y se almacena al otro lado del Paseo de Gracia, en un solar que hay en la calle Provença de espaldas al mar. La llevan por la carretera de la costa, desde las canteras del Garraf o de Vilafranca del Penedès, con la Ruston, una locomóvil de vapor que funciona a base de carbón y leña gracias a un depósito de agua. Cada semana se realizan dos viajes, pues los trayectos son largos, la máquina tiene problemas mecánicos cada dos por tres y, además, consume mucha agua y mucho carbón. A pesar de todo, cada día recorre una media de veinte kilómetros.

Las piedras vienen ya desbastadas: limpias, pulidas y a la medida. Pero cada una tiene unos cinco centímetros de margen por cada lado, como mínimo, y siempre hay que acabar de ajustarlas a pie de obra. Para coordinar las proporciones con las maquetas que hacen de guía, se cuelgan un hilos desde arriba, con plomos en las puntas, que indican las mismas líneas que el modelo de yeso. Entonces la piedra se sube, se prueba y, si no encaja a la primera, que suele ser lo más habitual, se baja de nuevo, se retoca y se vuelve repetir el proceso. Hasta que se acopla a la perfección. Aunque alguna la llegan a poner y a sacar hasta cuatro veces. Todo ello hace que se ralentice y complique el trabajo significativamente. Y Bayó, que tiene un contrato a precio fijo, enseguida se da cuenta de que los números no salen y se lo comunica a Gaudí. Este lo hace revisar por Sugrañes y finalmente le da la razón. Entonces piden más dinero al señor Milà, que accede sin problemas. Al menos las primeras veces.

Una vez terminada de montar la fachada, cuando ya está todo listo para sacar el andamio, Antoni pide que no lo desmonten todavía.

—Quiero hacer retocar alguna piedra —dice.

Y con alguna se refiere a todas.

Ordena que el picapedrero empiece por arriba y que vaya bajando, convirtiendo las aristas y esquinas en curvas suaves. Pero en vez de pulir, en algunos casos acaba por verse el hierro del tirante que sujeta la roca, y Bayó debe hacerlo tapar de nuevo con cemento y trozos de la misma piedra.

Mientras se hacen los retoques, el 27 de diciembre de 1907 un guardia municipal denuncia que uno de los pilares de la fachada ocupa ilegalmente una parte de la acera. Para ser más exactos, el de la tribuna del

Paseo de Gracia. Y siguiendo indicaciones del policía, el constructor le transmite el aviso al arquitecto.

—Dice que esta columna invade la vía pública treinta centímetros y que la cortemos o aplicarán un impuesto especial.

Gaudí, después de reflexionar, contesta:

—Bueno, si vuelven y quieren que la corte, diles que de acuerdo. Lo haremos justo por donde ellos digan. Y en la superficie plana que quede pondremos la inscripción: «Cortado por orden del ayuntamiento según acuerdo de la sesión plenaria con fecha tal».

Cuando un representante del consistorio aparece, se le comunica con todo detalle el mensaje. Y ya no los vuelven a molestar. Al menos por la columna.

Como consecuencia de tanto movimiento de piedras por el Paseo de Gracia durante meses nace el apodo popular de la casa: la Pedrera.

Sobre el último forjado se edifica el desván, con arcos diafragmáticos de ladrillo en forma de catenaria y seis escaleras de caracol que salen a la azotea, todas con una cruz de cuatro caras en lo alto. Sus pequeñas ventanas dan a un paso de ronda que se ciñe alrededor del edificio, al margen del cual se inscribe el saludo AVE GRATIA M PLENA DOMINUS TECUM. Bajo la M de María, el escultor Llorenç Matamala esculpe una rosa que parece no terminar nunca de satisfacer al arquitecto. Y justo encima, se prevé instalar un conjunto escultórico dedicado a la Virgen, obra de Carles Mani, todavía en fase de bosquejo.

En la terraza se alzan un total de treinta chimeneas, en grupos o solas, repartidas por todo el espacio. De ladrillo revocado de mortero, la mayoría presentan una forma helicoidal, que gira sobre sí misma, irregulares por fuera pero bien lisas por dentro, para que el humo circule libremente. Todas son rematadas con un cabezal que recuerda el casco de un soldado, y llevan cruces o símbolos diversos. Entre ellas hay una con un corazón en la cara que apunta a Reus y otro mirando a la Sagrada Familia, el segundo con una lágrima.

Culmina la fachada una curva modelada con varillas de acero de unos diez milímetros, colocadas siguiendo los planos y las órdenes que el maestro da desde la calle, en función de la curvatura que desea obtener.

El edificio está constituido por veinte viviendas que se reparten entre las cinco plantas, cuatro en cada una, además del principal, que se destina íntegramente a los propietarios. El acceso a las viviendas se realiza a través de dos enormes patios, que facilitan la iluminación y ventilación de todos los pisos, con dos escaleras, una que da al Paseo de Gracia y la otra en la calle Provença. Y a medio camino de la segunda escalinata se encuentra la vivienda del chófer. Todos los espacios son versátiles, ya que no hay paredes de carga, solo tabiques. Así, la casa puede adaptarse a cualquier tipo de servicio en un futuro.

—La vida es cambio —afirma el arquitecto—. Y el cambio es la única constante del universo.

XIV

La fama de Antoni aumenta y la relación con clientes potenciales le obliga a abandonar la humilde bata de artesano que lleva siempre, para adaptarse a la estética que requiere el trato con la burguesía. Pero cuanto más renombre adquiere, más introspectivo se torna, dedicando horas y horas al estudio y a la lectura, encerrado en casa. Aunque su vida no es la única que se ve alterada por el fin de siglo.

Es tiempo de cambios, individuales y sociales, aquí y fuera. Es tiempo de obras.

Barcelona ha crecido tanto en los últimos años que desborda las murallas. Así, el ayuntamiento, teniendo en cuenta todos los problemas de higiene pública debido a la superpoblación, organiza concursos en busca de una reforma urbanística que le encuentre solución. Al fin, tras el intento frustrado de derribar las murallas en 1841, que supuso su inmediata reconstrucción, en 1854 se aprueba un derrumbamiento parcial, manteniendo la muralla de mar, el castillo de Montjuïc y la fortaleza de la Ciudadela.

A esta transformación del mapa sigue un proyecto

conocido como el Plan Cerdà, una controvertida mejora de la que nace el barrio del Eixample, en defensa del equilibrio entre los valores urbanos y las ventajas rurales, pese a que supone la ruina de su creador. Dentro de esta reorganización metropolitana, llamada «el barrio de los fabricantes», la avenida que une Barcelona con la villa de Gracia a través del Portal del Ángel se convierte en un eje determinante.

En parte gracias al impulso de la Exposición Universal de 1888, con la renovación y creación de servicios públicos, junto con el auge del modernismo, apoyado por la burguesía, el Eixample se afianza rápidamente. De tal manera que, en 1897, Barcelona integra los municipios limítrofes de Sants, las Corts, Sant Gervasi de Cassoles, Sant Andreu de Palomar, Sant Martí de Provençals y Gràcia.

En el umbral del siglo XX se incrementan tanto los intercambios comerciales como el desarrollo industrial, cosa que beneficia a todas las clases. Y aunque los contrastes entre la parte alta y la parte baja de la ciudad se acentúan, y no solo a nivel urbanístico, son buenos tiempos para los artistas. Sobre todo para los arquitectos. De las guerras coloniales en las Américas no vuelven únicamente soldados pobres, también indianos opulentos. Y estos nuevos ricos se suman al ansia inversora de los empresarios catalanes de toda la vida. Y a la moda de reformar edificios para convertirlos en pisos de alquiler.

Es tiempo de construir. Todo es nuevo y todo está por hacer.

Aún de luto por la muerte de uno de sus primeros grandes maestros, Josep Fontseré, Gaudí trabaja en varios proyectos que lo consolidan como uno de los arquitectos de moda. En cambio, empiezan también a circular cotilleos sobre su persona. Dicen que es tan vanidoso que da órdenes a los encargados de las obras sin bajarse del coche y que no sube nunca a los encofrados.

Es cierto que pide a sus ayudantes que tengan los planos desplegados y listos para cuando él llega a las obras; así los revisa de un vistazo. Solapa tantos encargos que a menudo no da abasto. Por ello, da instrucciones muy detalladas o delega en gente de su confianza. Y por eso también, a veces, acepta el vehículo que el señor Güell pone a su disposición. Sobre todo los días que le fallan las fuerzas. Y sí, es verdad que hace años que no se sube a un andamio, pero es que muy poca gente sabe de su enfermiza juventud ni de las consecuencias de esta. Entre ellas, el vértigo que padece. Un vértigo que en cierta ocasión, en la Sagrada Familia, casi le cuesta la vida.

—¡No se ha matado de milagro! —afirma un capataz testigo de su traspiés.

Él se lo toma como una señal. Y ya sea Dios o Matamala quien le ha salvado la vida, no vuelve a subirse a un andamio nunca más.

A los rumores, poco a poco, se les suma también la envidia de sus coetáneos, y especialmente la de los colegas de profesión, que ven en él a un feroz competidor y un revolucionario. Numerosas son las personalidades que visitan el ya famoso palacio de la Rambla: desde la Casa Real española hasta la italiana, e incluso el presidente de Estados Unidos Grover Cleveland. Miembros de la escolta de este le piden detalles técnicos a Antoni, que los facilita gustoso, y meses después recibe unas publicaciones de decoración estadounidenses con artículos que alaban sus obras bajo la protección de los Güell, otorgándoles fama internacional.

Claro está que, entre tantos visitantes, siempre hay el típico listillo que con muy poco respeto y conocimiento pretende dar consejos. Pero aquí, el genio de Gaudí hace acto de presencia, respondiendo con el mismo tono condescendiente.

—Perdona: la próxima vez, cuando vaya a proyectar, te consultaré a ti.

Y actúa así porque se sabe apoyado por su mecenas.

El día que se cuelga el conjunto heráldico de forja en la fachada del palacio, don Eusebi y él observan el procedimiento satisfechos. Es la guinda del pastel.

—¡Qué cosas más raras ponen en esta casa...! —comentan unos peatones.

Y el señor Güell ríe.

—¡Ahora todavía me gusta más!

En 1891 se aprueban en Barcelona unas ordenanzas más permisivas respecto a la composición de las fachadas y el derribo de viviendas unifamiliares para su transformación en edificios. Esto, aparte de atraer a los ricos comerciantes, hace que la anodina homogeneidad del Eixample sea el escenario perfecto para la competición entre arquitectos, a favor y en contra del modernismo. Pronto el Paseo de Gracia se convierte en el objetivo principal de unos y otros. Y Gaudí no queda al margen.

Y

En 1898 recibe el encargo de los herederos de un conocido fabricante de tejidos para construir una casa en la calle Casp número 52. La idea es que tenga un doble uso, tanto para el negocio familiar como para viviendas de alquiler, así que se destina la planta baja y el sótano a una cosa, y las plantas superiores a la otra, reservando el piso principal para los propietarios. El único problema es que el edificio sobrepasa la altura permitida y el ayuntamiento le obliga a rectificar el proyecto. Pero Gaudí, que no está dispuesto a ceder, presenta el mismo plano inicial con una línea roja descabezando el tejado. Y sigue con el trabajo. Sus colaboradores Francesc Berenguer y Joan Rubió cruzan los dedos.

Una vez finalizada, la Casa Calvet gana el concurso anual de edificios artísticos de Barcelona. Y es el propio consistorio quien otorga el premio.

En 1900 termina también las bodegas Güell. Paralelamente, trabaja en la decoración del café Torino y la farmacia Gibert, comienza las obras del parque en la montaña Pelada y la Casa Bellesguard, y realiza el proyecto para el Vía Crucis monumental de Montserrat. Además, restaura la fachada de la casa de su amigo Santaló.

Pese a las críticas burlonas de la prensa, donde comparan algunas reformas y construcciones modernistas con pasteles o castillos de cuentos, este nuevo marco legal más tolerante da empleo a muchos arquitectos. Tantos, que en cierto momento llegan a coincidir cinco en una misma manzana, entre las calles de

Aragó y Consell de Cent, lo que popularmente se llama la Manzana de la Discordia.

Hechizado por su trabajo en la Casa Calvet, y sucumbiendo a la opulencia del Paseo de Gracia, Josep Batlló i Casanova se encomienda a Gaudí para que le reconstruya el edificio que acaba de comprar en el número 43.

Hijo de Fèlix Batlló Masanella, don Josep es, como su padre, un importante hombre de negocios del sector textil. Está casado con Amalia Godó Belaunzarán y, junto con su consuegro, hace negocios con los Milà en la industria del cáñamo. Así que puede permitirse de sobra participar en la pugna creativa con su capital.

Alrededor de su futura residencia, en un corto periodo de tiempo se alzan también la casa Lleó Morera, obra de Domènech i Montaner, la Amatller de Puig i Cadafalch, la Mulleras de Enric Sagnier y la Bonet de Marcelino Coquillat. Y aunque la última no pertenece al estilo modernista, también se ve salpicada por la polémica.

En un chiste del humorista Picarol publicado en *L'Esquella de la Torratxa*, unos personajes de aspecto humilde preguntan a un hombre bien vestido: «¿Quién os hace la casa: Domènech, Gaudí o Puig i Cadafalch?». Y el burgués responde: «Todavía no lo he decidido... ¡Aquel que salga premiado en el concurso!».

De todos modos, Antoni tiene demasiado trabajo para perder el tiempo en una fútil batalla de egos. Junto a los arquitectos Jujol y Rubió se ha propuesto convertir la Casa Batlló en la más colorida y original de todas las que ha hecho hasta ahora. Y da rienda suelta a su inventiva. Cuenta con la ayuda de los artesanos Bahia, Casas i Bardés y Ribó i Pelegrí para combinar la piedra, el hierro forjado, el mosaico de vidrio y la cerámica.

Después de convencer al propietario para que no derribara el edificio, construido por Emili Salas i Cortés, un antiguo maestro suyo, inicia una innovadora reforma que culmina, al cabo de cinco años, con la fachada más espectacular de la ciudad.

Mientras, la zona central del Eixample situada alrededor del Paseo se ha convertido en el centro residencial burgués por excelencia, hasta el punto de ser bautizado por la prensa de la época como el Cuadrado de Oro. Esta concentración de poder y riqueza hace que en 1902 se inaugure, en el cruce con la calle de Aragó, un andén que permite a los viajeros que llegan en tren disponer de una parada más céntrica que la estación de Francia. Y este, según el presidente de la Juventud Monárquica, Josep Maria Milà Camps, es el marco ideal para dar la bienvenida al reciente coronado rey Alfonso XIII en 1904. Y su majestad, efectivamente, queda cautivado por la avenida de moda.

—Madrid es muy bella... —reconoce—, pero Barcelona la supera en dos cosas: el Tibidabo y el Paseo de Gracia.

Gaudí, sin embargo, no se entera de la visita del rey hasta que le informan de su voluntad de conocerle. Ha visto varias obras del arquitecto y desea que la última sea el Templo de la Sagrada Familia que está construyendo.

Entonces, comprende por fin el motivo de todo aquel alboroto en el Paseo. Que la multitud se subiera a los balcones y árboles, incluso a los andamios de la Casa Batlló, para ver a los que desfilaban. Que tantos militares, a pie y a caballo, hubieran salido juntos de maniobras. Que dandis, obreros, chiquillos, señoras, menestrales y artistas llenaran las calles a rebosar... Y aunque continúa molestándole tanto desorden, no puede hacer otra cosa que aguantarse. Igual que cuando, después de visitar el Templo, impresionado por la belleza de la obra, su majestad le abraza.

A él no le gusta ni dar ni recibir muestras de afecto. Y menos en público. Pero para no ser descortés con Alfonso XIII y el séquito real, se muerde la lengua. Al menos en público.

—Dios nos ha dignificado con el don de la palabra para que pudiéramos expresar con ella nuestros sentimientos... —gruñe después—. ¡Hacerlo mediante gestos es rebajarnos!

Y alguno de sus ayudantes le recuerda que el monarca solo tiene dieciocho años.

—¡No quiero ni imaginar qué me haría si el santuario ya estuviera terminado...! —continúa, obstinado.

Cada vez está más absorbido por este encargo, hasta el punto de que la iglesia es casi su segunda residencia, si no la primera. Y esto no solo afecta a su humor, sino también al resto de trabajos. Aunque sea el arquitecto de moda, el constructor de sueños, es solo un hombre. De carne y hueso. Y todo el espacio que la fe ocupa en su vida lo resta de otras cosas. Para bien o para mal. Incluida su familia.

Al año siguiente de la visita de Alfonso XIII a Barcelona, el Paseo llega a su clímax. Se ponen adoquines, los tranvías circulan por los laterales y se instalan unos peculiares bancos con farola incluida. También la carrera de Antoni Gaudí Cornet parece que ha tocado techo, gracias a la finalización de las obras en la Casa Batlló. Con diferencia, es la que más miradas atrae de la avenida, en parte por su vistosa y alegre fachada. Ya durante el montaje, día tras día, multitud de curiosos se detienen para ver a los dos hombres que colgados de cuerdas colocan, una a una, las baldosas del mural y el mosaico de cristales, bajo las órdenes del arquitecto que lo mira, como ellos, a pie de calle.

—El esfuerzo ha valido la pena —resuelve al final.

Y no es el único que lo piensa.

—La próxima casa que hará será la mía —le dice Pere Milà Camps a su socio después de una primera visita.

Y Josep Bayó, que los escucha, no sabe si reír o llorar…

En 1906, la Casa Batlló es seleccionada para el premio a mejor edificio del año, pero finalmente se lo lleva una vecina de la Manzana de la Discordia, obra de Lluís Domènech i Montaner.

XV

La Casa Milà, a la que ya todos llaman la Pedrera, es un edificio revolucionario en muchos aspectos. Y no solo en el exterior, por su peculiar estilo modernista: también gracias a la cantidad de prestaciones de las que dispone a nivel interno y que le otorgan el honor de ser una de las residencias más cómodas de la ciudad. En ella confluyen con elegancia los arreglos clásicos con las nuevas ventajas de la vida moderna, como un ascensor que da acceso directo a todos los pisos, aparte de la escalera de servicio; agua caliente y calefacción en baños; un sistema de radiadores para calentar toda la vivienda; gas para cocinar y un garaje subterráneo, entre otros. Pero eso no es todo.

Gaudí también aplica un sentido poco común para la época: el ecológico. Aprovechando el recorrido del sol, se construyen grandes ventanales que permiten la entrada de luz a todos los pisos, ya sea desde la fachada o a través de los patios. Las formas irregulares de una y otros hacen que la luz fluya a lo largo del día y de los espacios. Y la misma piedra capta y mantiene durante la noche el calor recibido. Respecto al agua, se abre un pozo y se hace subir hasta unos depósitos instalados en el desván donde se almacena, para usarla para los desagües de inodoros y cocina, y así no gastar la de Dos Rius.

En el sótano, aparte de la sala de máquinas para la calefacción y varias zonas de servicios comunes, los vecinos disponen también de un trastero y una plaza de párking, debidamente acondicionados, a los que pueden acceder por una escalera auxiliar. En un principio se diseña como caballerizas, construidas por el carpintero Casas i Bardés y queda espacio para las berlinas, pero a lo largo de la obra se transforma casi todo en plazas para automóviles. La reconversión se lleva a cabo haciendo probaturas con el nuevo vehículo de don Pere. A pesar de todo, al cabo de un tiempo, se ven obligados a cambiar una columna de lugar, dada la afición al motor de uno de los futuros inquilinos, el señor Feliu. Y es que el empresario en cuestión, dueño de un Ford, un Hispano y un Rolls Royce, necesita dos coches cuando sale: uno para él y otro para su vestuario.

—¡Este pilar ha costado más cálculos que toda la fachada de la calle Provença! —se queja Canaletas.

En cuanto a la decoración externa, Gaudí proyecta unas sinuosas barandillas para los balcones en forma de plantas trepadoras, que incluyen un sistema de riego integrado, aunque al final no se lleva a cabo. Los forjados son obra de los hermanos Badia, bajo las órdenes del arquitecto, especialmente durante la fabricación del prototipo. Calientan tiras de hierro de metro y medio o dos metros y, una vez al rojo vivo, él indica cómo moldearlas para que cada pieza sea única y singular.

—¿Hoy no cenamos o qué? —pregunta un aprendiz de los ferrallistas, el primer día, a las diez de la noche.

Pero nadie responde. Y siguen dando golpes de mazo hasta que sale el sol varias jornadas seguidas.

Bajo la rústica decoración exterior, por dentro, la casa está llena de alegres y coloridas referencias a la naturaleza, que dirige, y en algunos casos también ejecuta, Josep Maria Jujol. Y los elementos ornamentales son tan exclusivos como innumerables: las leyendas en relieve de los pilares y los techos, los cielos rasos, los frisos de las cámaras, las manetas y los tiradores hechos expresamente en la fundición Mañach, las pinturas murales, los biombos, los marcos de las puertas y los balcones, de roble como algunos de los muebles y las puertas…

La pintura se encarga a diversos artistas, pero destacan Iu Pascual, por su puesta de sol en el vestíbulo, y Aleix Clapés por la relación con los Milà. En los murales hay referencias a *Las metamorfosis* de Ovidio, los siete pecados capitales o episodios de *La vida es sueño* de Calderón de la Barca. Las inscripciones son cinceladas mayoritariamente por el propio Jujol, todas con un detallismo sublime, lleno de simbolismo; entre ellas hay palabras sueltas: «caridad», exhortaciones como «perdona» u «olvida» y frases como «todo cree» o «todavía somos libres»; también versos y canciones tradicionales catalanas como «Bajo la sombrita, la sombrita, la sombra, flores y violetas y romero» o «Oh María, no te sepa mal ser pequeña, pues también lo son las flores y las estrellas»… Todo ello decorado siempre con elementos de la naturaleza o con matices religiosos: una rosa, una cruz, un alevín de pescado, una medusa, un espermatozoide, una flor de loto, un huevo…

Υ

Los pavimentos, diseñados según la zona y el uso dentro del hogar, son obra de Gaudí: láminas de piedra de La Sénia en los pasillos y los vestíbulos; parquet para las salas y las habitaciones, alguno hecho de triángulos de madera de chopo y roble, baldosas hidráulicas en la cocina y los baños… Los moldes los hace con la ayuda del carpintero Bardés, y el mosaico del suelo de algunos pisos, con el relieve de un caracol, un pulpo y una estrella de mar, en los talleres Escofet.

Una vez terminada la estructura de la casa, mientras el trabajo dentro continúa, los obreros se van de excursión a Montserrat para celebrar que no ha muerto nadie. Solo se han producido un par de accidentes, en los que han resultado heridas las uñas del pie de unos albañiles. Pero antes hay que culminar el edificio con la clásica bandera que así lo anuncia a los cuatro vientos. Y no una cualquiera.

—Quiero que sea la más grande que se haya visto nunca en Barcelona —ordena el señor Milà.

—Diga un tamaño —contesta el arquitecto, aceptando el reto.

Y dicho y hecho.

Al día siguiente, en la tribuna del chaflán, ondea orgullosa una bandera de veinte metros de largo por siete y medio de ancho, hecha expresamente para la ocasión. La única de esta magnitud en toda la ciudad.

XVI

En 1873, durante la Primera República española, nace Pere Milà Camps, el tercer hijo del conocido industrial textil Pere Milà Pi y de su mujer Pilar Camps Pujol.

Es una época marcada por la inestabilidad política, con constantes cambios de gobierno y tres conflictos armados simultáneos: la tercera guerra carlista, la sublevación colonial y la Guerra de los Diez Años en Cuba; todos decisivos para los intereses económicos de la familia Milà-Camps. Y, justamente en el epicentro de este periodo tan tumultuoso, llega una noticia tan feliz como inesperada: el nacimiento de un varón. Por fin, después de dos niñas y algunos intentos fallidos.

—¡A la tercera va la vencida! —exclama el padre de la criatura, satisfecho de tener el heredero que tanto deseaba.

El futuro cabeza de familia. Quien mantendrá el apellido, la estirpe y el honor de la casa.

La madre, doña Pilar, también está contenta, pero el agotamiento del parto la supera. El bebé venía de nalgas, era muy grande y, aunque la comadrona diga que no, por sus cuentas cree que hace semanas que debería haber nacido. Además estaba inmensa; hacía meses que ya no podía ni con su alma, como si el hijo que llevaba en el vientre le estuviera chupando toda la vitalidad y las fuerzas… Tal vez por eso, casi sin verlo, ordena que se lo lleven a la nodriza: la mujer que va a darle el pecho y criarlo en su lugar. La misma que lo ha hecho ya con sus hermanitas. Así, ella puede dormir y recuperarse. Sobre todo ahora que ya no tiene que darle más hijos a su esposo.

Perico, que es como llaman cariñosamente al pequeño de los Milà, pasa la mayor parte de su niñez con Amparo, la niñera. Para su madre, o cualquier mujer de la misma posición, recobrar la figura y mantener el ritmo de la ajetreada vida social requiere de un esfuerzo incompatible con el cuidado de un bebé. Y mientras Pilar se incorpora a la vida social, organiza fiestas en su casa, actúa de anfitriona, de esposa ideal, va a la modista, hace obras de caridad, etc., su hijo crece sano y fuerte bajo la protección de otras faldas. El problema surge cuando resulta que el niño no es el único que se siente a gusto bajo ellas. Y es que las apariencias no son las únicas que engañan. Los hombres también.

—¡A quién se le ocurre…! ¿Tenías que meterte en la cama con nuestra nodriza? ¿No podías buscarte a otra? ¡Con lo difícil que es encontrar una chica de confianza, limpia y sana! Además, Amparo era como de la familia…

—¿Era?

—Sí: era. ¡No pretenderás que siga aquí después de lo que ha pasado!

—Solo ha sido un desliz…

—El primero y el último.

—Pero... ¿y el niño? —se pregunta don Pere.

—¡Haberlo pensado antes! —exclama ella, hecha una furia.

Así que, de la noche a la mañana, con menos de tres años, Perico se queda sin su querida nodriza: lo más semejante a una madre que ha conocido. Quizá por ello, pese a que Pilar intenta darle y obtener su afecto, la relación no fluye. Él no hace más que preguntar por Amparo, siempre quejoso, lloriqueando o montando rabietas. Y ella... ella no lo aguanta. De hecho, si hubiera podido evitarlo, no habría tenido nunca hijos. Lo hizo solo para contentar a su marido, al que ama con locura. Así que cede la tutela del chiquillo a una institutriz sin ningún miramiento, a quien solo le preocupan los resultados: que el niño aprenda buenas maneras, a leer, a escribir y a hacer cuentas. Cueste lo que cueste.

—No hay tiempo que perder en sentimentalismos —declara.

Y se lo hace entender, a base de mano dura cuando es necesario.

Con siete años el heredero de los Milà-Camps ya es todo un hombrecito. Sabe comportarse en cualquier situación, es educado, correcto, simpático y listo. Es todo lo que una madre puede querer. Una a quien no le gusten los niños, claro. Pero, por suerte, es el ojito derecho de su padre.

A su corta edad ya acompaña a don Pere a las fábricas y a las reuniones de negocios. E incluso se divierte. ¡Qué remedio! De todas formas, aunque se quedara en casa no lo dejarían jugar... Con la niñera desaparecieron también todos sus juguetes. Y su infancia. Cuando está solo y nadie lo ve, juega con las muñecas de sus hermanas, lo único que aún queda en la casa. Y las viste y las desnuda, una y otra vez.

—El día que yo falte... —dice siempre su padre al inicio de cada sermón.

Tuvo que encargarse tan joven de la empresa, que parece que no hay nada más importante en su vida que el trabajo. El legado. Y le habla, como cada vez, de los orígenes y los secretos de la industria textil dentro de la estirpe familiar; cómo amplió el negocio, asociándose con Carlos y Bartolomé Godó, fundando la empresa Godó Hermanos y Cía., dedicada principalmente al yute; la calidad incomparable de sus tejidos, cómo estos llegan a convertirse en la ropa que llevan...

—El día que yo falte... —insiste.

Pero al joven Milà le parece todo muy lejano, y pocas veces presta atención a las cosas que le cuenta. Le gusta acompañarlo sencillamente porque ve que lo hace feliz y piensa que, tal vez cuando sea mayor, todo esto también le hará feliz a él... Bueno, y también porque no lo regaña, al contrario que las mujeres de la familia. Pero el cobijo de la paternidad no dura demasiado. Y el día tan temido llega ese mismo otoño, el de 1880.

Pere Milà Pi muere a los cuarenta tres años; cuando su hijo tiene siete y medio.

Huérfano de padre, habiendo perdido de nuevo el cobijo y el referente de un ser querido, Perico busca el afecto de nuevo en su madre. Ella, que no acepta la muerte súbita del hombre al que amaba por encima de todo, incluidos sus hijos, lo ignora igual que antes. O puede que más. Una rabia tan intensa como los celos la arrasa por dentro. No contaba con que pudiera perder a su marido. No tan pronto al menos... Y es incapaz de reponerse.

La primavera de 1883, a los diez años, Perico se queda también sin madre. Y esta pérdida hace aún más vasto el agujero de la ausencia del padre. El vacío de todo lo que esperaba de la vida y de lo que creía que le pertenecía como a cualquier niño; el del amor que no ha recibido y ya nunca recibirá.

La Vanguardia, el diario fundado por los hermanos Godó, publica una esquela compartida en honor póstumo de su ex socio y la esposa. Él, sus hermanas, los familiares, muchos amigos y conocidos acompañan el féretro, de la casa mortuoria en Escudellers Blanch hasta la iglesia parroquial de Sant Jaume y de allí, al cementerio general. Pero Perico se siente solo. Abandonado. Y este sentimiento lo perseguirá el resto de su vida.

Bajo la protección de su tío, el abogado Josep María Milà Pi, Pere se convierte en un sagaz empresario, al tiempo que en un joven apuesto. Viste de forma elegante, fuma buenos puros, bebe whisky de malta y atrae la mirada de cualquier fémina que se le acerca. Y el resto del cuerpo también. Da igual si está soltera o casada. El buen nombre le precede, a pesar de la fama que cultiva. Y es que mientras muchos lo tienen por urbanizador o industrial, lo cierto es que vive de la renta familiar, dedicando más tiempo al placer que al negocio. Con diferencia. Es el icono perfecto del *sportman*, el dandi europeo. Un buen partido muy disputado entre la burguesía barcelonesa al que ninguna mujer consigue conquistar. De momento. Está claro que esta es la versión popular de la realidad. Porque como todas las monedas y los billetes que llenan sus bolsillos, él también tiene dos caras. Y la que queda oculta siempre es la más oscura. Aquella que aparece solo las noches de tiniebla.

—¡Qué suertudo eres, me dicen siempre! —se lamenta, ebrio—. Como si ser de buena familia lo solucionara todo...

A sus amigos de borrachera, sin embargo, no les importan las preocupaciones que tenga. Solo que pague las bebidas. Quizá precisamente por eso es con ellos con quien se desahoga cuando va demasiado borracho para morderse la lengua o mantener las apariencias. Porque ellos también lo están como para acordarse de nada al día siguiente.

—Lo reconozco: se podría decir que he tenido suerte en la vida. Pero nacer en una familia acomodada significa tener que estar a la altura siempre... ¿De qué? ¿De quién? ¡Nunca acabas de saberlo! Hoy es aquel pariente que ha hecho fortuna, mañana es un conocido con alguna destreza que lo hace especial... Y tú venga a estirar el cuello, venga a ponerte de puntillas... para nada. Porque, hagas lo que hagas, los listones de medir cambiarán. Las comparaciones son tan odiosas...

Sabe que la mayoría de sus amistades son fruto del interés. Pero no se muerde la lengua. Tampoco nadie le ha enseñado la diferencia entre el valor y el precio.

—Muchos dirán que no me falta de nada. Pero ¿qué sabrán ellos? A los que no tienen donde caerse muertos los ciega la envidia, y al resto... poco le importan los demás. ¡Que no me ha faltado de nada, dicen...!

Tanto lo marcó de pequeño la ausencia y la pérdida de los referentes paternos, que, de mayor, es incapaz de tener una relación normal con una mujer. Como si supiera que nadie podrá sustituir el afecto que nunca recibió de su madre. Aquella que lo llevó en las entrañas, que le dio la vida. La primera y única.

—Con los años aprendes a vivir de cara a la galería... Adoptas una postura, una máscara, y la mantienes. La sonrisa, el ademán. Y terminas por creerte lo que dices, lo que haces. Y lo que sientes... deja de tener importancia. Vives una mentira. Aunque te alejes de todo y de todos... No se pueden oler las flores en la distancia, pero es mejor estar solo que perdido.

En el fondo no es lo que piensa. Le gustaría encontrar a alguien: amar y ser amado. Descubrir el amor, ese extraño poder que lleva a tantos hombres y mujeres a hacer locuras en su nombre, a actuar de forma insólita y extravagante. La aventura definitiva, supone. Claro que tampoco sabe cómo hacerlo.

—Decía Rousseau que solo deseamos aquello que no dura y que, en cambio, se estima lo que es eterno. Quién sabe... —suspira—. Quizá mi vida es un cuento de hadas. Quizá soy el príncipe azul y solo me falta encontrar a mi enamorada...

Entonces se da cuenta de que está en el portal de su casa. Y de que ya nadie lo acompaña.

Y

En 1897, Perico encarga en el extranjero uno de los primeros automóviles a motor que circulará por Barcelona. Los gestores de su patrimonio le desaconsejan hacer un gasto de tal magnitud, teniendo en cuenta los problemas con el suministro de materia prima desde Cuba. Pero su ego insaciable no puede soportar ser o tener menos que otros fabricantes del gremio textil. Y un par de años más tarde, ya harto de las carreras entre amigos por el Paseo de San Juan y los desayunos en la Rabassada, convence a su tío para organizar una carrera oficial en la ciudad. El entonces alcalde, sucesor del médico Bartolomé Robert, accede. Pero su mandato es breve, pues las protestas por la dimisión del doctor, a raíz del «cierre de cajas» en muchos negocios contra la subida de impuestos del gobierno, lo hacen abandonar su cargo a él también para ejercer de nuevo la abogacía. Y el 10 de diciembre de 1899, cuando se celebra la primera carrera de coches en Barcelona, la patrocina como ex alcalde. A pesar de todo, al acto asisten gran número de personalidades. Entre ellas el multimillonario reusense don Josep Guardiola i Grau. Un hombre de quien Pere ha oído hablar maravillas. En especial de su inmensa fortuna, una de las más grandes de España. De todas formas, no es solo el dinero lo que le llama la atención...

La presencia del indiano resulta imponente. Cabello canoso, bigote espeso, mirada profunda y expresión seria, con aspecto de aristócrata.

—¿Quién es? —se preguntan muchos.

—Es el famoso terrateniente de las Américas —responde uno.

—El único accionista español del Canal de Panamá

—añade otro—. El albacea del banquero y mecenas Pau Gil, a quien convenció para destinar buena parte de su legado a construir un hospital para los pobres...

«Un gran hombre, en todos los sentidos», piensa Pere con cierta envidia. Y le impone tanto respeto que ni siquiera se atreve a presentarse. Entonces, mientras duda, se fija en la joven que lo acompaña. Una mujer tan blanca y bella como una figura de porcelana. Y por un instante cree que es hija suya; que podría tener alguna oportunidad... Hasta que los comentarios de la gente que lo rodea lo sacan del error.

—¿Su esposa? —pregunta, escéptico.

Entonces aún le parece más atractiva.

Presta atención, tira de las lenguas, pide referencias y escucha los rumores. Todo sin dejar de mirarla. Y juraría que la chica le corresponde. Lástima que desaparece en un abrir y cerrar de ojos, al igual que una princesa de cuento...

Durante meses no puede evitar pensar en ella. Sobre todo las noches que está solo. Se la imagina tibia, desnuda, ruborizándose entre sus brazos... Suya. Pero la vida real continúa. Con él soltero en Barcelona y ella, según dicen, felizmente casada en París. Así que procura olvidarla y retoma sus actividades de costumbre. Visita al administrador, las fábricas, los talleres, va al teatro, al circo, la ópera, el casino, a las carreras, al cabaret... Y pasan los días, uno tras otro.

Siempre con la constante sensación de que falta algo en su acomodada existencia, algo importante,

Pere busca nuevas emociones. Aventuras, retos. Aquel vacío de la niñez lo corroe. Y él hace lo que puede por llenarlo de fiestas, alcohol, mujeres y diversiones. Los parientes le dicen que siente la cabeza y que elija una esposa entre las pretendientes de buenas familias que lo cortejan. Antes de que sea demasiado tarde.

—¿Qué quieren decir? —pregunta él ante tanta insistencia.

La pérdida de las fábricas de hilados que los Milà tenían en las colonias ha menoscabado significativamente el patrimonio y la economía familiar empieza a resentirse.

—Si vienen vacas flacas… —reflexiona uno de los gestores, dejando la frase inacabada.

Pero don Pere lo ha entendido a la perfección: su ritmo de vida peligra. «Y lo descubro justo hoy», piensa.

—Yo que venía a pedir treinta pesetas para apuntarme al Sportmen's Club…

El administrador, un viejo amigo de la familia que lo trata con cierto paternalismo, no se lo puede creer.

—Es una entidad muy exclusiva, por eso hay que pagar para adherirse. No entra cualquiera: solo lo bueno y mejorcito de la burguesía catalana. Aunque pronto cerrarán las inscripciones, porque ya tienen más de mil socios, no como los del Football Club Barcelona que apenas llegan a los doscientos… Claro que en el Sportmen's se celebran combates de boxeo, partidos de hockey, espectáculos de patinaje, carreras de coches…

Evidentemente el gestor cede y Pere se sale con la suya. Como cada vez que tiene un capricho. No necesita insistir mucho, pues el dinero es suyo y, en el fondo, puede hacer lo que le plazca. Por suerte, al menos, la conversación lo deja pensativo. Y cuando unos días más tarde se entera de que Guardiola ha muerto, dejando a la pobre Roser sola y desconsolada, decide hacerle una visita. Para presentarle sus respetos y lo que haga falta. La emoción lo desborda. «Quién sabe —piensa—: quizá matemos dos pájaros de un tiro...»

XVII

La muerte de don Josep pilla totalmente desprevenida a Roser.

Aun sabiendo que su esposo le sacaba cincuenta años, que era previsible que tarde o temprano la dejaría sola, a sus treinta y pocos no está preparada para convertirse en viuda. Creía que el matrimonio era para toda la vida, aunque no había calculado que a ella le quedaba más que a él.

Tarda horas en permitir que se lleven el cuerpo, por miedo a quedarse sola, y cuando lo hacen llora durante lo que parece una eternidad.

El cadáver es trasladado en un tren especial de París a Cataluña, y hasta el Aleixar, donde, después de una popular y sentida ceremonia, es depositado en el panteón familiar que se hizo construir años atrás. El pueblo entero está de luto por haber perdido al hijo pródigo, al benefactor, y multitud de rumores sobre las causas de su muerte corren como la pólvora de casa en casa. Rumores que ponen de los nervios a la viuda. Hay incluso teorías conspiradoras que afirman que se fue de Guatemala porque había estafado a otros indianos y que, después de perseguirlo por medio mundo, cuando estos inversores consiguieron localizarle, lo envenenaron como venganza... Por suerte, el médico forense pronto disipa las habladurías, confirmando que fue un ataque al corazón y no ninguna sustancia tóxica lo que lo mató. Y todos respiran tranquilos. Incluida ella.

En cuanto se evapora la culpa, Roser se siente huérfana; vulnerable como nunca lo había estado; desnuda ante conocidos y extraños que le dan el pésame. Es obvio que todo el mundo es demasiado educado para preguntarle cómo se encuentra. El hombre de su vida, el único que ha conocido y amado, la ha dejado sola. Sola completamente. ¿Quién cuidará de ella a partir de ahora? ¿Quien velará por sus intereses? De repente, todas las preocupaciones que no ha tenido en los diez años de casados, ni en toda su vida, le caen encima. Y al mismo tiempo la gran cantidad de buitres que esperaban este momento para llevarse su parte de la carnaza. Porque hablar de sentimientos en público resulta indecoroso, especialmente en un funeral, pero hacerlo de dinero, no. Así que escucha mil y una teorías sobre la gran fortuna del indiano y las reparticiones posibles. Y no solo se le despierta la rabia por la falta de consideración hacia el difunto y sus familiares, sino un pánico enorme. ¿Y si declara como heredera universal a su única hija? ¿Y si no le ha dejado nada a ella? ¿Y si no es suficiente para mantener el ritmo de vida al que se ha acostumbrado? ¿Y si...? Le flaquean las piernas y todos se apresuran a socorrerla. Unos la ayudan a sentarse, otros la avientan y le ofrecen un sorbo de agua del Carmen. La incertidumbre la abruma. Así que, para no continuar especulando, decide salir de dudas. Poco después, en secreto, consulta el testamento con un notario amigo de su familia. Y como la verdad resulta aún insatisfactoria, con la ayuda del profesional en cuestión opta por retocar los números a su favor. A cambio de un tanto por ciento de su parte, claro.

—En el amor y en el dinero todo vale —sentencia.

Lo mismo que responde a Lola cuando esta se le encara, convencida de que ha falseado las últimas voluntades de su padre.

—Quieres decir en el amor y en la guerra... —la corrige, amenazante.

Y Roser, altiva y contundente, se reafirma:

—No: quiero decir en el amor y en el dinero.

Mientras todo vuelve a su lugar —Lola al convento donde estaba internada, el pueblo a la normalidad y la familia a los negocios familiares—, la viuda de Guardiola consuela las penas pasando una temporada en las termas de Vichy. Allí todo contribuye a que se sienta mejor: los paisajes, el aire, las curas... Y allí, casualmente, se reencuentra con un conocido de la burguesía barcelonesa que todavía le levanta más el ánimo: Pere Milà Camps.

Aunque de casualidad, poca.

Perico, que es como lo llaman sus amigos, tiene bien merecida la fama de seductor, y también él se había fijado en ella el día de la carrera de coches. Por eso, al descubrir su reciente viudedad, gracias a unos amigos comunes se apresura a mover ficha y va a visitarla al gran balneario Vichy. Pero resulta que había calculado mal el alcance de la herencia del indiano, pues

Roser no se aloja en el de Cataluña sino en el francés. Claro que se guarda el error para sí, al igual que sus verdaderas intenciones.

—Mi marido siempre decía que el balneario de Caldes de Malavella está muy bien... Sobre todo para aquellos que no pueden pagarse el original —añade, riendo.

Después de tantos meses de soledad, en el Aleixar, en Barcelona o París, por fin revive de nuevo. Hace unas semanas que fue a visitarla su prima, pero disfrutar de la compañía, disfrutar de verdad, lo hace ahora con el joven empresario. Casi tanto como lo hizo antes con don Josep por estos mismos parajes.

—¿Y qué la trae aquí, una mujer tan joven y saludable como usted?

Pero se le hace raro estar aquí con otro hombre.

—Las apariencias engañan. Padezco de una condición llamada huesos de cristal...

Y más si este le hace la corte descaradamente.

—Pues a mí me parece una mujer bien fuerte.

—Todo me recuerda tanto a él... —suspira ella.

—Es cuestión de tiempo —insiste él.

—El amor es una herida que no se cierra nunca —recuerda, citando a su madre.

Pero, en el fondo, espera que no sea así.

Lo cierto es que, una vez superada la pérdida, la perspectiva de vivir a cuerpo de rey, sola, no resulta tan excitante como imaginaba. Quizá lo que la hacía feliz, aparte de su esposo, era tener con quién disfrutar la fortuna. Aparte de la familia y amigos, claro. Alguien especial con quien compartir no solo el patrimonio, sino el resto de la vida...

Sus parientes le recomiendan que se vuelva a casar, que acepte alguna de las diversas peticiones de matrimonio que le han hecho desde que se quedó viuda. Y si alguna destaca entre todas, principalmente por su tenacidad y gallardía, es la de Perico. Además, se trata de un buen partido, de buen linaje, metido en política, con contactos en el Partido Conservador y la Juventud Monárquica... Pero ella duda. No siente lo mismo que sentía con Josep, ni antes de casarse ni después, y no sabe si está enamorada o no. De hecho, ni siquiera sabe si, a estas alturas, eso importa demasiado...

Y el dilema la mantiene en ascuas. Pero no por mucho tiempo.

Un día que tiene previsto asistir a la ópera, el señor Milà le envía dos rosas, una blanca y otra roja, con una nota. En ella le pide que le dé una respuesta definitiva en forma de gesto: «Si sale a pasear con la roja en el ojal del traje, significa que me acepta».

—¿Y si no lo amo? —piensa en voz alta, añorando las mariposas—. ¿Y si no me ama...?

—¿Es que acaso quieres quedarte sola? —exclama su prima, mirándola atónita—. ¿A tu edad?

Roser sabe que, con los tiempos que corren, esa no es una buena idea. Además, una mujer soltera está mal vista socialmente. Necesita a un hombre, en muchos aspectos. Y quizá sea ahora o nunca. Sobre todo si quiere tener un hijo, algún día, no muy lejano... Así que va a la ópera de Vichy con la rosa roja.

Υ

En 1905, al cabo de un par de años, primero de indecisión y después de prometidos, Pere Milà y Roser Segimon se convierten en marido y mujer. Y toda la clase alta barcelonesa se pregunta con quién se ha casado Perico: si con la viuda de Guardiola o con la *guardiola* (la hucha) de la viuda.

Recién casados, el matrimonio vuelve a la capital catalana y se traslada a vivir a un piso que los Milà tienen en la Rambla dels Estudis.

Al principio llevan la vida normal de una pareja de la alta burguesía de principios del siglo XX. Celebran fiestas, asisten juntos a eventos. Tienen coche de caballos y automóvil, un palco en el Liceo, un chalet en Blanes y también una casa en el Aleixar, en usufructo. Hablan en castellano con el servicio y en público, también entre ellos a veces. Y, como tantas otras familias acomodadas de la época, atraídos por la fama del Paseo de Gracia, muy pronto deciden comprar allí un terreno. La idea, muy popular entre los capitalistas, es construir un edificio de pisos para vivir en el principal y alquilar los restantes. Un negocio redondo. El sueño de cualquiera. De cualquiera que se lo pueda permitir, claro. ¿Y quién mejor que Antoni Gaudí para hacerlo realidad?

—Gaudí... —piensa en voz alta Roser—. ¿De qué me suena ese nombre?

—¿De qué te suena? —contesta Perico, resuelto a convencerla—. Es el protegido de Eusebi Güell y del marqués de Comillas. ¡El arquitecto de moda! Ha hecho el palacio de los condes de Asalto, la Casa Calvet, la Batlló,...

Pero ella no acaba de verlo claro.

Todo ha ido tan deprisa desde que se conocieron... El casamiento, la mudanza y ahora esto. Pero duda, básicamente, porque es su dinero el que financiará la obra y, en cambio, el sueño no le pertenece.

—La Casa Milà. Suena bien, ¿verdad?

«Cómo cambian las tornas», piensa.

—Es una inversión de futuro —insiste él—. Para nosotros, para nuestros hijos y para los suyos...

Hijos. Una palabra mágica, que sumada a las infalibles caricias que su flamante esposo sabe administrar tan bien, surten el efecto deseado. Y accede.

Perico la besa apasionadamente. Ella lo abraza, sonríe. Casi puede sentir las mariposas alzando el vuelo...

—No te arrepentirás —exclama él, saliendo disparado por la puerta.

Y entonces ella tiene la seguridad de que sí.

Cuando recibe la propuesta de los Milà, Antoni se encuentra finalizando la Casa Batlló y rodeado de pretendientes. Asimismo, como siempre, reparte su tiempo y dedicación entre varias obras y proyectos. Cuando no está en Mallorca ocupado con la reforma de la catedral o en la Pobla de Lillet, entre la casa Catllarás y el jardín de Can Artigas, trabaja en el Parque Güell de la montaña Pelada o en la construcción de la iglesia para la Colonia en Cervelló o la Casa Figueras en Bellesguard. Y, tal como lleva haciendo desde que aceptó el encargo en 1885, todo su tiempo restante lo dedica a la Sagrada Familia. El tiempo que resta a su vida personal, ya es inexistente.

—Con lo atareado que estás... ¿No tienes bastante ya? —le dice, desde el afecto, su colaborador Llorenç Matamala.

Él rumia con la boca llena.

—¡Eso mismo le digo yo cada vez que acepta un nuevo trabajo! —se lamenta Francesc Gaudí.

Muchos días, para compartir un rato en familia cuando Antoni está en Barcelona, padre, hijo y sobrina se encuentran para comer juntos. Pero como no les gusta ir de restaurantes, van a casa de los Matamala. Allí, la esposa de su amigo prepara un guiso para todos y comen juntos, como una prole bien avenida, sentados a la mesa que fue el mostrador de la guantería Comella. Aquel comercio de la calle Avinyó para quien hizo sus primeros diseños y que tan buenos recuerdos le trae de la Exposición Internacional de 1878.

—Cómo pasa el tiempo... —murmura—. Han cambiado tantas cosas desde entonces...

Sobre todo él.

Ya poco queda de aquel joven lleno de esperanzas. Ahora que pasa de la cincuentena todo son arrugas, dolencias y canas. Le hubiera gustado hacer muchas cosas en su vida... Pero al menos es arquitecto. Hace lo que siempre ha querido hacer: crear, construir. Es lo que le gusta. Y aunque no sean sus propios sueños, al menos hace realidad los ajenos. ¿Cómo renunciar, pues, a esta tarea, mezcla de obligación y privilegio?

Al final de la comida, la pregunta en cuestión sigue pendiente.

—¿Y qué les dirás a los Milà?

Antoni recuerda que, al inicio de su carrera, le decían que tenía que salir a buscar clientes; que estos no irían a buscarlo. Y se lo creyó. En cambio, desde los primeros encargos le han ido detrás y nunca ha tenido que hacer mucho esfuerzo para encontrarlos, al contrario. A pesar de que muchos afirman que las cosas le han venido de cara, no es cierto. La verdad es que ha dedicado siempre sus esfuerzos al trabajo: la tarjeta de presentación ideal.

—¿Harás otro bloque de pisos para alquilar, pues?

De todos, con y para los que ha trabajado, siempre ha aprendido algo o le han dado la posibilidad de practicar. Cada persona es un mundo. Cliente, peón, ayudante. Y cada obra es distinta. Especial. Debe serlo. Porque una casa tiene vida propia, parte de quien la hace y parte de quien la vive. Cada casa tiene su historia particular.

—Sí: acepto el encargo —declara, finiquitando la duda.

Y antes de marcharse, como de costumbre, pide la factura a Llorenç que, como siempre, se empeña en no querer hacérsela.

—Todo tiene un precio, estimado amigo —insiste.

Él lo tiene muy claro. Y no en cuanto a las comidas solamente.

«Todo tiene un precio en esta vida», piensa.

En el apogeo de su carrera está decidido a hacer que la Casa Milà sea un reto. La obra en la que confluya el aprendizaje acumulado a lo largo de los años. La máxima expresión de su estilo.

«Esta es diferente», se dice a sí mismo. Y la intuición se lo confirma.

—Esta será la última —anuncia en voz alta.

Pero Francesc y Rosita, que lo acompañan, no saben si creerle.

—Esta es la última casa —repite.

La decisión está tomada.

TERCERA PARTE

Hay quien ve cosas y dice: ¿por qué?
Pero yo sueño cosas que nunca fueron
y digo: ¿por qué no?

George Bernard Shaw

XVIII

𝒜 medida que el matrimonio de Roser y Pere se aleja del día de la boda, la efusividad de su estima se desvanece. Los piropos que tanto le lanzaba el antiguo pretendiente, pronto los olvida el ahora ya esposo. Y lo mismo sucede con las caricias o las miradas llenas de ternura, pasión y esperanza. Como si un aguacero hubiera extinguido el fuego que antes los consumía. Sobre todo a él. Al cabo de unos meses, ya no queda ni rastro de aquel cortejo previo. La perseverancia entre empalagosa y halagadora que conquistó a Roser se transforma a menudo en indiferencia; y es como si ella fuera invisible... a veces. Otras, especialmente cuando su esposo quiere algo, recibe fiestas y arrumacos hasta aburrirse. O mejor dicho, hasta que Perico logra lo que desea. Al igual que un chiquillo que espera la paga. Uno que, en cuanto cobra, sale corriendo a gastársela...

Roser recuerda con nostalgia la presencia de don Josep. No su persona, sino la compañía. Cuando tenía que salir de viaje, aunque fuera por negocios, lo hacían juntos. Si no, estaba siempre en casa. Y echa de menos esa imagen que entonces consideraba tan nimia. Su marido en la biblioteca, trabajando, sentado a su escritorio o en la *chaise longue,* escuchándola tocar el piano o leyendo poesía... Él siempre estaba. Añora esa sensación. Con Perico, en cambio, se siente muy sola. Más sola que al quedarse viuda. Y cada hora que pasa le parece un año de abandono...

—Tengo quehaceres —se excusa.

Aunque la mesa de su despacho está tan limpia como una patena.

—Tengo que trabajar —continúa.

—¿Con el dinero que tenemos...? —murmura ella.

Pero él se hace el sordo. Mientras puede.

—¿Qué quieres que haga, eh? —la increpa al fin—. ¿Que me quede solo, encerrado en casa todo el día, como tú?

Y Roser piensa: «Solo no, conmigo».

Antes no lograba descifrar los misterios del amor, ni ahora tampoco. Pero, al menos, con Josep era feliz. No tenían que aparentar de cara a la galería. Estaban enamorados, se querían. Y él se lo demostraba continuamente, más de lo que puede decirse de su actual marido...

—Te quiero.

—Yo también.

No se lo dice nunca.

—¿Tú también...?

—Claro.

En público es encantador, correcto, amable; después, en la intimidad, o bien la ignora o la trata con aspereza. Ella no consigue ver al Perico divertido de quien sus amigos tanto hablan, ni recuperar al hombre cariñoso que la familia conoce. De hecho, de tantas caras que tiene, ya no sabe cuál es la real. Guardiola era un hombre íntegro, dentro y fuera de casa. Un auténtico *gentleman*. Y, a pesar de que las comparaciones son odiosas, no hay día que no lo piense. Es inevitable.

Quizá también él tenía un lado oscuro y secreto, imagina. Quizá todos los hombres lo tienen inherente a su ser y, en el fondo, todas las mujeres lo saben...

En abril de 1904, un año antes de la boda de los Milà, el rey Alfonso XIII visita Barcelona por primera vez después de haber sido coronado. Pere y algunos miembros de su familia, pertenecientes a la Liga Regionalista, asisten a los actos celebrados en honor del monarca. Roser también. Le encanta aprovechar cualquier oportunidad para regocijarse de la posición y los contactos de su prometido. Y conocer a Su Majestad es una de ellas. Insólita. Aunque luego resulte algo decepcionante...

El Patillas, que es como llaman popularmente al soberano español, pues tiene las piernas muy delgadas, hace poco que ejerce, y a sus dieciocho años está más interesado en los asuntos mundanos que en los reales. Como la mayoría de chicos de su edad.

—Me recuerda a mí de joven —murmura con orgullo Perico al verlo mirar de reojo a todas las mujeres que pasan por su lado.

Y es que él no es el único que se aburre con tanta etiqueta y tanto protocolo.

Quizá por ello, hacia el fin de la celebración oficial, a la hora en la que los invitados se retiran, le propone al monarca seguir la fiesta en otro lugar, dando un paseo a escondidas y de forma anónima por otra Barcelona. La que ni los políticos ni los empresarios le mostrarán. La cara oscura de una ciudad que también vive la noche.

Después de una larga jornada protagonizando actos solemnes, Alfonso XIII acepta gustoso la emocionante oferta de su nuevo amigo. E intrigado por los anuncios en la prensa, revelando la feroz competencia entre los cinematógrafos de la capital por la exclusiva retransmisión de su visita, comienzan la velada en el Diorama, para seguirla en el Clavé hasta llegar al Napoleón, en la Rambla de Santa Mónica. En todas las proyecciones se ve a sí mismo llegando al apeadero del Paseo de Gracia, cómo es recibido por el alcalde y las autoridades, el paseo a caballo de su corcel preferido y con el séquito hasta la catedral, el tedeum que le dedica la capilla, la recepción en el Saló de Cent por parte del consistorio, pasando revista a las tropas... Se ve en primer plano, en plano general, rodeado de gente, desde diferentes ángulos, posiciones... Y se encanta.

—¡Qué gran invento! —exclama a la salida del último cinematógrafo.

—¡Y aquí somos pioneros! —responde Milà, barriendo para casa—. Las primeras películas hechas en España son de 1897 y de producción barcelonesa. Una era *Sardanas de los Pirineos*, la otra *Corridas de toros* y la mejor de todas: *Maniobras a bordo del Alfonso XIII*.

La información, y el enjabonamiento, complacen a Su Majestad, aunque insiste en descubrir los populares locales de ocio nocturno que se le han prometido.

Y es que a principios del siglo XX, la parte baja de la Rambla se ha convertido en el centro neurálgico de la vida noctámbula de los barceloneses. Primero se establecieron barracas con shows de tipo cabaretero, que poco a poco se transformaron en locales donde se alternan todo tipo de varietés con representaciones teatrales.

—También en esto estamos a la vanguardia —puntualiza Milà—. En Barcelona tenemos los primeros cabarets de toda España. ¡Nada que envidiar a los de París!

Pero el joven rey no le hace mucho caso hasta que lo ve con sus propios ojos. O, mejor dicho, hasta que lo vive de primera mano. Son muchos años sometido a una madre y reina regente demasiado protectora. Muchos años sin conocer a una mujer. Una de verdad: de carne y hueso... Vestido como un peón se siente a salvo. Y se mezcla alegremente entre la multitud de plebeyos, ebrio de alcohol y nuevas sensaciones.

—¡Vosotros sí que sabéis pasarlo bien! —exclama satisfecho.

Entonces, viéndolo recrearse con el show de La Pajarera Catalana, especialmente con las bailarinas que lo protagonizan, a Perico se le ocurre una idea.

—Lo que yo daría por poder alegrarme la vista de vez en cuando... —añade el joven rey con un suspiro de resignación.

Y Pere tiene la certeza de haber encontrado la gallina de los huevos de oro.

Al día siguiente, a pesar de la resaca, Alfonso XIII acepta conocer a Ricardo y Ramón Baños, de la productora barcelonesa Hispano Films. Ambos han recibido grandes elogios por parte de Fructuoso Gelabert, el primer director de cine español, autor de la primera película con argumento, titulada *Riña en un café*, que tanto éxito ha tenido en los cinematógrafos de todo el país.

—Y también filmó el documental de su visita a Barcelona en 1898 con doña Cristina, que fue distribuido por todo el mundo... —comenta uno de los hermanos.

Claro está que el adolescente monarca no ve aún la relación entre una cosa y la otra. Ni con él. Hasta que Pere se lo explica.

—¿O sea que podríamos hacer las películas que yo quisiera...? —pregunta al fin, incrédulo.

Tras su imagen pública, sobria y puritana, Alfonso XIII es un hombre liberal, con un sentido de la ética muy flexible para los tiempos que corren. Y también para el catolicismo al que está sometido, próximo a contraer matrimonio.

—¡Las que deseéis, Majestad!

Al fin y al cabo es un hombre.

—Imaginaos convirtiendo vuestros sueños en realidad...

La misma sonrisa de la noche antes, viciosa y socarrona, aparece de nuevo en su rostro, mientras le explican las posibilidades del cinematógrafo.

—Serían las primeras filmaciones de género erótico hechas en España...

—Con su ayuda podríamos montar nuestra propia productora y...

—Se llamará Royal Films —los interrumpe él, ya convencido—. Pero con una condición: las producciones que hagáis para mí serán secretas y exclusivas. Nadie puede saber que dais este servicio a la corona, ¿de acuerdo? Nadie. Nunca.

Y con esto se refiere especialmente a su madre.

Acto seguido, nombra al conde de Romanones, su ministro y mano derecha, como mediador y encargado de supervisar el trabajo en su nombre, así como para abonar las remuneraciones pertinentes a cada uno. Los hermanos Baños asumen los roles de cámara y director, y Milà se compromete a descubrir actrices talentosas. Y una vez concretados los detalles del acuerdo, los cuatro hombres brindan eufóricos para celebrar la nueva empresa, comentando ya los primeros argumentos, sin saber que están haciendo historia.

Más tarde, al despedirse, el rey y Perico se felicitan mutuamente por los respectivos futuros casorios. Y este último, aguantando la risa, cita a Oscar Wilde:

—«No hay nada como el amor de una mujer casada... ¡Lástima que ningún marido tiene la menor idea!»

Mientras los Milà se construyen la casa, Pere tiene la excusa perfecta para estar todo el día por ahí. Pero en el Paseo de Gracia no lo localizan nunca. Ni los ediles que llevan disposiciones referentes a las obras, ni los encargados que necesitan que firme documentos, pague facturas o dé indicaciones. Ni tampoco su esposa. Siempre se las ingenia para desaparecer en el preciso instante en que lo buscan... Y siempre tiene un as en la manga.

El negocio textil familiar es la excusa oficial. Pero, por si con ella no le bastase, además de la reciente fundación del Real Automóvil Club también se mete en política; primero presentándose como diputado provincial por el Partido Conservador, el de su tío, ex alcalde de Barcelona, y el de su primo, presidente de la

Juventud Monárquica y, más tarde, en tiempo de Solidaritat Catalana, como candidato independiente dentro de las listas de la Lliga por Solsona, diversas veces. Así, la invención de falsas obligaciones le permite dedicarse a tareas más oficiosas y agradables.

Es muy típico entre los burgueses tener queridas. Tanto, que la mayoría de las esposas lo saben y lo aceptan con normalidad. La mayoría, sin embargo, no significa todas.

A poco de casados, con los altibajos de humor de su marido, Roser empieza a sospechar que la engaña. De hecho, ya se lo temía desde antes de casarse, conocedora, como todos, del dicho popular que hace referencia a su patrimonio. Pero no hay más ciego que aquel que no quiere ver. Y Pere es un seductor nato que sabe perfectamente cómo deslumbrar a una dama. Tiene mucha práctica. Además, ella sabe que el papel de una señora de su posición es quedarse en casa, punto en boca. Y lo representa, también, a la perfección. Recibe a las visitas, celebra algunos bailes, organiza sesiones de teatro, meriendas familiares, cócteles de etiqueta… De todos modos, no está dispuesta a ceder a la infidelidad solo porque socialmente resulte aceptable.

Una noche que Perico vuelve tarde y ebrio a casa, ella simula dormir, aunque está despierta, esperándolo. Y cuando él ya se ha dormido, atenta a sus ronquidos, se levanta para registrarle los bolsillos del chaqué. En ellos encuentra varios programas de mano de barracas y teatros del Paralelo, una entrada al casino de La Rabassada, monedas y, al fin, una cajita de supositorios Vita Radium. Intrigada, lee el prospecto, creyendo que es algún tipo de medicamento, y descubre que se trata de un inocuo y saludable revitalizante sexual para hombres, hecho a base de productos radiactivos. Y, por si fuera poco, dentro del estuche está la tarjeta de una prostituta.

—Tenía que llamarse igual que yo, ¿verdad? —exclama, zarandeándolo para que despierte.

Pere al principio no sabe ni de qué le habla. Hasta que ve la cajita. Está a punto de decirle que, en realidad, los usa por ella, pero enseguida se da cuenta de que es una mala idea. Entonces, Roser le muestra la tarjeta.

—Alguien la habrá metido en mis bolsillos para gastarme una broma... —improvisa Pere.

—¿Dentro de la caja de supositorios, en el interior del abrigo?

«Touché», piensa. Y masculla:

—Mi antecesor era un santo...

Y para no empeorar la situación, pasa a la táctica de costumbre. La infalible.

—Sabes que solo tengo ojos para ti, amor mío... —lloriquea, manso.

—¿También se lo dices a la otra?

«No —piensa—. A ella le doy el resto de mi cuerpo.»

—Quiero que se acabe —sentencia—. ¡Prométemelo!

—Te lo prometo —dice en voz alta, al mismo tiempo que por dentro añade: «Es la última vez que guardo la tarjeta de una profesional». Y sonríe.

—Yo no le veo la gracia por ninguna parte. ¿Tú sí?

Perico mueve la cabeza para negar, mientras se le escapa la risa por debajo del bigote.

De hecho, todo resulta bastante gracioso, porque la prostituta en cuestión incluso se parece a su mujer. Y es tan divertido recrear con ella las discusiones, para acabar siempre poniéndola de cuatro patas... Pero con Roser disimula. Porque ella es demasiado estirada para según qué cosas y, sobre todo, porque no la quiere hacer enfadar. Pronto necesitará pedirle dinero otra vez, y enfadada cuesta más sacárselo.

Ya lo dicen: «*Gent del Camp, gent de llamp*».

Por eso no le gusta ir los veranos al Aleixar...

En cuanto se acercan al pueblo, los aldeanos salen a recibirlos al grito de: «¡Viva doña Roser y su esposo!».

—Ni siquiera se molestan en aprender mi nombre... —refunfuña él siempre.

Ella sonríe, satisfecha de obtener, al menos aquí, el protagonismo que en Barcelona no tiene.

Le encanta volver a la casa que compartió con Josep, de la que dispone en usufructo. Aquí se siente a gusto. En paz. Pero mientras Roser disfruta de la naturaleza, de la lectura o simplemente de los recuerdos, Perico, lejos de sus pasatiempos, se aburre como una ostra. Aquí no tiene ningún tipo de intimidad. Cualquier cosa que haga o diga corre como la pólvora de boca en boca en cuestión de segundos. Imposible cometer ninguna estupidez, por pequeña que sea. Además, la mansión está llena de retratos del indiano; algunos tan realistas que parece que lo siguen con la mirada... Por ello, y para sobrevivir al hastío de la vida campestre, organiza fiestas y cenas donde invita a todo el que puede, foráneos o locales, siempre y cuando sean de clase alta.

—Será divertido, mujer... —le dice a su esposa, que siempre acaba por ceder.

«Ya que no puedo ir a distraerme, haremos que las distracciones vengan a mí —resuelve—. Sean del tipo que sean...»

Al año de casados monta el primer festín. En la mesa se reúne la flor y nata de la burguesía de Tarragona y alrededores. Amigos y conocidos, los Guardiola y los Segimon, y también curiosos que quieren conocer al señor Milà. Y él, encantado de la vida. La comida transcurre con moderado entusiasmo y distensión, hasta que a uno de los invitados se le escapa un comentario totalmente fuera de lugar sobre un desafortunado incidente.

—Creía que lo sabía, doña Roser... —se disculpa.

—¿Que sabía el qué?

Y esto abre la caja de los truenos.

—Han saqueado la tumba de su marido... —murmura el joven que ha metido la pata—. Otra vez.

—Parece que quien lo ha hecho desconocía que don Josep no se llevó nada de valor a la tumba, más que el anillo de casado —explica el cura del pueblo—. Y como este ya se lo quitaron en el anterior saqueo...

—Se ve que le cortaron el dedo —susurra una mujer cercana a Perico.

Y a este no se le ocurre nada mejor que hacer una broma.

—Vaya... ¡Si lo hubiera sabido antes!

De repente, su esposa lo mira muy enojada. «Si las miradas mataran», piensa él. El resto de los presentes baja la cabeza y disimula.

—¿Donde está vuestro sentido del humor? —se justifica, buscando la complicidad de los invitados.

Nadie ríe. Algunos ya empiezan a criticarlo.

—Estoy convencido de que mi antecesor...

Entonces Roser, harta de tanta insolencia, se levanta y da un puñetazo sobre la mesa.

Hay quien se asusta y hay quien no. Pero todo el mundo calla. Y se acaba la fiesta.

Esta vez, ella pasa algunos días sin dirigirle la palabra. Hasta que se reconcilian. Él sabe que, como mujer, basta con un collar o un brazalete para hacerla feliz. Mientras no descubra que los diamantes son falsos...

De todos modos, este no es el peor descubrimiento que puede hacer la señora Milà. Ni mucho menos.

Una vez instalados en la nueva casa, y a pesar de todos los conflictos externos, por fin la pareja disfruta de unos días de bonanza. Después de años de espera interminable, viven orgullosos en el principal del edificio construido por Gaudí. Y aunque a ella no le satisface casi nada de lo que se ha hecho —aún menos el dispendio—, está contenta. Pere vuelve a ser cariñoso y divertido. El dandi seductor y atento de cuando eran novios. Y no importa lo que le cueste mantenerlo así. Siempre y cuando le sea fiel, claro.

Y él lo es. A sí mismo, al menos.

Cada noche se acuesta con su esposa y, cuando esta ya duerme profundamente, gracias a la ayuda de un milagroso jarabe infantil de opio, se escapa por la escalera de servicio y sale de la Pedrera a escondidas por el túnel de las canalizaciones. Va al casino, a ver combates de boxeo o a los espectáculos de variedades, donde busca a jóvenes talentosas para las producciones de Royal Films. Aparte, durante el día, hace lo que le da la gana, a menudo sin ni siquiera salir del edificio. Le encanta pasar el tiempo en el estudio que el pintor Ferré Revascall y el sobrino de su esposa comparten en el desván; especialmente los días que alguno de ellos pinta modelos desnudas. En algunas ocasiones aprovecha para que le hagan la manicura, y en otras... otras cosas. Y es que de entre todas las diversiones de Perico, las mujeres son su preferida. En plural. Pero el destino o la casualidad lo llevan a encariñarse de una en concreto. Una mujer que le dará más quebraderos de cabeza que la propia...

XIX

*E*n 1910, don Pere inscribe el inmueble de su propiedad en el concurso anual de edificios artísticos que convoca el Ayuntamiento de Barcelona, que premia las construcciones del año más destacables dentro del modernismo. La idea es aprovechar la resolución que establece el valor arquitectónico de la Casa Milà, y repetir suerte, pues el arquitecto ya fue condecorado por la Casa Calvet en 1900, en la primera edición del certamen.

Este año optan por el premio también dos obras, la residencia particular de Jaime Gustà Bondia de Enric Sagnier Villavecchia, y la Casa Pérez Samanillo de Juan José Hervás Arizmendi. Todo apunta a la última creación de Gaudí como favorita. Sin embargo, cuando llega el momento, el jurado la descarta por considerar que no está completa ni en su óptimo estado de apreciación. Y ni siquiera se le otorga una mención especial.

A finales de 1910, mientras todavía se ultiman muchos detalles, el matrimonio Milà-Segimon tramita la petición del permiso necesario para habitar las quince viviendas de su edificio, además de la suya propia. El consistorio, sin embargo, les deniega la correspondiente licencia mientras el arquitecto responsable no certifique el fin de las obras. Ante esta imposibilidad, le piden a Gaudí que, al menos, redacte un documento donde declare terminado el principal, y así ellos puedan trasladarse a vivir allí. Después sustituirán este informe provisorio por el definitivo. Y aunque Gaudí lo certifica, el ayuntamiento no les autoriza a habitarlo hasta octubre de 1911.

La vivienda de don Pere y doña Roser consta de 1 323 metros cuadrados. Se accede directamente gracias al ascensor o a través de una escalera de servicio. Dispone de un recibidor, que a un lado tiene el oratorio y al otro el vestíbulo. A continuación se encuentra el despacho y luego el Salón Azul, bautizado así por el color de las paredes y tapicería a conjunto. Lo preside un piano Steinway de la señora. Luego está la Sala Morada, que también hace honor a su nombre; el inmenso comedor con la tribuna que da al Paseo de Gracia, la Sala China, llena de valiosos objetos lacados, el dormitorio principal con su cuarto de baño privado, el vestidor de la señora y un par de habitaciones más. La parte interior del piso la forman la cocina y el resto de cámaras y trasalcobas del servicio.

A pesar del lujo de su nueva residencia, ni las formas ni los acabados satisfacen a la pareja. Y no solo su disgusto resulta evidente para todos, sino que el desagrado se contagia. Hasta el punto de que muchos vecinos se quejan de que el edificio les estropea las vistas o que hace bajar el precio del suelo en la zona. Por estos motivos, algunos dejan incluso de saludarlos.

Pero no solo a la clase acomodada molesta la audacia creativa del arquitecto: también artistas, obreros y menestrales se suman a la moda antigaudiniana para criticar su última obra. Los rumores y las habladurías corren como la pólvora, que junto con los chistes de intelectuales diversos, llenan semanarios y revistas satíricas como *La Campana de Gràcia*, *Picarol* o *L'Esquella de la Torratxa*.

Algunos afirman que las rejas de balcones, puertas y ventanas están hechas con planchas torcidas defectuosas, otros que han aprovechado la chatarra del accidente ferroviario de Picamoixons. Hay viñetas humorísticas para todos los gustos: la de un niño que quiere un pastel igual que la Pedrera, la anécdota de un posible inquilino que rechaza alquilar el piso porque no sabe cómo colgar los damascos de Corpus en unas barandillas tan irregulares, e incluso quien se la imagina como garaje para zepelines; EL VERDADERO DESTINO DE LA MANSIÓN MILÀ, anuncia el titular. Mientras, otros afirman que Barcelona ha sufrido un terremoto peor que el de Messina, en Italia; que se ha levantado una enorme barricada para defenderse de la guerra de África o que, en lugar de un bloque de pisos, la casa es un Valhalla, o mansión de los muertos wagneriana.

—Por mí ya pueden volver a montar el andamio —declara Eugeni d'Ors.

También Santiago Rusiñol bromea, diciendo que a los inquilinos de La Pedrera les será imposible tener animales de compañía.

—Con esos tabiques tan curvados, en lugar de perros, como mucho, podrán tener serpientes...

Todo ello no hace más que contribuir a tensar la ya bastante difícil relación entre el arquitecto y sus clientes.

El 31 de octubre de 1912, Gaudí firma el certificado de final de las obras, dando la casa por terminada, bajo su dirección y siguiendo los planos, y declara que ya está íntegramente a punto para entrar a vivir.

XX

*E*l mismo día que llega la primavera de 1895, nace en una casa de las Cuevas de la Sombra, en Setenil de las Bodegas, la única hija de Carlos Gutiérrez Hermosilla y Ramona Castaño López, un humilde matrimonio de campesinos, que viven del río y de la montaña en esa pequeña población de Andalucía.

—Le pondremos Margarita —dice ella.
—¿Por tu bisabuela?
—No: porque significa perla.

Y él acepta, consciente de que es la joya de la familia. Hacía tanto que esperaban, sumidos en la incertidumbre, que no pueden hacer otra cosa que disfrutar de su sueño cumplido. Sin saber que esta felicidad es igual de efímera que aquella duda. Y que su feliz existencia hasta ahora.

La llegada de la tan querida progenie ilumina sus vidas, al menos durante un tiempo. La criatura es tan bonita, alegre, cariñosa, que parece hacer desaparecer todos los problemas. Pero las disputas territoriales con algunos vecinos de la sierra de Cádiz enturbian la pacífica supervivencia de los habitantes del pueblo, en una época incierta para la agricultura. Y ello, junto con las penurias económicas que atraviesan, empuja a la pareja a abandonar Setenil y emigrar al norte. Un pariente que vive en Barcelona desde hace años les ha convencido de que allí encontrarán muchas oportunidades de trabajo, especialmente en el sector textil. Y a Carlos, que tiene vocación de sastre, le gustaría mucho poder dedicarse a la confección... Tanto, que su mujer no puede sino apoyarlo. Pese a que Cataluña está en la otra punta del mundo. Del único mundo que conocen.

Al cabo de un tiempo, gracias a la ayuda de compatriotas y amigos locales, la familia Gutiérrez-Castaño se establece en los bajos de una casa cerca de la Rambla, donde Ramona hace de portera mientras su esposo ejerce de sastre. Margarita, a sus ocho años, trabaja de modista con su padre, hilvanando las piezas, haciendo ojales o dobladillos, cuando no ayuda a la madre limpiando la escalera. Y los tres son felices en la ciudad. Todo lo felices que pueden. Pero la ciudad no es como se imaginaban.

Las calles del Raval son estrechas y oscuras, siempre huelen a orines, a tabaco y a alcohol, y por las noches están llenas de borrachos, trasvestidos y putas. A pocos metros de su portal hay una casa de citas en la que se venden números de rifa a 50 céntimos y los ganadores pueden fornicar gratis con la mujer que quieran. Proliferan los tugurios, abiertos las veinticuatro horas del día, donde se ofrecen todo tipo de servicios, incluido el suministro de drogas.

La miseria abunda. Y no es como la que vivían en el pueblo, donde el aire olía siempre a lluvia, a hierba y tierra; donde si perdías la cosecha algún vecino compartía la suya y los niños podían jugar en la calle tranquilos. Aquí, la miseria pone precio a la dignidad humana. Y para sobrevivir, hay quien vende la vida. Ya sea la propia o la ajena.

Los Gutiérrez son felices, especialmente porque tienen a Margarita con ellos. Ninguna lámpara da tanta luz como ella. Pero ¿hasta cuándo podrán mantenerla a salvo? ¿Hasta cuándo podrán retenerla...?

Con los años, la belleza de la joven andaluza va en aumento, así como su vergüenza. De todos modos, cada vez resulta más difícil impedirle salir. No conoce a nadie, excepto la gente que vive en la escalera, pero le gustaría hacer amigos, en lugar de estar todo el día en casa encerrada, cosiendo rotos y parches... Quiere conocer mundo. Descubrirlo. Y descubrirse. Sus padres no quieren poner en peligro sus virtudes. Por ello, deciden que acompañe a Carlos cuando trabaja a domicilio para alguno de los pocos clientes adinerados que tienen. Aquellos que viven fuera del barrio, lejos de la pobreza, en casas bonitas o en pisos con ventanas, balcones y jardines; aquellos que se hacen llevar telas preciosas, bordadas con hilos de oro o plata desde países lejanos y exóticos.

Los Gutiérrez tienen la esperanza de que su niña, escondida en este pequeño oasis de la sociedad, seguirá protegida. Que eso la guiará por el buen camino. Pero la revelación de un universo de lujo tan inesperado abruma a la sensible joven. La deslumbra. La ciega. Y el que hasta entonces solo era un buen cliente, se convierte en su primer amor. Y en el último.

Y

Al principio solo mira y ejerce de ayudante. Después, ya es ella quien toma las medidas.

—Así no estarás ahí boquiabierta de brazos cruzados —refunfuña Carlos.

Las señoras clientas están encantadas. De hecho, la mayoría le dicen que se quede los recortes sobrantes de sus vestidos para hacerse algo. Margarita no ha estado nunca tan cerca de un hombre en toda su vida. Y el día que van a casa de los Milà, en la Rambla dels Estudis, y se acerca a don Pere con la cinta métrica en las manos, tiembla tanto que le rechinan los dientes.

—¿Se encuentra usted bien? —le pregunta él, mirándola a los ojos por primera vez. Y su brillo hipnótico lo cautiva.

La joven asiente con la cabeza, sin decir nada.

—Tranquila: no muerdo —murmura Pere, guiñándole un ojo. Y añade en voz alta, dirigiéndose a Carlos—: ¿Dónde tenía escondida a esta preciosidad?

Entonces ella sonríe.

Ya no es invisible. Al contrario.

En la siguiente visita, el padre no se la lleva con él. Ni a ninguna otra en la residencia de los Milà-Segimon. Pero un día, le llega un encargo de parte de su criada para ir a hacerle un abrigo a Gaudí, en su despacho. Y entonces Margarita sí lo acompaña. Viste un bonito conjunto que se ha hecho ella misma con todos los retazos de las piezas que ha cosido durante años. Y esta colorida vestimenta no solo gusta y sorprende al arquitecto.

—¡Sois una gran constructora de ropa! —afirma.

También le gusta a su patrón. El hombre para quien se la ha puesto.

—Carlos: es un crimen que neguéis al resto de los mortales la visión de esta belleza. ¡Una joven tan virtuosa! Tráigala a casa un día de estos. Mi esposa tiene vestidos de sobra que ya no utiliza y que le irían bien… —Y al oído, solo para la joven, agrega—: Estoy seguro de que te quedarán mucho mejor a ti.

A ella se le sonrojan las mejillas. Y el cuerpo entero.

—¡Ni hablar!

Esa noche, los Gutiérrez discuten encarnizadamente.

El padre teme por la virtud de su hija, esta reclama una cierta libertad y la madre intenta mediar entre ambos. Pero la tregua es imposible.

—¡Mientras vivas bajo este techo harás lo que yo diga! —exclama él.

Un comentario que se dirige a las dos.

A continuación, el cabeza de familia abandona el hogar de un portazo. Por primera vez desde que viven en Barcelona se va a un bar. Y de este, a otro. Y luego a un cabaret. Y no vuelve a casa hasta la madrugada, tan enfadado como borracho.

—A menudo damos demasiada importancia a las cosas que deseamos, a lo que vemos fuera o a lo que los demás ven, y no a lo que somos, tenemos o pensamos nosotros —dice la madre a Margarita—. A veces nos dejamos llevar por anhelos y sentimientos que nos hacen miserables, cuando resulta que el tesoro más grande está aquí mismo… como todo lo verdaderamente importante. Por desgracia, no somos conscientes de lo que tenemos hasta que lo perdemos. A menudo nos aferramos a un sueño y, por muy imposible que este sea, ignoramos la realidad que lo separa de nosotros. El abismo. Ignoramos incluso el peligro de caernos... Pero hay que tener cuidado con lo que se desea, porque las pesadillas también se hacen realidad.

Margarita deja de acompañar a Carlos en las visitas. Y ya no vuelven a hablar del tema. En cambio, el ocio nocturno sí se repite. Al principio, una o dos noches a la semana, luego cuatro. Y finalmente, el dinero que gana durante el día se lo gasta cada noche jugando a las cartas, en bebida...

—O en otras mujeres —lloriquea Ramona.

La impotencia la abruma. No sabe qué hacer. Teme que su marido ya no sea feliz aquí. Con ella. Y que, algún día, le levante la mano a la niña también...

Una noche que se hace tarde y llueve a cántaros, decide salir a buscarlo. No puede dormir, pensando que quizá le haya pasado algo. Así que cierra con llave la puerta y, bajo un chaparrón de miedo, recorre los tugurios de todo el barrio. Sin suerte. Cuando vuelve a casa, empapada de pies a cabeza, lo encuentra sentado en el portal, durmiendo. Y lo arrastra como puede hacia dentro.

Al día siguiente, Carlos no se acuerda de nada. Y ella, que no se encuentra demasiado bien, tampoco se atreve a reñirlo. Ni siquiera a preguntarle si lo que quiere en realidad es volver al pueblo.

—Trabajo mucho —argumenta él—. Me merezco un poco de diversión, ¿no?

¿Cómo negársela, cuando no puede ni abrir la boca...?

Unas semanas después, el estado de salud de la madre empeora. Y una tarde que no para de toser, Margarita se asusta. Más aún cuando ve que hay sangre en su pañuelo. Carlos ha salido a ahogar sus penas de todos modos; la única ventaja es que ahora ya saben dónde encontrarle. Pese a que ella no ha salido nunca sola. Ni a buscarlo. Hasta hoy.

Camina por la calle de puntillas, con la vista en el suelo, evitando cualquier otra mirada o persona. El corazón le late tan fuerte que casi no oye la música de los locales. En algunos tramos debe taparse la nariz para no vomitar encima de la gente que duerme en el suelo. El espectáculo es tan desolador que se le escapan las lágrimas.

—¡Espera! ¡Espera a que termine la partida, coño! —le grita su padre cuando por fin lo encuentra.

Abatida, se sienta en un rincón del café, a esperar con los brazos cruzados. Y de repente, una música celestial dispersa el alboroto. El telón de un pequeño escenario, al fondo del local, se abre y aparece una mujer guapísima, repeinada y bien vestida. Una mujer que canta como los ángeles. Y que sonríe y brilla igual que ellos... Una mujer a la que todos los hombres presentes admiran, como una estatua en lo alto de un pedestal. Y aunque va medio desnuda, parece muy digna y orgullosa. Más que muchas otras vestidas. E incluso ella se rinde a su encanto. Y al cansancio, también.

Cuando despierta, lo hace en una habitación distinta. Desconocida. Como la señora que le habla.

Poco le importa que sea el camerino de la cantante, ni ella sin maquillaje. Sale corriendo hacia su casa, con la mirada al frente, apartando a todos los que se interponen en su camino. Pero al llegar, al ver a su padre sentado en el portal, despierto y lloroso, se da cuenta de que ya es demasiado tarde.

Su madre ha muerto.

Durante lo que parece una eternidad se hace el silencio en casa de los Gutiérrez. Un silencio triste y doloroso, como el del sepulturero que accede a depositar el cadáver de Ramona en una fosa común, o el de Carlos al preguntarle Margarita qué ha hecho con todo el dinero… Y pasan meses así, hilvanando los días. Ella haciendo de portera, él cosiendo a todas horas. Pero nada sirve de mucho. Y el silencio se rompe una noche en que el padre se duerme dejando el cigarrillo encendido sobre el mostrador de la máquina de coser. El humo despierta a la hija y su aliento de alcohol casi la tumba.

—¿Otra vez? —se lamenta.

—¡No, no, espera…! —se excusa él.

—¿¡Que espere?! —lo interrumpe, enfurecida—. ¿Que espere a qué? ¿A ver si morimos quemados?

—¡Solo ha sido esta noche! Estoy guardando todo el dinero para poder volver a casa, al pueblo, de verdad…

—¿Y quién te ha dicho que yo quiero volver? ¿Quién te ha dicho que ese no es mi hogar?

A Carlos le sorprende que le plante cara de esta modo y no sabe muy bien qué responder. Ella no tiene recuerdos del pueblo donde nació y vivió los primeros años de su vida; solo imágenes sueltas de una gran montaña, con ventanales y puertas; el olor a tierra mojada o el ruido de la lluvia sobre las piedras…

Aquella sensación de saberse protegida de todo, que conservaba de la infancia, hace tiempo que la perdió.

—Se acabó —sentencia—. Ya no puedo más. Vete tú. Yo me quedo aquí.

Y el silencio acaba de romperse con la bofetada que le propina su padre al reconocer que quiere convertirse en vedette.

—¡Al menos a ellas no les falta de nada! —argumenta Margarita—. Tienen todos los hombres que quieren… ¡incluso los de las otras mujeres! ¡Y su dinero también!

Al ver venir un segundo bofetón, Margarita lo esquiva. Y antes de que llegue el tercero, toma un hatillo que ya tenía preparado desde hace tiempo y sale por la puerta. Sin decir adiós.

Con apenas dieciocho años, se presenta en diversos locales de cabaret para ofrecer sus servicios como costurera. Su vestido es el reclamo perfecto y enseguida encuentra trabajo. «Esto es coser y cantar», piensa. Y precisamente son sus cantinelas tras el telón lo que despierta el interés de algunos promotores. La belleza que dormía en un físico dañado por la miseria, destaca en el instante preciso. Solo necesita fingir que en realidad, tiene veintidós años para que su aire inocente y la apariencia juvenil hagan el resto.

—¿Cree que les gustaré? —pregunta a la vedette a la que hace más tiempo que arregla la ropa, después de dejarse acicalar por ella.

—¿Gustarles? —responde esta—. Rita, amor… ¡Los volverás locos!

Y así es.

Todos los encargados de cabarets, salas de fiestas y teatros caen rendidos a sus pies; muchos le ofrecen acuerdos e incluso algunos le hacen proposiciones de otro tipo... Y ella escoge la mejor oferta profesional, aquella que incluye camerino y vestuario, haciendo oídos sordos a las insolentes.

A las pocas semanas, el salón Arnau ya prepara un letrero luminoso para el estreno del primer espectáculo de una nueva artista que, según la prensa, es la revelación del año. O, como dicen algunos, del siglo.

—¿Qué nombre ponemos en el cartel? —preguntan los electricistas al capataz.

Ella, metida de lleno en su nuevo rol, contesta:

—Rita... Amor.

En el fondo, es lo único que quiere.

Y está tan metida en el sueño, que no oye una vocecita interior que le recuerda aquellas palabras de su madre: «Hay que tener cuidado con lo que uno sueña, porque las pesadillas también se hacen realidad a veces...».

XXI

*E*n muchos aspectos, los peores miedos de Antoni se cumplen.

Está inmerso en un proyecto en el que se siente atado de manos, y en aquel en el que puede obrar a su antojo, las cosas no funcionan como esperaba. Al duelo que arrastra por la muerte de su padre se le suma el fracaso y la frustración. Y ni las palabras de apoyo de aquellos que lo aprecian le levantan la moral.

Tampoco socialmente están los ánimos muy altos. Lo que están es muy calientes.

El estallido de un nuevo conflicto en África, que requiere más soldados y sacrificios por parte de la población, despierta un movimiento popular que, sobre todo en Barcelona, se convierte en revuelta. Durante una semana, la ciudad se convierte en un verdadero campo de batalla. Especialmente la zona de Gràcia que está entre el parque y la Pedrera. En este barrio obrero se instalan unas setenta y seis barricadas, hechas con adoquines, raíles de tranvía y tapas de cloaca, para impedir el embarque de doscientos reservistas y conciudadanos hacia Marruecos. Una cifra muy superior a la de cualquier otro distrito. Y aunque el alboroto es más político que anticlerical, el rechazo a toda forma de poder resulta evidente.

El 25 de julio, de camino a la Casa Milà, Antoni oye disparos. «¡Viva la República!», gritan unos. «¡Disparen a las persianas abiertas!», ordenan los militares. Se desvía y acelera el paso. Tiene un mal presentimiento. Y este se confirma cuando llega a la obra y encuentra a la señora. Ella, que nunca la visita por placer.

—No queremos ninguna Virgen en la azotea —le comunica doña Roser para cerrar el tema que su marido tenía abierto—. Con los tiempos que corren... y la de locos que hay por el mundo. ¡Que están quemando conventos e iglesias, por el amor de Dios! —añade, alterada—. Así que ya está decidido. Comuníqueselo usted mismo al escultor cuando lo considere oportuno.

Con la maqueta hecha y listo el material para comenzar la escultura, Carles Mani recibe la mala noticia. El disgusto es soberbio. Al decírselo, a su mentor y amigo se le rompe también el corazón y, quizá para compensar, lo acoge en la obra de la Sagrada Familia y en una vivienda adyacente al parque Güell.

Desmantelar las setenta y seis barricadas de Gràcia le cuesta al ayuntamiento 10 148 pesetas. En pocos días, en las calles de Barcelona parece que no haya pasado nada. Al contrario que en casa de Antoni.

—¿Cómo se encuentra la niña?

Es la pregunta de rigor de cada día, cuando llega a casa.

La monja que cuida de su sobrina Rosita le dice lo

que ha comido, las horas que ha descansado, si ha tenido alguna crisis...

—¿Y usted? —dice ella.

—Bien, gracias —contesta el arquitecto.

Pero no es verdad. También él sufre de los nervios y empieza a desfallecer. Aunque la frustración lo ciega de tal manera que muerde a diestro y siniestro sin darse cuenta.

Llorenç Matamala, con el permiso de su amigo y jefe, hace tiempo que lleva a su hijo al Templo para que aprenda el oficio familiar. De todos modos, a Joan, con poco más de diez años, le tira más jugar que esculpir. Un buen día, después de distraerse un buen rato con las idas y venidas de las carretillas, finalmente acaba por subir a una de ellas y lo llevan a dar algunas vueltas. Hasta que Gaudí lo ve.

—¿Has venido aquí a aprender a hacer de albañil? —le pregunta.

—No, señor. He venido a aprender escultura.

—Entonces, ¿por qué pierdes el tiempo con la vagoneta?

El niño no se atreve a responder.

—Le diré a tu padre que te asigne un jornal, así tendrás un estímulo y estarás obligado a aprovecharlo. Piensa que ya eres un hombre y que aquí se viene a trabajar, no a jugar —concluye.

Y ni Llorenç se atreve a recordarle que, de hecho, todavía es un niño.

Mientras, en la Casa Milà las cosas van de mal en peor. La obra no solo da trabajo a los caricaturistas de la época, sino también a los funcionarios del consistorio. A día de hoy, todavía trabajan sin permisos. Está claro que la falta de las licencias pertinentes solo es una parte de los problemas. De puertas adentro hay otros nuevos. Muchos. Pero solo uno colma el vaso.

Con el visto bueno del matrimonio, Gaudí pacta con un pintor humilde, Lluís Morell, para que se encargue de las tareas de pintura del edificio. Sin embargo, un tal Aleix Clapés, artista de más renombre, le hace una propuesta a Perico que este acepta. E ignorando el previo acuerdo con el arquitecto le cede la autoría de los murales del vestíbulo, las escaleras principales, patios y las habitaciones de la planta noble, dejando para Morell los pisos de alquiler. Pero, a mitad del trabajo, Clapés convence al señor Milà, con quien mantiene una cierta amistad, de que le otorgue todo el encargo, con la excusa de unificar estilos, y lo consigue, haciendo que despidan a su cofrade. Y de rebote, que Antoni se enfade como nunca.

Don Pere, después de una fuerte discusión durante la cual se niega en redondo a desdecirse de la promesa hecha a su amigo, pretende que sea Antoni quien lo eche y que, encima, se vaya con las manos vacías. Entonces él, viendo que ya no se le respeta ni el cargo ni las decisiones, amenaza con abandonar la dirección de la obra.

—No puede hacerlo —determina el señor Milà.

—¿Está seguro?

Y acto seguido, da media vuelta y se va.

Al cabo de unas semanas, Lluís Morell cae enfermo y muere antes de poder cobrar la parte del jornal que se le debía.

El 28 de diciembre de 1909 llega la resolución del ayuntamiento que concede a la Pedrera un permiso especial, eximiéndola de cumplir con las normas establecidas. Justo el día de los Santos Inocentes.

—Parece que esta casa se ríe de todo y de todos... —opina Torres i Bages.

Pero Gaudí ya no le ve la gracia por ninguna parte. A nada.

El 14 de febrero de 1910, el director del Salón de Otoño del Grand Palais de París le pide al arquitecto que participe en una exposición colectiva, en la que habilitarán una zona solo para él, con material de libre elección. Don Eusebi, que lo conoce y sabe de su estado de ánimo actual, le insta a participar, asumiendo todos los gastos, viajes incluidos. Antoni acepta, más por la insistencia que por otra cosa. Y, sin mucho entusiasmo, prepara las maquetas, planos, fotografías, etc., con Joan Bordas, un estudiante de arquitectura y admirador suyo.

—No es necesario que se esmere tanto —le dice—. Que no nos vamos a examinar...

Cuando llega el momento, se niega a asistir en persona y envía a Jerònim Martorell para representarlo.

La muestra de la Société Nationale des Beaux-Arts se salda con un éxito considerable. Por desgracia, sin embargo, su sección pasa tan desapercibida para el público y la crítica que solo algún cronista español lo menciona, y poniendo más énfasis en la religiosidad que en el modernismo de las obras.

—¡Son todos unos ignorantes! No saben qué es la arquitectura ni el arte ni nada de nada...

Y

Finalmente, el mes de mayo de 1910, Gaudí es víctima de una depresión nerviosa, o lo que se denomina también como anemia cerebral, fruto del sobreesfuerzo acumulado. Y para alejarlo un tiempo del trabajo y las preocupaciones mundanas, Torres i Bages hace que un amigo común, el jesuita Ignasi Casanovas, lo acompañe a Vic, a casa de unos conocidos. Pero al poco tiempo, el cura tiene que volver a sus obligaciones, así que lo deja al cuidado de la anfitriona, la viuda Rocafiguera.

—Lo importante es que coma y descanse bien —le comenta.

Y a pesar de la sencillez del encargo, este no resulta tan fácil como parecía. Porque el invitado tampoco lo es. Para nada.

Doña Concepción Vila, emocionada por alojar a tan ilustre personaje en su palacete barroco, aprovecha la ocasión para organizar recepciones y fiestas diversas. Y descubre que el arquitecto es un hombre silencioso, huraño, poco amante de saraos y florituras. De hecho, a Antoni le desagrada tanto su habitación, con dosel y damascos, que duerme en el suelo. Pasa más tiempo entre la capilla y el jardín que haciendo reposo, y parece más interesado en las plantas que en las personas.

—¿Qué es esto? —le pregunta un día, de repente, a la dueña, que casi se asusta al oír su ronca voz.

—Una fucsia o pendientes de la Reina.

—Mmm —responde él.

Y ya no dice nada más durante días.

La pobre, muerta de aburrimiento en su compañía, pide a algunos conocidos que lo saquen a pasear, a ver el patrimonio arquitectónico de la ciudad. Pero Antoni y su malhumor arruinan cualquier paseo, pues se crispa por tonterías o desprecia comentarios y obras ajenas. Hasta el punto de que la gente le da la razón y lo deja en paz.

Aunque la estancia en la capital de Osona debía ser de descanso, continúa tan obcecado que no hay manera. Incluso se ofrece a diseñar unas farolas conmemorativas del centenario del filósofo Jaume Balmes. Ni descansa, ni come, ni su salud mejora. Al revés. Al igual que su comportamiento.

—¡Qué mierda esto de las vacaciones! —gruñe a menudo.

Y procura que lo escuchen.

Unas semanas después vuelve a Barcelona, más o menos como cuando se fue. Y las cosas, en la capital, en sus obras, tampoco han cambiado mucho. Especialmente en la Pedrera.

—Quizá terminándola consiga pasar página... —le aconseja Casanovas.

Pero el matrimonio Milà-Segimon no se lo pone fácil. Y menos doña Roser.

La propietaria y el arquitecto discuten día sí y día también, por todos y cada uno de los elementos decorativos. Le prohíbe poner más puertas de roble macizo, pues resultan demasiado caras, y lo obliga a usar puertas de madera más sencilla y menos trabajada para el resto de los pisos.

—¿Cómo quieren que trabaje con un brazo atado a la espalda? —se lamenta Gaudí.

Porque sus clientes no solo continúan recortando a nivel económico y creativo, sino también su autoridad. De nuevo. Aunque sea en detalles tan ínfimos como las inscripciones que Jujol cincela por toda la planta noble. Alguna con un doble sentido demasiado literal, no apto para almas susceptibles. Por ejemplo, la que hay en el tocador de la señora.

—¡¿Polvo eres y en polvo te convertirás?! —exclama hecha una fiera—. ¿Qué se creía: que poniéndolo en latín no lo entendería? ¿Que acaso soy estúpida?

Al cabo de una semana, el arquitecto está peor que antes de irse a Vic. Pero aguanta. Durante meses. Aguanta hasta que un montón de malas noticias se añaden a su pésimo estado. Una tras otra.

Muere un albañil en la cripta de la Colonia Güell, se paran las obras en la Sagrada Familia por falta de dinero y el fracaso del parque Güell es innegable. Encima, a causa de su genio desbocado, pierde el proyecto de la capilla del colegio de las teresianas por diferencias con la madre superiora y en la catedral de Mallorca, en una ocasión, casi se lía a puñetazos con un encargado. Pero el remate final llega el 14 de abril de 1911, con el fallecimiento de Carles Mani en la villa Coll i Pujol del parque, cuatro días después de saber que ha perdido un concurso en el que había depositado todas sus esperanzas profesionales.

—Su corazón simplemente se ha parado —declara el médico forense.

Entonces, de una vez por todas, Gaudí toca fondo.

La muerte de su amigo y pupilo lo lleva a un estado irreversible de depresión, que ya supera el aspecto emocional. Tiene fiebre, dificultad para respirar y sufre escalofríos. Está tan mal, que por segunda vez en la vida pide ayuda a Santaló.

—Ya no puedo más... —confiesa.

La diferencia es que, esta vez, cree de verdad que no podrá salvarse. Que lo dejará todo a medias.

Y su amigo también.

XXII

Una tarde que Roser se olvida de tomar la infusión de costumbre, se desvela entrada la noche y descubre que está sola en la habitación. Y para su sorpresa, que en la contigua, donde a veces duerme su marido, tampoco está.

Interroga a sus empleados, al ama de llaves, al portero; hace que den un repaso al edificio, que pregunten si se encuentran con algún inquilino, pero nadie lo ha visto y empieza a preocuparse. Entonces una sospecha la invade. Cuando las obras, Perico desaparecía siempre misteriosamente; también ella ha oído hablar de un túnel secreto, pero creía que eran chismes, al igual que la rampa de acceso con automóvil a los pisos... Para salir de dudas, llama al chófer. Si ha salido, no lo habrá hecho a pie, supone. Y menos si lleva compañía...

—Dígame la verdad —lo interpela ella sin miramientos.

El pobre hombre, conocedor de su mal genio y de que quien le paga es ella, confiesa que ha llevado a don Pere al Liceo, donde ha quedado para recogerlo dentro de media hora. Y añade, tímidamente, que no iba solo.

—¡Lo sabía! —exclama enfurecida.

Entre los de clase alta es vox pópuli la relación que Perico mantiene con la esposa de un conocido director de banca. Menos para el marido de la mujer en cuestión y para Roser, claro. Pero cualquiera que tenga ojos en la cara los ha visto juntos en el palco que los Milà-Segimon poseen en el Liceo, y quien tenga oídos, sin duda ha oído alguna vez sus indiscreciones cuando se apagan las luces. A pesar de todo, aparte de los murmullos que arrancan a su paso, nadie ha osado nunca decir ni media palabra a los cónyuges respectivos, por una simple razón de doble moral. Porque nadie tiene nada que ganar o que perder. Nadie, hasta hoy.

—Ya es hora que le dé una buena lección —concluye Roser, que acaba de tener una idea.

A la salida de *El baile de máscaras* de Verdi, casualmente una ópera sobre amores secretos, Perico y su acompañante se disponen a coger el carruaje que les espera. Frente a la multitud de asistentes, él le abre la puerta a la joven y cuando esta está a punto de subir, una voz tan familiar como contundente se lo impide.

—En mi carroza no hay lugar para putas.

Y para sorpresa general, bajo la atenta mirada de su esposo, de la amante y de todos los presentes, aparece la señora Milà. Con la cabeza bien alta.

—¿Me está llamando puta? ¡Qué insolencia! —protesta la chica.

—Es verdad. Rectifico. Seguro que tú eres más cara de mantener —suelta Roser.

—No me puedes hacer esto, aquí, delante de todos... —murmura Pere, avergonzado.

—¿Y tú sí? —responde ella.

Por un momento le gustaría agarrarlo por el pescuezo y hacerlo subir al carruaje, pero no hace falta. Con una mirada suya basta.

Algunas risas estallan entre el público. Y él obedece, sumiso, abandonando a la querida para escarnio popular. Y ni siquiera se molesta en disculparse, pues sabe que no servirá de nada. Ni con la una ni con la otra.

Pasa mucho tiempo hasta que su esposa vuelve a confiar en él. Y el coste de esta confianza es muy elevado.

Durante meses, Pere casi no sale de casa. De día trabaja en su despacho: revisa las cuentas del banco, gestiona los pagos de los inquilinos, se encarga de atender a los interesados y cualquier cosa relacionada con la finca. Todas las noches, cada noche entera, duerme con ella, en la misma habitación y en el mismo lecho. Desayunan, comen y cenan juntos. Toman el café, el té, meriendan. Salen a pasear y de boutiques. Son uña y carne. Y mientras tanto, todos sus negocios extraoficiales quedan colgados. Aunque lo más terrible es la sensación de cautividad que lo asfixia. Especialmente cada vez que pretende hacer algún gasto superfluo y ella le recuerda, inexorable:

—El dinero es mío.

Aún tiene suerte si puede escaparse de vez en cuando al estudio de los pintores, en el desván, los días que Roser atiende algún compromiso. Allí al menos puede echar un trago y desahogarse. O, incluso, tener grandes ideas…

Y

Como amante de la buena vida que es, Perico se relaciona con varios artistas y bohemios. Entre ellos, un antiguo colaborador de Gaudí llamado Aleix Clapés. Este, en un acto de competencia desleal, le quitó el trabajo de la Pedrera a un pintor más humilde y, a raíz de ello, el arquitecto se enemistó con él. Curiosamente, sin embargo, el mismo hecho se convirtió en el punto de partida de su amistad con el señor Milà. Y es justo por la falta de escrúpulos de Clapés que este le pide consejo en su nueva hazaña.

Conocedor del amor al arte que profesa Roser, y de la estima que tiene a su colección personal, decide que la ayudará a enriquecerla. Su idea es bienvenida y muy pronto se pone manos a la obra. Eso sí: con el asesoramiento de Clapés. Y no solo a la hora de buscar artistas y cuadros, sino también para inflar las facturas y sacar un buen pellizco de margen. De esta manera, todos salen beneficiados. Especialmente Pere, que ya no dependerá tanto del dinero que ella le pasa, ni deberá rendir cuentas sobre en qué se los gasta... O con quién.

Después del ridículo protagonizado en la salida del Liceo, Pere tarda una temporada en hacer de las suyas. Y cuando vuelve al ataque, lo hace con mucho cuidado. Sale menos noches y, las que lo hace, se asegura de que Roser toma la dosis adecuada del jarabe de opio, ya sea en la comida o en infusión antes de acostarse, y se cerciora de que tiene el efecto deseado. Si no, se queda en casa, a la espera de otra oportunidad más favorable.

En una de sus primeras escapadas, transcurridos muchos meses de abstinencia ociosa, visita el salón

Arnau atraído por el rótulo luminoso que anuncia el debut de la estrella más sensual de todos los tiempos. Y no es el único. El local está lleno a rebosar de hombres ansiosos por ver a la nueva promesa del cabaret, bautizada con el sobrenombre de Rita Amor. La expectación es tanta, y tantos son los rumores que corren sobre su belleza, que al abrirse el telón el público ya estalla en aplausos, y la efusividad colectiva se repite a lo largo del espectáculo: cuando empieza a cantar, con los primeros pasos de baile, al acercarse a la platea... Todo el mundo le lanza flores y piropos. Todos menos él. Perico, seducido por el encanto natural de la joven, no hace otra cosa que mirarla boquiabierto durante todo el show. Mientras, por dentro, imagina cómo y cuándo podrá conquistarla.

—No hay mejor antídoto para el mal de amores que el amor mismo —piensa en voz alta.

Pensamiento que sus amigos de copas, menos versados en poesía, traducen por:

—¡Un clavo se quita con otro clavo!

Y al salir del teatro van todos a celebrarlo al café Paraíso, abierto, como tantos otros, las veinticuatro horas del día. Solo que Pere, al contrario que el resto, vuelve a casa antes de que salga el sol. Antes de que Roser se despierte.

—Es necesario que el espectáculo continúe...

Desde que viven en la Pedrera, el prestigio de Roser y Pere va de capa caída. Algunos vecinos se niegan a saludarlos, disgustados por la estética de la mole que Gaudí les ha construido y que, según ellos, hará bajar el precio de las viviendas de alrededor.

—¡Que nadie quiere vivir cerca de un edificio tan grotesco, dicen!

Pero lo que peor les sienta es que bauticen su inmueble con el apodo de la Pedrera.

—Qué poca clase. ¡Así es como la llama el populacho ignorante!

La sola idea de que el mote quede asociado a ellos para siempre los aterra. Claro que ambos obvian recordar otros hechos, por ejemplo el episodio del Liceo, que tampoco contribuye demasiado a limpiar su renombre... Y buscan otras maneras de conseguirlo. Por lo menos de cara a la galería.

Con los hechos de la Semana Trágica como punto de inflexión, la carrera política de Pere cae en picado y a finales de 1912 sus sueños de grandeza buscan un nuevo foco de interés. Consciente del poder de la prensa, con la ayuda económica de su esposa impulsa la creación en Madrid de un diario llamado *La Tribuna*, inspirándose en uno del mismo nombre que se publica en Barcelona, para apoyar al Partido Conservador. Y al menos durante algunos años, esta tapadera le permite proseguir con otra empresa menos pública. Una en la que se mezclan negocios y placer.

El primer paso que da Perico para llamar la atención de la recién estrenada actriz es enviarle un ramo de flores cada día. Durante semanas. Doce rosas de terciopelo rojo de parte de un admirador secreto. Pere observa, todas las noches, al final del espectáculo, cómo ella corre hacia el camerino impaciente por encontrar la sorpresa de costumbre. Entonces, una tarde, no envía ninguna. Y en la tristeza de ella descubre que ha llegado el momento de dar el segundo paso. Así que, al día siguiente, en lugar de hacerlas llevar anónimamente, es él quien la espera en persona para entregárselas en mano.

—Por fin nos conocemos, Rita... Mucho gusto —dice, besándole una mano que acaricia entre las suyas.

Ella no responde. Diría tantas cosas que no sabe cuál elegir.

—¡Eres tú...! —murmura, finalmente.

Y en su mirada hay un brillo especial.

Entonces la reconoce: es la hija del sastre. Del hombre que le hacía los vestidos cuando vivía en la Rambla.

—¡Pero si eres una niña...!

—Era —se apresura a responder la joven, que acto seguido enrojece.

Y ambos sonríen.

Al principio todo son fuegos artificiales. Entre ellos saltan chispas. Cuando hablan, se miran o se tocan. Hasta que ella decide perder su virginidad convencida de que él la merece. A partir de ese día, se le entrega sin reservas. Hacen el amor siempre que pueden, a escondidas en el camerino, en meublés o en su coche. Hacen el amor con el ansia de las primeras veces, como si cada vez que se encuentran fuera a acabarse el mundo. Pero el impetuoso deseo que los arrastra al principio se va apaciguando con la rutina. Y al menos en el caso de Pere, su interés decae.

—Hay que reconocer que es muy apañada...

Aquí es cuando los negocios toman el relevo al placer.

—Quiero decir, para no ser una profesional.

Y así, la que hasta hace poco era solo su amante se convierte en la primera actriz de cine erótico de España.

En 1915, en el Raval de Barcelona, los hermanos Ricardo y Ramón Baños montan la productora Royal Films, la primera de España en producir filmaciones con contenido sexual. Y aparte de algunos documentales que ruedan para los cinematógrafos del país —una perfecta coartada—, se mantienen principalmente gracias a la Casa del Rey y las exclusivas películas que suministran para uso personal de Alfonso XIII. Tan exclusivas que, de hecho, es él mismo, a través de su intermediario, el conde de Romanones, quien propone los argumentos. O casi siempre.

—¡Le encantará la historia! Está basada en hechos reales —asegura Milà—. Va de una joven costurera, la hija de un sastre pobre que se enamora del rico al que le hacen la ropa y...

—¡Maravilloso! —exclama. Para añadir, bromeando—: ¡No me desveléis el final!

Y Pere, presuntuoso, contesta riendo.

—No sufráis: acaba bien. Las películas de Su Majestad siempre tienen un final feliz.

Pero en la vida real ya es otra cosa...

—Tú quieres ser actriz, ¿verdad? ¿Pues quién mejor para interpretar el papel protagonista que tú misma?

Rita no lo ve claro. En parte por el hecho de contar su historia, en parte por tener que hacerlo desnuda. Él es el único hombre con el que ha estado y todavía le dan vergüenza algunas de las cosas que le hace...

—¿Y tengo que dejarme tocar por otro hombre?

Sabe que se trata de una oportunidad única que muchas vedettes matarían por tener; que sacarse algo de ropa tampoco es tan difícil, ya está acostumbrada, y que si por algo se empieza, mejor para uso privado que público...

—Piensa que el otro soy yo —le dice Pere llenándola de caricias—. Al fin y al cabo, es nuestra historia de amor.

«Aunque sea en un solo sentido», piensa.

Y esta palabra, el apellido artístico de la joven, hace que se rinda. A él, de nuevo, y al plan. Como si acabara de decirle que la ama.

—La mayoría de hombres no saben sino quererse a sí mismos... —masculla una compañera del Arnau.

—Pero ¿lo ha dicho mirándote a los ojos? —le preguntan las coristas.

—¿Te ha dicho para quien es la película? —la interroga una tercera.

Y tantas preguntas la agobian tanto que opta por no responder a ninguna de las que, hasta hoy, consideraba amigas. «Es la envidia la que habla por sus bocas —se repite—. Es la envidia quien habla, ya lo decía él.»

—Entonces, vuestra amiga no sabe que son para mí, ¿verdad? —pregunta el monarca.

Y Perico, haciéndose el agudo, responde citando a Balzac.

—«¿Amiga? No se es amigo de una mujer cuando se puede ser su amante.»

En una época marcada por la represión social o de la Iglesia, se acerca el auge en España de lo que en otros países ya es una costumbre, incluso un símbolo de lujo. Los productos eróticos, dibujos, cartas, fotos, tienen cada vez mejor salida, no solo en el extranjero, y en Royal Films se plantean expandir horizontes con algo más que sus documentales o noticiarios. Y lo que empezó con una sola película titulada *La costurera*, pronto se transforma en una serie que incluye títulos como *Consultorio de señoras*, *El ministro* y *El confesor*. Todas protagonizadas por Rita, en su papel de mujer sumisa, acompañada siempre por un personaje dominante masculino a quien se rinde de forma incondicional. Y todas satisfacen soberanamente a su único consumidor.

Pero que el cine sea mudo todavía, no significa que la actriz tenga de serlo también. Y sin embargo, los mimos, los sermones, las promesas y los regalos, llegados a cierto punto, ya no le sirven a Rita para nada. Necesita salir de su rol, pronunciarse antes de que sea demasiado tarde...

Antes que su embarazo resulte evidente.

XXIII

La noticia de la puesta en alquiler de los pisos de la Casa Milà es mejor acogida fuera que en la capital catalana. Gaudí tiene buena reputación en el extranjero y llegan muestras de interés de personalidades y países diversos. Entre ellas, la del cónsul de Chile o un príncipe indio que, cautivado por el encanto del inmueble, se instala durante un tiempo en una de las viviendas con su harén y una comitiva formada por quince negros, mujeres y hombres. Su exótica presencia despierta la curiosidad de todos. Especialmente cuando sale en su enorme Alfa Romeo o vestido de la manera tradicional de su país, con túnica y turbante.

Por contrapartida, se conoce también el caso del político Georges Clemenceau. El motivo de su estancia es dar una conferencia en el Ateneu Barcelonès, y antes de hacerlo aprovecha para visitar la ciudad, pero al ver la Pedrera queda tan horrorizado, que vuelve rápidamente a su país sin dar la charla por la que había venido.

—¡Los catalanes están tan obsesionados con la leyenda de Sant Jordi —manifiesta—, que construyen casas para dragones!

Tampoco el imaginario colectivo barcelonés descansa y aún circulan multitud de rumores sobre el edificio, algunos más inofensivos que otros.

Se habla de la casa como la simple peana de una apoteósica escultura nunca vista que pretendía coronar el Paseo de Gracia; algunos taxistas afirman que existe una enorme rampa en el interior que permite que los coches lleguen justo hasta la puerta de los pisos; que los cimientos son tan profundos como alto es el edificio o que una versión invertida, más tenebrosa que la que sube hacia al cielo, se sumerge en las tinieblas en dirección al infierno...

Y de nuevo, los intelectuales de la época ironizan sobre las incomodidades del inmueble; como Josep Carner con el «Auca d'una resposta del senyor Gaudí». En ella, el poeta se hace eco de una de las primeras salidas de tono del arquitecto, respecto al dilema de dónde ubicar el piano de cola de una clienta burguesa, para terminar diciéndole que mejor se pase al violín. Una anécdota que doña Roser conoce y, practicante versada en el instrumento como es, se le enciende la sangre cada vez que se la recuerdan. También ella ha sufrido y sufre múltiples vicisitudes a causa del intrincado universo creativo del maestro. Y de su genio. Desde que Perico la convenciera para construir la casa con Gaudí hasta el último día que trabajó en ella. De todos modos, no hay gran cosa que hacer al respecto, pues ambos han firmado un acuerdo en el que se comprometen a respetar el conjunto de la obra y a no vender ninguno de los pisos por separado. Pero las divergencias con don Antoni van más allá: hasta los tribunales.

Insatisfechos tanto con el trato recibido como con el resultado, una vez acabada la obra, deciden que ya han pagado un precio bastante alto. Y al no conseguir un acuerdo satisfactorio sobre los honorarios que faltan por pagar, después de recibir largas una temporada, al fin el arquitecto les pone una denuncia, avergonzándolos públicamente. Quizá por eso, haciendo caso omiso a las condiciones establecidas por Gaudí, justo después de su muerte, doña Roser encomienda una reforma total de la planta noble. Esta vez, a su gusto.

El encargo es bien simple y consiste en convertir la vivienda de los Milà-Segimon al estilo Luis XVI. Clásico y elegante. Pero la tarea resulta más compleja de lo que ella imaginaba, debido a la gran cantidad de detalles y ornamentos, y se requieren muchos días y obreros para subsanarlo. Hay que tapar los cielos rasos, las molduras, construir tabiques, repintar los frescos... Hay que hacer desaparecer inscripciones, columnas, ondas, parquets y baldosas. En definitiva, eliminar todo rastro del estilo modernista o gaudiniano.

La renovación tiene un coste total de diecinueve mil pesetas. Un precio insignificante para la señora Milà, que consigue finalmente lo que quería desde un principio. Aunque sea en detrimento del valor intrínseco de la obra.

Esta primera reforma levanta la veda a tantas otras futuras que, durante muchos años, ignoran y destruyen el trabajo de Gaudí.

XXIV

Cuando el amigo Santaló visita a Gaudí en su casa del parque Güell, enseguida se da cuenta de que lo suyo es una cuestión de vida o muerte. El arquitecto yace en la cama, sudoroso, pálido y temblando. Respira con dificultad y tose mucho.

—Son las fiebres de Malta —informa la religiosa que cuida de él y de su sobrina.

Y de nuevo, le recomienda que se aleje de la ciudad. Inmediatamente.

—Necesita aire puro, descanso absoluto y atención médica constante.

Por estos motivos, el buen doctor se lo lleva a Puigcerdà y juntos se alojan en el Hotel Europa.

Allí, durante dos meses, en mayo y junio de 1911, Antoni lucha contra la enfermedad y contra sí mismo. Y también contra su amigo. No quiere tomar las medicinas que este le receta, convencido de la eficacia de las técnicas curativas del naturista alemán Sebastian Kneipp, que se basan en la dieta vegetariana y los remedios naturales. Una tendencia que, aprendida de su padre, sirve como excusa para evitar al médico tradicional. Aunque, finalmente, Santaló le convence argumentando que el problema es su estilo de vida.

La buena compañía, el reposo y la brisa de la montaña le sientan bien. Su estado, sin embargo, sigue siendo grave. Incluso llega un día en que necesita ayuda para ir al baño. Entonces decide hacer testamento. Y con esta intención, antes de que sea demasiado tarde, se presenta el 9 de junio en la notaría de Ramón Cantó.

—Tengo dos cuentas en el banco, con mil y dos mil pesetas, la casa del parque Güell ... —recapitula, con la ayuda de su amigo y albacea.

Pronto, a raíz de la visita al notario, multitud de rumores sobre su estado se extienden por Barcelona y muchas personas van a visitarlo a la capital de la Cerdanya para comprobar con sus propios ojos que el arquitecto sigue vivo. Estudiantes, cofrades, clientes, amigos. Y allí se lo encuentran, en la piel y los huesos, después de semanas de incansable pulso con la muerte. Un tiempo en el que, sencillamente, decide que no puede morirse.

—Todavía no he terminado... —manifiesta a menudo en voz alta, entre delirios.

Y cualquiera diría que habla con alguien.

Pero cuando la fiebre remite, todavía encuentra tiempo y energía para trabajar.

—¡Es el paciente más cabezón que he visto...! —exclama Santaló.

—¡Soy el único que tiene! —contesta él, recuperando el sentido del humor.

Y es que Pere Santaló, huérfano y único superviviente de nueve hermanos, víctimas todos de una epidemia de cólera, ejerce más de burócrata que de médico.

—Incluso en el lecho de muerte quiere tener razón... ¡Incorregible es lo que es!

Ambos hombres ríen a carcajadas.

—Y aún no he terminado —insiste Antoni.

Los dibujos hechos durante las fiebres, que corresponden a la fachada de la Pasión del templo de la Sagrada Familia, son impresionantes. Al igual que su decrépito aspecto físico. El cuerpo, sin embargo, poco a poco recupera las fuerzas. Y el espíritu también.

Pronto Antoni gana suficiente peso y salud como para retomar su vida normal. Y en octubre de 1911 vuelve a Barcelona con energía renovada, decidido a poner el punto final a la Pedrera.

El panorama en la capital catalana, como en el resto del país, es desolador.

Sin colonias ni estabilidad política, con una economía y un ejército anticuados y un pueblo siempre a la defensiva, España tiene todavía la suerte de estar geográficamente al margen de algunos conflictos internacionales. Pero la mayoría son debido al reparto de África y, según dicen los entendidos, podrían provocar una Gran Guerra. Y el recelo, la incertidumbre, se respiran en el aire. Eso y una especie de conjura en su contra a nivel profesional.

Ciertamente, al contrario de hace diez o veinte años, el marco histórico no resulta nada favorable para nuevas construcciones ni grandes empresas.

Pero, además, la burguesía que tiempo atrás lo alababa lo rechaza ahora. Nadie le ofrece trabajo, excepto su querido mecenas. La gente se excusa en su avanzada edad o en considerarlo abducido por el trabajo del templo. Nadie es capaz de admitir que su renombre, su valía como artista, han desaparecido. Incluso los intelectuales le hacen el vacío, como si todo aquello que se sale demasiado de los estándares fuera peligroso. Y también su persona, aparte de las obras, se convierte en objeto de burlas. Sobre todo para aquellos que antes más lo elogiaban.

—Que el modernismo ya no se lleva, que es época de austeridad, dicen…

Antoni no lo entiende. No entiende por qué todo el mundo le da la espalda. Por qué ni siquiera los pequeños proyectos o reformas llegan a buen término.

—Son malos tiempos para soñadores —lo consuela don Eusebi.

Y él, con resignación, responde:

—Son malos tiempos y punto.

En casa tampoco las cosas van muy bien. Ni para él ni para su sobrina.

Rosita sufre una disminución psíquica de nacimiento, al tiempo que una extraña enfermedad de los nervios de herencia paterna, que se ha ido agravando con el paso del tiempo. Pero no solo es víctima de la mala salud de su padre, sino también de sus costumbres. Desde muy joven, con la excusa de su delicada condición, se aficiona a los jarabes de opiáceos y al agua del Carmen. Y eso exaspera a su tío, tan estricto que solo toma agua; ni café ni licores. Todo ello le hace difícil llevar una vida normal, y aún más ser feliz.

Claro que vivir toda su vida con dos hombres adustos e introvertidos tampoco ayuda mucho.

Un día, a finales de 1911, recibe la visita de una amiga de las Conferencias de San Vicente de Paul de Barcelona. Y hablando con ella sobre la convivencia a solas con su tío, le dice:

—¡Rosita, no te cases nunca con un sabio!

La joven se ríe, pero no entiende la broma.

Ese mismo año, también la Pedrera está en su recta final. Y bajo petición de doña Roser, Gaudí certifica que pueden ir a vivir a la planta noble, que ya está terminada. Y una vez el ayuntamiento da el visto bueno, el matrimonio Milà se traslada. El resto de pisos aún no están terminados y, para disgusto de la dueña, deberán esperar algunos meses más a que Bayó haga los últimos retoques para ponerlos en alquiler. Y obviamente hasta que el arquitecto declare las obras finalizadas. Quizá por eso, porque sabe que depende de él, la señora deja de incordiarlo. Desde que regresó de su retiro lo ve diferente.

—Parece que ahora dispone de una determinación y un empuje insólitos para un hombre de su edad... —le confiesa a su marido.

Y tiene razón.

—Todo me lo hago yo mismo. No tengo familiares, ni riquezas, ni clientes —declara con una sonrisa en los labios. Y señalando el cielo, añade—: Solo un jefe a quien rendir cuentas.

Con las obras de la Sagrada Familia detenidas por la falta de fondos, Antoni decide emprender una cruzada para conseguir el dinero que le permita continuar su trabajo. Y con esta idea, va puerta por puerta de amigos y conocidos, burgueses o artesanos, pidiendo donaciones para terminar el templo. Cualquier aportación es bienvenida. Aunque algunas son más voluntarias que otras.

Por la mañana sale de casa para comenzar la jornada desayunando en una lechería de Gràcia. La dueña, que sabe de las penurias del arquitecto y de su labor, le da una peseta, cada día durante meses. Y pese a su humilde contribución, él, agradecido, la hace constar en la revista de la iglesia, *El propagador de San José*, como «donativo de una parroquiana de San Juan de Gràcia», entre el resto de donaciones más significativas.

En una ocasión, una gran señora muy rica quiere contribuir con diez mil pesetas, siempre y cuando vayan destinadas a financiar un altar de la cripta dedicado a santa Isabel, que es su nombre. La Junta está de acuerdo, y más con los tiempos de escasez que corren, pero Gaudí no.
—Los altares son solo para los miembros de la Sagrada Familia —argumenta—. Si quiere puede hacer el donativo igual, pues ella es un reflejo de todos los santos.
Pero a la señora no le gusta la negativa y dice que lo pensará.
Bastante tiempo después, tanto que ya nadie se acuerda, aparecen un buen día en la obra unos albaceas testamentarios. Doña Isabel ha muerto y deja en

herencia al templo un millón de pesetas. Con la sola condición de hacerlo anónimamente.

Así, poco a poco, las reservas de la iglesia vuelven a llenarse y todo se pone en marcha otra vez. Los obreros, que trabajaban en sus huertos de los alrededores, vuelven al trabajo. Y Gaudí, para proteger del sol del verano a los feligreses durante las misas, instala los toldos de prueba que había hecho para el proyecto de la Estación de Francia.

—¡Todo tiene un propósito en esta vida! —exclama satisfecho.

Una vida que, cuando menos se lo espera, lo sacude de nuevo.

El 11 de enero de 1912, después de misa, como cualquier final de jornada Antoni llega a casa. Y lo primero que hace, como siempre, es preguntar por su sobrina a la hermana Montserrat, que es quien la vela.

—¿Qué tal ha pasado el día la niña?

La monja normalmente le explica si ha dormido, comido, si está de buen humor, si alguien la ha venido a ver o si han salido a pasear. Hoy, sin embargo, tiene los ojos llenos de lágrimas y no le salen las palabras. Ni falta que hace.

—Alabado sea Dios —murmura Gaudí en un suspiro.

Con la ciudad aún despojándose de los adornos de Navidad, Rosita Egea i Gaudí, hija de su hermana Rosa, muere a la edad de treinta y seis años. Es el último familiar que le queda y su pérdida le muestra el verdadero aspecto de la soledad.

Una mezcla de emociones contradictorias lo torturan: alivio, culpa, tristeza. Así que se va a Palma unos días. En parte por trabajo y, en parte, a superar el duelo. A su manera.

Cuando vuelve de Mallorca, la casa se le cae encima.

Al principio busca la compañía de sus amigos y colaboradores. Pero algunos, como Santaló, tienen una pésima salud o esposa e hijos a quienes atender, y solo son un apoyo puntual, una estación en el camino. Igual que Pepeta, a quien ya no ve casi nunca. Por suerte, algunos aprendices y estudiantes le acompañan y lo visitan de vez en cuando; especialmente los más curiosos y pacientes. Él disfruta de la compañía y a los jóvenes les fascina escuchar sus disertaciones. De todos modos, al final de la jornada, la mayoría de días va solo desde el templo hasta el parque Güell. Son tres kilómetros muy largos para un hombre de sesenta años y el chalet está aislado de todo y de todos… Continúa afirmando que necesita hacer ejercicio, que el paseo le resulta beneficioso para el cuerpo y el espíritu; no se lamenta en voz alta. Pero su amigo Llorenç, que lo conoce bien, sabe cómo le cuesta pedir ayuda. Así que se ofrece a acompañarlo y a quedarse a dormir con él, al menos una temporada, a pesar de la familia que tiene en casa y el cáncer galopante que lo acosa.

Y no tiene que insistir mucho.

El paso del tiempo empieza a pasarle factura al arquitecto. Ha perdido visión en un ojo, se resfría a menudo y las piernas, que ya no le responden como antes, le duelen por culpa de las varices... En un principio accede al uso de un monóculo y a recibir atención médica, pero acaba por abandonarlo todo y dedicarse en exclusiva, de nuevo, a los remedios naturistas: baños de agua fría, vahos de eucalipto o vendarse las piernas.

Como la mayor parte del día está en la Sagrada Familia, lo único que le queda, acuerda con el portero y su esposa que le preparen las comidas a cambio de algo de dinero. En casa, las mismas carmelitas de siempre se encargan de las tareas del hogar. Así él, sin preocupaciones domésticas ni mundanas, puede concentrarse de nuevo en lo que verdaderamente importa: su trabajo.

Y no es el único.

Durante los años 1912 y 1913 un buen número de estudiantes y artistas noveles se acercan al arquitecto. El vacío de la cofradía, formado por las viejas glorias, lo llena toda esta generación de sangre nueva y fresca, más cercana al aprendizaje y abierta de miras. Algunos solo rondan al maestro, que es como lo llama la mayoría; otros incluso le preguntan. Casi todos le admiran. Entre ellos, el delineante José Francisco Ràfols, que acaba por acompañarlo muchos domingos en su paseo de costumbre hasta la escollera.

—Si no fuera arquitecto me hubiera gustado ser marino... —le confiesa un día, con la vista perdida en el horizonte.

Comparte con ellos sus ideas, fantasías, proyectos y delirios. Pero nunca se lamenta. Como mucho devuelve las críticas a aquellos que lo han despreciado por innovar y salirse de los cánones establecidos.

Suerte de los jóvenes que lo escuchan desde el respeto. Aunque unos pocos lo hagan más por miedo.

El dibujante Joan B. Porcar, miembro como Antoni del Círculo Artístico de Sant Lluc, lo evita siempre que lo ve, temeroso de su carácter irascible. Una vez, al encontrárselo en la parada del tranvía acompañado de Matamala, se le ocurre tener un gesto con ellos y les paga el billete. Y al día siguiente, cuando se lo encuentra solo, no sabe qué hacer. Así que aprovecha para comentarle cuánta pena le da don Llorenç, con el rostro tan desfigurado por el cáncer que casi ya no tiene nariz. Entonces, Antoni responde enfurecido:

—¿Y no es bonita una cabeza sin nariz? ¿Qué tiene de malo? ¡Peor es no tener cerebro en ella...! Usted es de los que le pondría brazos a la Venus de Milo, ¿verdad?

Y después de mandarlo a paseo, se aleja cuchicheando en voz baja.

La frustración lo ha cegado desde siempre. Sobre todo cuando no puede hacer nada para solucionar lo que le atormenta.

Por suerte, hay cosas que aún están en sus manos. Aunque sea por poco tiempo.

El 30 de octubre de 1912, el edificio de la Casa Milà queda listo. Pintores, carpinteros, electricistas, albañiles, cerrajeros... todos abandonan la Pedrera a última hora para no volver nunca más. Entonces, Gaudí visita la obra por última vez. Camina por los pasillos, recorre las salas, comprueba los detalles, mira por las ventanas, cierra las puertas... Y al día siguiente, firma gustoso el certificado de finalización de obras. Con una sola condición, que exige por escrito:

—Debe mantenerse unida. —Y añade, solemne—: Para siempre.

Tanto doña Roser como don Pere acceden. En principio no quieren vender los pisos, sino alquilarlos. Y cuanto antes mejor. Así que firman también el contrato.

El matrimonio aún le debe parte de los honorarios, que Antoni acepta cobrar fraccionadamente. No tiene prisa, aunque cuenta con ellos para invertirlos en el templo, su única obra a día de hoy y quizá la última. La definitiva.

—¿Para qué sino Él me ha arrojado al umbral de la muerte dos veces y me ha liberado después?

CUARTA PARTE

Yo he vivido porque
he soñado mucho.

AMADO NERVO

XXV

Al poco de salir al mercado, las viviendas de la Pedrera se alquilan en un santiamén. Para Antoni, sin embargo, pasa el tiempo y no hay manera de que paguen la deuda. Finalmente, harto de reclamaciones infructuosas, denuncia a los Milà.

El requerimiento judicial de Gaudí coge por sorpresa a todos; al matrimonio más que a nadie. El arquitecto se lo imaginaba: su prepotencia les hacía creerse intocables. Impunes. Y no.

—Dice un proverbio oriental que para conocer a los hombres se debe comer con ellos mucha sal. Pero hay algo que permite conocerlos más directamente y es gastar su dinero. Los arquitectos gastamos el dinero de los demás y por ello poseemos una psicología cierta de los clientes.

Claro que denunciarlos no solo los pone a ellos en evidencia; también a Antoni. Hace mucho que tiene fama de excéntrico y temperamental, defectos que parecen acentuarse con la edad. Si últimamente burgueses y menestrales lo repudiaban, más lo harán a partir de ahora. Y los artistas, también.

—¡No se muerde la mano que te alimenta! —le dicen algunos.

—Es mejor ser un muerto de hambre, ¿verdad?
—les responde.

Cristianamente, pondría la otra mejilla. Pero está harto de que le tomen el pelo.

—Vuelva la próxima semana —le decían en casa de los Milà cada vez que iba.

—No es una cuestión de dinero —insiste él.

Pero nadie le cree. Tampoco en la Asociación de Arquitectos, a quien la Audiencia de Barcelona solicita dictamen por parte de su presidente, Bonaventura Bassegoda.

Durante muchos meses, numerosos testigos participan en el proceso. Encargados, peones, proveedores. También Gaudí, don Pere y su mujer son llamados a testificar. Y mientras ellos se pelean en los juzgados, fuera, el resto del mundo también lo hace.

El estallido de la Primera Guerra Mundial, en julio de 1914, no sorprende a nadie. Aunque el motivo principal es la muerte del archiduque Francisco Fernando, heredero de la corona austrohúngara, el verdadero origen del conflicto se remonta a las rivalidades coloniales del siglo pasado. Todas las razones son económicas, como lo es la decisión por parte del gobierno español de mantenerse neutral. Un gesto que, de entrada, beneficia a la industria, pero que a la larga acaba por agotar los recursos, materiales y humanos.

En parte debido a la recesión, se interrumpen algunas obras, entre ellas las de la iglesia de la Colonia Güell, y también las del parque, ahora que ya resulta evidente el fracaso, pues no se ha vendido ni una sola parcela en diez años. Y Antoni, acostumbrado a simultanear trabajos, se encuentra ahora dedicado solo al templo. Aunque no se queda mucho tiempo allí parado. Como tantos otros artistas, pasa horas estudiando anatomía en el hospital de la Santa Cruz, o en la Maternidad, donde aprovecha para visitar a su amigo Santaló. Consigue animales de agricultores de la zona, para hacer moldes para las estatuas también. De hecho, está igual o más ajetreado que antes. Y apenas si encuentra tiempo para cuidar de sí mismo. Como siempre.

—¡Se ha quitado diez años de encima! —le dicen al verlo recién afeitado.

—Me lo he hecho yo —responde—. Es que había demasiada cola en el barbero...

Y nadie osa decirle que lleva la barba trasquilada.

Con la edad, no solo los vicios se acentúan. El genio también.

Desde muy joven evita las cámaras fotográficas, y solo se rinde a ellas en contadas ocasiones, como la fotografía de final de carrera o en algún acto público con autoridades. El resto de imágenes de él se las han hecho en grupo o de pasada. Nunca ha entendido ni le interesa el exhibicionismo artístico, la búsqueda de notoriedad, como reclamo para ganarse la vida. Por eso la gente no suele reconocerlo por la calle. Muchos se lo imaginan como un venerable anciano, elegante y pulcro. Sobre todo aquellos que no saben de su fama de maniático y huraño.

Y

Una vez, en el tranvía, escucha la conversación de una pareja.

—¿Ves ese hombre del sombrero de ahí delante? —susurra el hombre—. Es Gaudí.

—¿El que hace la Sagrada Familia? Dicen que está loco... —contesta la mujer.

Y sin ningún disimulo, estira el cuello para verle mejor. El joven Matamala, que acompaña al arquitecto, ya tiembla. Pero este ni se inmuta.

—Lo has oído, ¿verdad? ¿Qué te parece? —le pregunta al bajar.

—No hay que hacer caso de las habladurías de la gente. Dicen cada cosa...

—¡Qué le vamos a hacer! —suspira el maestro—. Alabado sea Dios...

Al muchacho lo sorprende su aguante. Y no es la única vez.

—¡Qué poca cosa es usted! Creíamos que sería más... especial —confiesan, decepcionados, unos admiradores del templo que habían insistido en conocerle.

Gaudí sonríe.

—Acabarán por venir a verme como si fuera un elefante del parque... —les dice a sus colaboradores después.

En cambio, cuando realiza visitas explicativas con alumnos y aprendices, para recaudar fondos o porque se lo piden, siempre hay alguien que no para de ensalzarlo exageradamente.

—¡Si me da las gracias otra vez, lo dejamos! —sentencia, en una ocasión. Y añade, susurrando—: Ni tanto ni tan poco...

Pero sabe muy bien que el equilibrio no es fácil de conseguir. Y menos en los tiempos que corren, donde el sentido común es el menos común de los sentidos.

Y

Junto con las fiestas tradicionales, de carácter más religioso, aumenta en Barcelona una oferta de ocio popular, menos elitista y recatado que el divertimento de las clases acomodadas. El cabaret o el teatro musical son la gran novedad; por el papel principal de la mujer, el erotismo explícito y por el consuelo que dan a una población sometida, política y económicamente.

Este marco histórico y social, de dilema entre la obscenidad y la represión, contrasta con la creciente religiosidad del arquitecto. Asiste a todas las Cruzadas contra la Blasfemia que se organizan en la Sagrada Familia. Y pronto no se limita solo a participar.

El joven dibujante Ricard Opisso trabaja en el templo desde hace años y, aunque es un gran admirador de la obra del maestro, a nivel personal le tiene un recelo distante. Miembro del Círculo Artístico de Sant Lluc gracias al obispo Torres i Bages, no entiende que Gaudí le regañe tanto si valora su trabajo. Y menos que se empeñe en criticar su vida privada, por el simple hecho de ir a locales de ocio como el Petit Moulin Rouge, antigua Pajarera Catalana.

—Solo voy porque en la escuela no nos dejan dibujar el cuerpo femenino... y el masculino ya lo tengo muy visto —argumenta él.

Al arquitecto, sin embargo, no le gustan las bromas de este tipo.

—Al Quatre Gats solo voy por las tertulias culturales... —se excusa Opisso.

Con una actitud muy paternalista, el arquitecto le

da la murga día sí y día también para que se comporte y deje la mala vida que lleva.

—¿Mala vida? —responde el joven.

—¿Por qué os juntáis con los vagos que vagan por las obras si no?

—¡Porque algunos no solo vivimos para trabajar! —exclama.

Y acto seguido se arrepiente.

Al cabo de unos días, Antoni debe hacer un viaje a Mallorca para rematar un detalle de las vidrieras de la catedral y visitar a su amigo Torres i Bages, así que le da dinero a Opisso para que reserve dos camarotes.

—Usted me acompañará —le anuncia sin consultarle.

Al joven Ricard la sola idea de subir a un barco lo aterra, y más después del hundimiento del *Titanic* en 1912, donde fallecieron miles de personas. Aparte del hecho de que dormirán en casa del obispo, otro hombre al que teme y respeta a partes iguales. Así que, resuelto a ahorrarse un asedio moral garantizado, le entrega el sobre con el dinero a un chiquillo del barrio para que se lo entregue a Gaudí, y ya no vuelve más a la Sagrada Familia.

El templo hace aguas. Y Opisso no es el único en abandonarlo.

—Deberíamos despedir a los obreros. No solo no tenemos para pagarles, sino que además debemos veinticinco mil pesetas... —le informa el secretario de la Junta.

—¿Queréis detener la obra? ¡Ni hablar! —lo impreca Antoni—. Ya hemos reducido a treinta hombres... Dios proveerá. Seguro.

Y cuando dice Dios, se refiere también a cualquiera de las almas caritativas que tantas otras veces los han salvado de la ruina: Eusebi Güell, el conde de Godó, el marqués de Comillas, Torres i Bages, los monjes de Montserrat... Años atrás, disponía del perfecto propagandista en el poeta y amigo Joan Maragall, pero tal y como este auguró antes de morir, el arquitecto acaba viéndose obligado a pedir caridad para financiar las obras. Su gesto causa un gran revuelo en todas las clases sociales, y la población, conmovida, sale al rescate con lo que puede, ya sean donativos económicos o materiales. Aunque tampoco faltan los comentarios hostiles ni las críticas.

—Aquellos que se quejan de la forma de hacer el templo y la duración del trabajo son los que no hacen nada, los que no dan nada. Y es necesario decirles: Si los que hacen y dan no se quejan y callan... ¿Qué tenéis que decir vosotros?

No es la primera vez que el templo está casi en bancarrota. Ni la última.

—Dios proveerá —insiste el arquitecto.

Y espera tener razón.

En 1916, tras un largo juicio, finalmente el tribunal dictamina a favor de Gaudí y obliga a los Milà-Segimon a abonarle los honorarios pendientes por la construcción de la Pedrera, valorados en la inestimable cifra de 105 000 pesetas. Para hacerlo, al industrial y su esposa, que ya no disponen de la hucha de antaño, no les queda otro remedio que hipotecar su casa: el objeto de la disputa. Esta ironía de la vida, sin embargo, no satisface al arquitecto, que tan pronto como ve satisfecha la deuda entrega el importe en cuestión íntegramente a su amigo, el cura jesuita Ignacio Casanovas, para que lo destine a obras de caridad. No se queda ni un centavo y menos aún para invertir en la Sagrada Familia.

—Era una cuestión de honor —declara.

Pero en *petit comité* reconoce que no quiere dinero sucio de codicia en su obra magna. Por mucha falta que les haga.

La época de vacas flacas resulta evidente, y no solo porque las donaciones escasean de nuevo, sino porque hay quien incluso saquea el cajoncito de las limosnas. Por eso, Antoni construye una caja nueva, más robusta, con cerradura y un entramado mecánico para disuadir a los ladrones. E incluso con una mejor sonoridad.

—Ciertamente, suena a música —responde, satisfecho, a las alabanzas ajenas—. ¡Pero lo importante es que no nos quiten los donativos!

Él más que nadie sabe lo que cuesta recaudarlos.

Pasa horas arriba y abajo de la ciudad, puerta por puerta, haciendo todo lo posible para evitar un nuevo ajuste de plantilla entre los obreros, y solo descansa por la noche para ir a misa. Y no siempre.

—¡Don Antoni, qué sorpresa! ¿Usted aprendiendo canto gregoriano? —dice el señor Millet al encontrárselo un día en el Palau de la Música, en una clase del cura don Sunyol de la Escolanía de Montserrat.

—No, no: yo vengo a aprender arquitectura —responde él.

Y aprovecha todas y cada una de las conversaciones con el catedrático, autor del *Cant de la senyera*, para asesorarse sobre formas y vibraciones para el campanario del templo. De hecho, le interesa tan poco la música en sí que ni siquiera deja que un oficial de los escultores, que silba con gran virtuosismo, lo haga en horas de trabajo.

Lluís Millet acepta encantado. Y a cambio, solo le pide que firme en el libro de honor del Orfeó Català.

«En el cielo todos seremos orfeonistas», escribe Gaudí.

Consciente del paso del tiempo, observa a menudo los quehaceres de algunos peones de la obra de avanzada edad. Los ve preparar gavetas y herramientas, ir y venir con los cántaros de agua o encender los faroles, entre cabezadas. Algunos tienen más de setenta y cinco años, y aunque mantienen las fuerzas, el aguante no es el mismo. Pero cuando Gaudí se acerca, siempre ve que los otros, más jóvenes, los despiertan, quizá para incordiarlos o por temor a que los regañe. Así que ordena que les permitan descansar cuando no tengan nada que hacer.

—¡Si Dios quiere, todos llegaremos a viejos...! —comenta.

Siempre que puede, visita a los obreros enfermos o moribundos, en su casa o en los hospitales. No le preocupa ni lo que tengan ni posibles contagios. A todos va a ver y consuela por igual, agradeciendo el trabajo realizado. Cómo no, asiste también a sus funerales, y queda maravillado por la admiración de parientes y desconocidos a la Sagrada Familia y la participación del difunto en ella. Al arquitecto casi nunca lo reconocen. Ni falta que hace.

En Navidad todo el mundo compra lotería. Todos menos él.
—La suerte no es de quien la persigue, sino de quien la encuentra. Y hay una que es segura y depende de nosotros: la de trabajar para administrar y procurarse lo que con esfuerzo se consigue.
Una parte de las ganancias van siempre a la obra. Y de los lotes de turrones y peladillas que Antoni recibe cada año de algunos proveedores, da una parte a los trabajadores del templo y el resto a los Matamala.

El cáncer de Llorenç, que avanza deprisa, lo obliga a llevar la cara vendada y consume sus fuerzas. Tanto, que un día el arquitecto se compra un bastón para caminar, aunque no lo necesita especialmente, solo para tener la excusa de regalarle otro igual a su colaborador. Y es que desde la muerte de su sobrina es lo más parecido a un familiar que tiene. Puede confiar en él sin reservas. Aparte de las cuentas de su reducido patrimonio, que lleva Sugranyes, Llorenç le administra el dinero de sus gastos diarios, que tampoco son muchos: desayuno en la vaquería, las limosnas para el cepillo de misa, un periódico y el tranvía. Algunos libros de vez en cuando. Y a finales de mes se encarga de pagarle al portero de la Sagrada Familia por las comidas que le prepara su mujer. Incluso cuida al maestro con detalles como, por ejemplo, comprarle velas, ya que en la oficina no hay luz; solo el calentador del baño funciona con gas.

Pese a cuidar el uno del otro, y de que Llorenç, tiene esposa e hijos, ambos hombres muestran a menudo un aspecto lamentable. Al salir de la obra van siempre llenos de polvo hasta arriba; el escultor, con la cara vendada, cubierto con su capa oscura y un sombrero de ala ancha. Gaudí va con su traje negro de entre semana, con algún roto y un botón descosido que sujeta gracias a un imperdible; además, en pleno invierno, se pone papeles de periódico entre la ropa para aislarse del frío, y lleva las piernas envueltas con vendas, que de vez en cuando se desatan y le cuelgan por la pernera del pantalón. Aparte de calzar unos zapatos-sandalias de suela de esparto hechos por él mismo...

Una tarde, camino del parque, van los dos juntos del brazo por el Paseo de Gracia y de repente se pone a llover. Refugiados en un portal, esperan a que la tormenta amaine para dirigirse de nuevo a casa. Entonces, una mujer se les acerca y le da unas monedas a Antoni.

—Para que se lo repartan —dice—. Y que Dios los guarde.

En cuanto la señora se aleja, ambos estallan en carcajadas.

—¡Menos da una piedra! —exclaman retomando la caminata y la conversación sobre lo que harán al día siguiente en el templo.

Y tan distraídos van, charlando, que a la altura de la calle Larrard, al no existir ningún tipo de iluminación, caen en una zanja. Por suerte, ninguno de ellos se lastima y pueden salir solos, puesto que tampoco pasaba por allí nadie que pudiera ayudarles.

Y

Una vez en casa, antes de meterse en las respectivas camas, uno en su habitación y el otro abajo, en la salita, rezan juntos el rosario. Gaudí reza además un padrenuestro por cada uno de sus difuntos y termina con un:

—Santa noche y hasta mañana si Dios quiere.

Al día siguiente, como de costumbre, Llorenç ejerce de despertador.

—Don Antoni: ya son las siete —anuncia.

—Gracias —responde este.

Y mientras Matamala se va a desayunar a su casa, él se queda media hora más en la cama.

Alrededor de las nueve baja hasta la parroquia de San Juan de Gracia para ir a misa, comulga, y luego se dirige a la vaquería a desayunar un vaso de leche y un trozo de pan. Más tarde, los dos amigos se reencuentran en la Sagrada Familia. Y juntos, depositan en el cepillo las monedas que ayer les dio aquella mujer.

—¿Está preparado para hacer cosas maravillosas hoy, amigo mío? —le pregunta el arquitecto.

—Siempre —contesta Llorenç.

Ambos sonríen, poniéndose a trabajar. Pero son conscientes de que siempre es mucho tiempo. Demasiado.

XXVI

A pesar de la seriedad con la que escoge a sus inquilinos, y el deseo de no hacer uso comercial de la casa, en 1928, finalmente doña Roser cede a las presiones y permite que se abra la sastrería Mosella en el espacio inicialmente destinado a carbonera.

Carlos Mosella, sastre debido a la poliomielitis que le dejó una pierna más corta que la otra y que no le permite tener un oficio que le obligue a estar de pie, se traslada de la Rambla Cataluña al Paseo de Gracia. Por contrato dispone del subsótano y del entresuelo, y destina la parte de abajo al taller y la superior para recibir a los clientes. En la trastienda está su domicilio. Pronto, su nueva situación privilegiada le hace aumentar la clientela, sobre todo con jóvenes de clase alta que buscan trajes más modernos, y esto le permite ampliar el negocio. Así que une fuerzas con Lluís Dauder, un reputado especialista en confecciones más clásicas del Portal del Ángel, y juntos crean la sociedad Sastrería Mosella de Lluís Dauder.

En 1932 se inaugura una segunda tienda: la lencería Marbel. Y más adelante, en tercer lugar, abre sus puertas el comercio de comestibles Solé.

En la adaptación de unos y otros espacios se pierden algunas rejas originales de las ventanas, que son arrancadas sin miramientos.

En julio de 1936, con el estallido de la Guerra Civil, la Pedrera es ocupada por el gobierno de la Generalitat de Cataluña. En los bajos, una vez requisados los negocios, se instala la gente del POUM (Partido Obrero de Unificación Marxista), que convierte la sastrería en una sala de proyección. Los Milà, como el resto de inquilinos, huyen. No sin antes salvar una buena parte de su patrimonio, especialmente los cuadros. A pesar de todo, algunas piezas del mobiliario original, como por ejemplo las tronas del oratorio diseñadas por Gaudí, son víctima del ardor insurrecto.

Poco después del levantamiento, Salvador Dalí, uno de los primeros defensores de la figura y obra del arquitecto, pide al responsable de Propaganda de la Generalitat que le reserve el cargo de comisario general de la imaginación pública y le otorgue el edificio en cuestión como futura sede de «algo sensacionalmente revolucionario y sin antecedentes en la historia de la cultura». Pero o bien su carta o la idea no resultan lo bastante convincentes.

Mientras se ocupan los mejores locales del Paseo de Gracia, en parte con la intención de popularizar una avenida hasta ahora exclusiva de las clases altas, las dependencias de la secretaría general del PSUC (Partido Socialista Unificado de Cataluña) se instalan en la Casa Milà. Con ella, también lo hacen un grupo de autodefensa y varios consejeros, como el húngaro Erno Gero, de la Internacional Comunista por el PSUC, más poderoso que el mismo cónsul de la Unión Soviética. Y desde su piso en Ciutat Vella en la planta noble, se traslada el matrimonio formado por el político Joan Comorera y su mujer, Rosa Santacana.

Allí, el secretario y consejero de economía del gobierno de Lluís Companys pasa noche y día en el antiguo despacho de don Perico, reunido, leyendo o trabajando en algún discurso. Fuma como un carretero y olvida por todas partes las tazas de café que su esposa le prepara. A pesar de ello, ambos son cuidadosos con la vivienda y las propiedades de los Milà.

El 25 de octubre de 1937, un presunto militante de la FAI (Federación Anarquista Ibérica) acciona un artefacto escondido en una alcantarilla cercana a la entrada de la Pedrera con el objetivo de matar a Comorera, que resulta ileso. Y el edificio también.

Del atentado y de todo el conflicto.

Con la entrada de las tropas franquistas en Barcelona, el 26 de enero de 1939, los ocupantes de la Casa Milà huyen despavoridos. Lo único que encuentran sus dueños al volver, poco después, es un plato de arroz a medio comer sobre la mesa del salón. Y un fuerte olor a tabaco.

En cambio, los Mosella descubren un montón de objetos de valor en su local, un verdadero tesoro republicano escondido entre pancartas y filmes propagandísticos.

Y

El 31 de marzo de 1939, un día antes de que termine oficialmente la Guerra Civil, el notario Eladi Crehuet firma un contrato de arrendamiento a nombre de los Milà para el 2º-2ª del edificio. Como si no hubiera pasado nada, todo vuelve a la normalidad. Y por 7 500 pesetas un nuevo inquilino vive durante tres meses en un piso de seiscientos metros cuadrados.

Después de la Guerra, el Paseo de Gracia se convierte en el escenario de un nuevo divertimento para las clases altas que se llama «seguir monumentos». Ya pocos quedan, entre los escombros de los últimos chalets y la proliferación de bancos y comercios, y algunas edificaciones memorables han cambiado de manos o se han visto afectadas por los bombardeos; pero no hay nada que con tiempo y dinero no se arregle. O casi. Y doña Roser, ajena a las profecías que aseguran que algún día ya nadie querrá vivir allí, sigue buscando inquilinos.

A pesar de los intentos de amigos y familiares para disuadirle, en 1944 el notario Ramon Roca-Sastre traslada su vivienda y su oficina a la Pedrera. Muy pronto dispersa las dudas de aquellos que decían que no tendría suficiente clientela para mantener el alquiler de 1 600 pesetas al mes, o un piso tan grande, lleno de rincones y detalles, limpio y pulido.

—Es una casa que contagia la alegría de vivir —reconoce su hija.

Y casi un año después, para celebrar su santo y el día de los enamorados, Jordi Yglesias entra a vivir en el segundo piso con su flamante esposa.

También algunos sobrinos de la propietaria residen en la finca, como el pintor Pere Segimon o su hermano Joan, médico, que vive con su mujer en el cuarto.

—La primera vez que entré tuve la sensación de meterme en el fondo del mar... —recuerda ella—. ¡Incluso las criadas tenían miedo!

Pero Joan Segimon no es el único médico de la Pedrera, pues en la misma planta también vive durante un tiempo el doctor Antoni Puigvert y el doctor Trias Pujol, en el primero.

Como siempre, todos los inquilinos de los Milà son gente seria y respetable. Y todos tienen un buen nivel de vida que no solo les permite vivir en el edificio, sino tener vehículo propio. En el garaje descansan reliquias como el Ford Mercury del notario, el Stromberg de los Yglesias y un Oldsmobile del doctor Puigvert, entre otros.

La suerte y la bonanza acompañan a la casa y sus habitantes durante la posguerra. Los pisos están siempre llenos, al igual que las tiendas. Con el tiempo, los Mosella incluso aumentan su plantilla de dos a treinta sastres y hacen obras de rehabilitación.

El tiempo no pasa en vano para nadie. Ni para las piedras.

XXVII

—Estoy embarazada —le confiesa Rita a Pere tras uno de sus encuentros amorosos.

Él, que está a punto de irse, ya pensando en otras cosas, se lo hace repetir.

—¿Perdona...?

Observa su cuerpo semidesnudo.

—Espero un hijo tuyo —insiste ella.

Y ahora entiende por qué la ve más voluptuosa de lo normal.

—Hace semanas que lo sé, pero como últimamente eres tan caro de ver y no sabía cómo decírtelo...

Sus compañeras del teatro fueron las primeras en descubrir el secreto.

—Desde entonces, no hacen más que ponerme el miedo en el cuerpo e hincharme la cabeza con historias de otras chicas a quienes sus amantes les han hecho perder los hijos... —explica.

Pero él no la escucha.

—No puede ser... No puede ser verdad... —masculla.

—Estoy de unas veinte semanas...

—No puede ser... ¡Apenas levanto cabeza...!

Hace días que entra y sale de los juzgados, pues se están celebrando las vistas por el juicio sobre los honorarios pendientes que interpuso Gaudí. Y cómo no, Roser está con la mosca tras la oreja por la posibilidad de tener que desembolsar, de nuevo, un pico por culpa de la Pedrera. Ya solo le faltaba esto.

—¡Parece que hemos pisado mierda, hostia!

El comentario sorprende e incomoda a la joven. Pero el resto del discurso de su amante, aún más.

Milà argumenta que no puede tener hijos, como bien lo demuestra su matrimonio sin descendencia, aparte de todas las demás mujeres con las que ha mantenido relaciones a lo largo de su vida, claro. Encima, admite que lleva tiempo con otra querida también y que a ella no la ha preñado.

—Es de otro —concluye.

Rita no se lo puede creer.

¿Cómo osa tratarla de fresca, insinuando que se ha metido en la cama con otros hombres, ella que lo ama tanto que se entregó a él virgen y no ha estado con nadie más? O al menos no de verdad, ni delante ni fuera de las cámaras. ¿Y cómo se atreve a reconocer que tiene otra amante?

—Yo solo puedo serme fiel a mí mismo —responde—. Y tú deberías serlo también. Muchas vedettes matarían por tener la oportunidad que tú has tenido, por hacer carrera de actriz, y tú, en cambio...

—¿Qué insinúas?

—No insinúo nada —contesta—. Te lo digo bien claro: si esa criatura es mía, no puedes tenerla. Yo no la quiero y a ti no te conviene.

Tanto insiste Perico que al final casi la persuade. Casi.

Claro que luego, a solas, puesta a escoger entre el

raspado que quiere hacerle un curandero o los cuidados que le recomienda la comadrona, elige la segunda opción. En principio por su propia salud, pues el embarazo ha trascendido un punto de no retorno.

—Cuando nazca lo daremos en adopción —sentencia él.

Ella sabe perfectamente que no podrá, pero asiente sin rechistar. Tiene la esperanza de que, cuando nazca, él tampoco será capaz. Así que se aparta de los escenarios, en teoría de forma temporal, y se refugia en un pequeño hostal en las afueras de la ciudad, a la espera de que llegue el momento.

«Cuando sea padre todo cambiará», piensa. Y se equivoca.

Desde que ha descubierto que es fértil, en parte con la satisfacción de saber que quien no puede tener hijos es Roser, Perico decide tomar medidas.

Hace tiempo que ha oído hablar de un invento llamado condón que en Inglaterra ya se comercializa en las farmacias. Y no el hecho de tela o tripas de animales como los primeros prototipos, sino de látex. ¿Por qué no probarlo? Aparte de ahorrarse otros sustos de este tipo, evita también las malditas infecciones, siempre tan molestas. Y ahora, gracias a su participación en el lucrativo negocio del cine erótico, tiene los contactos y el dinero para hacer esto y lo que quiera. Siempre y cuando lo mantenga en secreto, claro. Ahora más que nunca.

En el verano de 1916, de nuevo, todo es prosperidad en la Casa Milà. De hecho las cosas van tan bien, y desde hace tanto, que Roser le permite a su marido disponer de su fortuna para la reforma de la antigua plaza de toros Sport, de la que es promotor, que abre las puertas al público rebautizada como La Monumental. Asisten a todos los espectáculos de toros e invitan a familiares y amigos. Casi cada fin de semana celebran fiestas en el chalet de Blanes o salen a navegar en su nuevo barco, que han bautizado con el nombre de ella. Pere se pone un traje de almirante que se ha hecho a medida y ambos se divierten viendo cómo los carabineros le saludan, como si de un militar se tratara.

Pero la calma es frágil. Y las apariencias, cuando son falsas, también.

Después de una de las comidas en su residencia de Girona, Roser aprovecha las visitas para presumir de sus perros, *Truck* y *Lord*, dos ejemplares a los que mantiene lustrosos. La mayoría de las personalidades invitadas elogian a los animales; menos una.

—¡Yo antes criaba a un cerdo! —se lamenta Francesc Cambó. Y agrega—: Ya vendrán mal dadas, ya...

El comentario hiere profundamente la sensibilidad de la anfitriona y, a pesar de que el acompañante del político pide disculpas, su premonición le fastidia el ánimo.

A los pocos días, el juez que lleva el caso de la Pedrera se pronuncia a favor de Gaudí y sus colaboradores. Sentenciados a pagarle más de cien mil pesetas, de las que no disponen en efectivo dentro del plazo dispuesto, los Milà se ven en la obligación de hipotecar la casa que él les ha construido. Y por si el agravio no fuera ya bastante vergonzoso de por sí, una vez han abonado el importe se enteran de que el arquitecto piensa darlo íntegramente a un convento de monjas para obras de caridad.

—Dice que es dinero sucio... —se lamenta Perico—. ¡Como si hubiera del limpio!

Pero después de eso, el malestar persiste. Como una niebla que no escampa nunca completamente y se cierne sobre ellos durante días. Semanas. Meses. Una niebla espesa que no les permite ver las cosas con claridad.

O que, simplemente, no les permite ver.

—Es precioso, ¿verdad? —afirma Rita con el bebé en brazos—. Se parece tanto a ti...

Perico observa la criatura pegada al pecho de su madre, indiferente.

—Creía que a estas alturas ya te habrías encargado de ella.

—Estoy haciéndolo.

—No: tú ya me entiendes...

—Pero tú a mí no —responde ella. Y aún con más contundencia, añade—: He decidido quedármelo, ¿de acuerdo?

Él resopla.

—¿Y qué piensas hacer? ¿Dejar los escenarios, tu carrera de actriz y criarlo sola? ¿Con qué dinero?

—Confiaba en que tú me ayudaras...

—¡Es lo que intento!

El grito la hace enmudecer a ella y llorar al bebé. Pere se disculpa enseguida; busca palabras amables, argumentos a favor y en contra, pero su joven amante no cambia de idea. Lo quiere todo: a él, al niño y la fama.

—Quien mucho abarca poco aprieta —le advierte Pere.

Y al ver que no hay nada que hacer, y que el niño tampoco calla, huye de un salto sin mirar atrás.

—Si me dejas… —dice la vedette.

Pero el portazo interrumpe la frase.

Y lo que en un principio era solo una súplica, queda flotando en el aire como una amenaza. Hasta que resulta serlo.

Cuando un buen día la ve rondando la casa, vestida con harapos, se entera de que no es ni la primera ni la segunda vez. Quizá se lo tendría que haber imaginado, sobre todo teniendo en cuenta que ni en el teatro ni en la productora han querido saber nada más de ella.

—Pobre chica… —murmura Roser—. Y pobre criatura…

Ambos observan desde la marquesina del comedor cómo la criada, siguiendo órdenes, le entrega algunas cosas. Básicamente sobras de comida y ropa.

—¿Dinero también?

—Cuatro duros.

—Estúpida… —murmura él.

No sabe a cuál de las dos mujeres dirige el insulto. Pero sí que una de ellas tiene que salir del mapa, cuanto antes mejor. Y resulta obvio que es Rita.

Cuando la sirvienta sube de la calle, la coge aparte y le dice que sea la última vez que le dan caridad a esta pordiosera. Que no quiere tenerla vagando por ahí.

—Ya sabe cómo le gustan los críos a la señora... —se excusa ella.

«Sí, lo sé», piensa.

La noche siguiente vuelve al hostal.

Rita y Pere discuten, gritan, se amenazan. Nadie quiere ceder y la situación se complica para todos. Tanto que, en un momento dado, él pierde la cabeza.

—¡Si no lo solucionas tu, lo haré yo! —dice.

Entonces agarra al niño de la cuna y, cuando ella intenta impedirlo, la empuja, con tan mala suerte que al caer al suelo se da un golpe en la cabeza y pierde la conciencia.

Pere está tan asustado que no sabe qué hacer, así que sale corriendo, con la criatura en brazos.

La amenaza de deshacerse de él era vana, pero por miedo a que puedan verlo, como si el bebé fuera un hierro candente, se apresura a buscar alguna mujer a la que poder endosárselo. ¿Y quién mejor que una que no pueda negarse a obedecerle?

—¿Qué quiere que haga yo? —pregunta la criada—. ¿Y qué le digo a doña Roser si me pregunta?

—Di que es de alguna parienta... —balbucea—. No sé... Tú misma. Seguro que hay alguna nodriza en el edificio que puede alimentarle...

Atormentado por lo sucedido, Pere casi no duerme y tiene unas terribles pesadillas. Por eso, cuando una tarde Rita aparece de nuevo vagabundeando alrededor de la Pedrera, en parte se siente aliviado. En parte solamente.

—¿Has visto? ¿No es esa chica la que andaba por

aquí hace unos días, con un bebé? —dice Roser mirando por la ventana—. Ya no lo lleva...

—Mmm, ¿qué chica? —disimula su esposo.

—Sí, sí, desde luego —continúa ella—. Le diré a Assumpta que vaya a ver qué quiere.

—¡Lo que cualquier mendigo, querida, eso es lo que quiere! Como le has dado cosas, ahora no nos la quitaremos de encima... —refunfuña.

Conociendo la tozudez de su esposa, corre a avisar a la criada él mismo, para que le transmita un mensaje a Rita.

—Dile que es la última vez. Si no, yo me encargaré de que así sea.

Y le entrega unos cuantos billetes dentro de un sobre.

Pero dinero no es lo que la ex vedette busca. O no lo era, inicialmente, antes de abandonarse en busca de consuelo.

—Es curioso que las cosas más importantes de la vida a menudo nos pasan desapercibidas. Y cuanto más las das por seguras, más frágiles e inciertas son... Las que hacen que todo vaya como la seda, las que cuando ya no tienes, echas de menos igual que un brazo o una pierna. Como la inocencia... o los padres.

Su aliento desprende un olor que tumba a alcohol y pastillas mentoladas de cocaína, de las que toman cantantes y oradores para afinar la voz o calmar las migrañas.

—Las mejores cosas, las más bonitas, son también muy delicadas —insiste Rita— Una flor, una mariposa... Ambas mueren fuera de su hábitat o si intentas dominarlas. Y ambas, como cualquier persona, están hechas para ser amadas por lo que son... —y con el rostro lleno de lágrimas, añade—: un milagro.

La sirvienta de los Milà no puede sino compadecerla.

—El niño está bien, no sufra —le dice—. Lo que tiene que hacer usted es cuidarse. No se puede presentar aquí de esta manera… ¡la tomarán por loca! La próxima vez avisarán a la policía o algo peor. Deje pasar un tiempo, que las cosas se calmen y vuelva a verme. Hable con el portero. Pregunte por Assumpta. Quién sabe: quizá para entonces ellos ya se habrán olvidado y podrá llevárselo…

—¿Quizá? —se lamenta Rita.

Pero no tiene otra salida. O se aferra a esta posibilidad o lo olvida.

—¿Cómo se llama? —le pregunta la criada antes de irse.

—Pere.

—Qué casualidad, ¿verdad? —exclama alegremente doña Roser, con el niño en brazos.

Desde que llegó el pequeño no hace otra cosa. Mirarlo, arroparle, besarlo, hacerle caricias… Ha perdido el mundo de vista. Y esto a su esposo le va de maravilla. Le ha salido tan bien la jugada que no puede creérselo. Al contrario que la sirvienta, que hace lo que puede para ayudar a Rita a recuperar al niño; incluso fingir la muerte de una hermana ficticia.

—No sabía que tenías parientes aquí en Barcelona —responde la dueña—. Siento tu pérdida.

—Sí, gracias… Hace poco que vino del pueblo y, en realidad, es allí donde quiero llevarme al niño a…

—¿Llevártelo? ¿Por qué? ¿No dices que es huérfano, igual que tú?

—Sí, pero es que allí tengo…

—Aquí no le faltará de nada, mujer —la interrumpe—. Podrás verlo siempre que quieras... —Y sonriendo a su marido, añade—: ¿Con quién estará mejor que con nosotros, eh?

Assumpta titubea y busca en don Pere un apoyo que no encuentra.

—Ya sabe cómo le gustan los niños a la señora... —dice él con sorna.

XXVIII

—No hay nada que podamos hacer: debemos aprender a vivir con los achaques de la edad —responde Gaudí a aquellos que le preguntan cómo está.

Cerca de los setenta años, procura mantenerse activo y despierto. Sabe que la muerte le ronda. Casi puede sentir su aliento gélido en la nuca. Pero no se queja. Y no para. Tampoco de refunfuñar.

En una visita al hospital de la Santa Cruz para ver a un obrero que está ingresado, se harta de escuchar a la esposa de este lamentarse por todo: los médicos, los medicamentos, las enfermeras… Y sin ningún tipo de escrúpulo Gaudí le suelta:

—¡A usted, señora, le montaremos una tarima para que se pueda expresar mejor!

Al enfermo se le escapa la risa.

—Genio y figura hasta la sepultura —murmura Santaló, allí presente.

Y él se encoge de hombros.

Desde la muerte de Rosita en 1912, la última pariente de Antoni, su estima se ha extendido a todos sus colaboradores. Especialmente en el templo, donde lleva casi treinta años con la misma gente. Con aquellos que empezaron cultivando un pequeño huerto, convertido ahora en plantación de árboles frutales; con quienes comparte vida laboral, que ya no dista mucho de la privada. Cuando hace días que no ve a alguien, se preocupa. El paso de los años no perdona. Hace tiempo que a menudo le llegan noticias de alguna que otra pérdida. Y cada una es como si le arrancaran una parte de su propia vida. Por más que lo haya vivido en primera persona, no se acostumbra.

No con tan grande legado y sin nadie a quien pasar el relevo...

En 1914, muere de repente su discípulo y amigo íntimo desde la infancia, Francesc Berenguer Mestres. Dicen las malas lenguas que por agotamiento, aunque un fulminante ataque de uremia parece ser la causa oficial. Hijo de un maestro de Antoni cuando era pequeño en Reus, ejercía de arquitecto con él, pese a no disponer de título.

—Era mi mano derecha... —reconoce Gaudí.

Poco después pasa a mejor vida también el único vecino del parque, el abogado Martín Trias, con quien tantas veladas ha compartido en compañía de su hijo Alfonso, estudiante de medicina. Un tiempo después, entre otros, le sigue también el honorable obispo Josep Torras i Bages, a los sesenta y nueve años. Pero la muerte que más afecta a Gaudí es la de su mecenas, el industrial y político Eusebi Güell Bacigalupi, conde de Güell, acaecida en julio de 1918. Esta es quizá la que le hace ser consciente del inevitable desenlace de su carrera.

Solo una buena noticia se cuela entre el desfile funerario, y es el final de la Gran Guerra, llamada así por el pueblo, en noviembre de 1918. Pero también esto marca el fin de una etapa. La última.

La crisis de posguerra, tanto en la España neutral como en el resto de Europa, hace que aumenten las tensiones sociales y políticas. En 1920, la fiesta de los Jocs Florals resulta alterada por unos disturbios en los que el arquitecto se ve involucrado y, sin venir a cuento, recibe varios porrazos de la policía.

—¡Miserables! —suelta mientras lo golpean—. ¡Cerdos sedientos de sangre!

Eso aún altera más a las fuerzas del orden.

Por suerte, algunos conciudadanos salen en su defensa y lo ayudan a escabullirse solo con unos cuantos morados. Pero no es la primera vez que se mete en un lío por su tozudez. Ni será la última.

Tras las elecciones de 1920 por sufragio universal masculino, las revueltas proliferan por todas partes, ya sean de tipo anarquista, obrero o en contra de la Guerra del Rif. Sobre todo en Barcelona, pero también en los pueblos. A finales de 1922, por ejemplo, incluso Antoni tiene que ir a Riudoms, su pueblo natal, para incorporarse al somatén y, junto con sus vecinos, defender el orden, escopeta en mano. Por este motivo, entre otros, tiene lugar una represión militar sin precedentes, y el período posterior es aún más incierto por parte del gobierno, siempre cambiante. En septiembre de 1923, sin embargo, la incertidumbre se termina con el golpe de Estado por parte del capitán general de Cataluña, Miguel Primo de Rivera. Este, que aparte del rol de dictador asume el de presidente, enseguida se gana el apoyo tanto de los terratenientes andaluces como de la burguesía catalana y del mismo rey Alfonso XIII. Y en 1924, una vez suprimida la Mancomunidad, queda prohibido también el uso de la lengua y la bandera catalanas, en la administración y en la vida pública.

Con las obras de la Sagrada Familia paradas, Gaudí sale otra vez a la calle a buscar financiación. De nuevo puerta por puerta de burgueses y menestrales, ahora acompañado por Dalmases. Muchos de los que lo conocían, sin embargo, han muerto y a sus herederos no les interesa el templo. Algunas personas, incluso antes de explicar quién es y para qué quiere limosna, se la dan; otros le cierran la puerta en las narices. Si es que llegan siquiera a abrirla.

Bajo el yugo de la dictadura, las cosas son aún más difíciles. Incluso las más sencillas, como ir a misa.

El Once de septiembre de 1924, Antoni se dirige a la liturgia que organiza la Lliga Espiritual de la Virgen de Montserrat, de la que es miembro, en la iglesia de los santos Just y Pastor del Barrio Gótico. Pero al llegar a la puerta de entrada un guardia civil le cierra el paso.

—¿Adónde va usted? —le pregunta.

—Voy a misa —responde él, en catalán.

—No se puede pasar. Respete la autoridad.

—Pues yo lo haré. Aquí ustedes no tienen ninguna autoridad. El único que puede prohibirme la entrada es el señor obispo —añade, dando un nuevo paso al frente.

—¡Usted no pasará! —grita el hombre, cogiéndolo del brazo—. ¡Cállese y obedezca!

Algunos peatones se detienen a ver qué sucede, increpan al policía y, debido al revuelo, llegan dos agentes más.

—A ver, ¿qué pasa aquí? Y usted, ¿es que no sabe hablar español?

—Claro que sé —prosigue él en su lengua materna—. Pero no me da la gana hablarlo cuando mi querido idioma, el catalán, es perseguido. En estas circunstancias sería una cobardía negar mi lengua.

—¡Váyase usted a la mierda! —le increpa uno de los agentes.

Entonces, sin más, se lo llevan al cuartel de la plaza Regomir, junto a otro hombre que también quería entrar en la iglesia, aunque este sí hablaba en castellano.

Mucha gente que presencia la escena, y algunos curiosos siguen a los detenidos hasta la comisaría. Poco antes de llegar, entre los rostros indiscretos, Antoni ve a una mujer que había cuidado de su sobrina antaño. Y ella, al reconocerlo, se ofrece enseguida a ayudarle.

—Si me quiere hacer el favor, que estoy en ayunas, porque iba a comulgar... Tráigame un vaso de leche... —le suplica mientras lo arrastran.

Ya dentro de la delegación, los policías presentan cargos afirmando que ambos individuos les increpaban.

—Mentira: yo no he faltado al respeto a nadie —exclama Gaudí.

—Cállese usted.

—Diga la verdad y callaré.

—¡Cállese he dicho y siéntese! —le ordena, llevándolo por el brazo hasta una sala donde hay una mesa y cinco sillas.

Allí, cuatro agentes participan en el interrogatorio. Uno pregunta, otro habla con él, un tercero lo escribe todo y el último lo observa.

«Qué poco trabajo tienen», piensa Antoni.

—¿Cómo se llama?

—Antoni Gaudí.

—Nombre del padre.

—Francesc.

—¿Francesc? ¿Qué es eso de Francesc?

—Francisco —murmura el que solo miraba. Y los demás lo miran de reojo.

—¿Qué edad tiene usted?

—72 años.

—¿Profesión?

—Arquitecto.

—Vaya... Pues si usted es arquitecto debe de tener un título expedido en castellano...

—Sí. Y también en castellano pago mis impuestos, pero la profesión de arquitecto no me obliga a dejar de hablar mi lengua. Y el título no me lo ha dado el Estado español, sino una escuela subvencionada por organismos catalanes.

Entonces uno de los gendarmes, el que hablaba al oído con el interrogador, le suelta:

—¡Sinvergüenza, cochino!

—Yo a usted no le insulto y usted a mí sí. Yo solo hablo mi idioma...

—Si no fuese tan viejo ¡le rompería la cara!

Y el arquitecto, en un arranque del genio que le caracteriza, responde:

—No tiene lo que hace falta.

Los cuatro policías se quedan mudos. En ese preciso instante llega la conocida de Antoni, con el vaso de leche y un panecillo.

—¿Y a usted quién le ha dado permiso para entrar? —la increpan.

—En la puerta... —contesta ella, temblorosa.

Un quinto guardia aparece y, mientras ellos charlan, permiten que Antoni tome un bocado. En la sala de al lado interrogan a su acompañante, un tal señor Valls.

Luego, ante él, rompen los papeles y vuelven a empezar el cuestionario.

Después lo trasladan a las dependencias de la Lonja, acompañado de nuevo por el señor Valls.

—No comprendo cómo se molesta de esta manera a personas honradas... ¡Y a su edad! —se lamenta Valls.

Y al cabo de muy poco, por interceder a favor del arquitecto, a quien ha reconocido desde el principio, lo echan a empujones.

—¡Yo quiero acompañar al señor Gaudí! —grita, temiendo por su vida—. ¡Él no ha hecho nada que no haya hecho yo!

Pero los agentes lo ignoran. Y Valls, al ver que pasa el tiempo y que no liberan a Gaudí tras él, se va a la Sagrada Familia a avisar a la Junta.

En la Lonja, los policías le hacen las mismas preguntas otra vez. Una tras otra. Y Antoni, terco, no deja de responder en catalán.

Finalmente, lo registran de pies a cabeza y a continuación lo llevan por unos pasillos interminables, a través de rejas y más rejas, hasta un calabozo que parece la boca del lobo, tan oscuro que casi no se ve ni el banco que hay para sentarse. Al acercarse, dos hombres salen de entre las sombras y el arquitecto, que ya teme lo peor, inspira hondo.

—Miren, señores: me han detenido en el momento que trataba de ir a misa. Mis armas son un crucifijo, dos rosarios y el Evangelio. Permítanme que diga mis oraciones...

Se lo permiten. Terminado el rezo, Gaudí se dirige a uno de los prisioneros. El que tiene más cerca.

—¿Por qué le han encerrado a usted?

—Por vender fruta por la calle sin licencia —le responde el inmigrante español—. Me han quitado la mercancía, me han puesto una multa de cinco duros y al no tener con qué pagar me han traído aquí. Y aquí me quedaré, porque no tengo a nadie que me ayude... Ni familia ni amigos.

Entonces, entra un policía y le dice a Antoni que su fianza es de cincuenta pesetas; que si las paga lo pondrán inmediatamente en libertad. Y como él no las tiene, se encoge de hombros. Al cabo de un rato, se le ocurre que podría solicitar ayuda al rector de la parroquia de la Mercè, que está cerca de la comisaría, y le pide al guardia papel, tinta y pluma para escribir una nota que espera le hagan llegar con urgencia. En ella le pide setenta y cinco pesetas: cincuenta para él y veinticinco para su compañero de celda.

Pronto llegan a la delegación el cura y también Sugranyes y Quintana, avisados por el señor Valls, que pagan la multa del maestro y la del otro hombre. De nuevo libres, este agradece el gesto con lágrimas en los ojos y le pide a Gaudí una dirección donde devolverle la fianza así que le sea posible. Antoni responde:

—La caridad no se devuelve. Si un día se encuentra como yo hoy, en el caso de poder hacer un acto de caridad, hágalo pensando en las veinticinco pesetas que le hubiera gustado devolverme.

Durante una semana, la angustia y el disgusto por la detención y el interrogatorio lo tienen turbado.
—Por un momento creí que no saldría con vida de allí... —reconoce ante su amigo Llorenç.
—¿Recuerda qué me dijo hace más de treinta años? —le pregunta.
El arquitecto hace memoria.
—Si Dios nos da vida, en la construcción del templo nos haremos viejos —dice.
Ambos hombres sonríen.
—Esta noche me quedaré aquí —le anuncia—. Parece que va a llover... Así podrá ir a casa, con la familia.
—Gracias —responde Llorenç, consciente de que lo hace por él, que está delicado de salud. Y para evitarle otra caída como la de aquella noche, hace tiempo, en la calle Larrard.
—Buenas noches y hasta mañana.
—Si Dios quiere... —añade.
—Si Dios quiere.
Al día siguiente, sin embargo, es Matamala hijo quien se presenta en la obra, bien puntual.
—Hoy mi padre no puede venir a trabajar... —dice Joan con lágrimas en los ojos.
Y ya no continúa.
A los sesenta y ocho años, Llorenç ha tenido una embolia y, al menos durante unas semanas, debe hacer reposo en cama. Por lo menos hasta que recupere la movilidad. «Si la recupera, claro», piensa Antoni. Y

por la noche, antes de meterse en la cama de la oficina del templo, reza un padrenuestro también por él.

A raíz de la apoplejía de su estimado colaborador, Gaudí se instala temporalmente en su despacho y las únicas caminatas que hace durante la jornada son hasta Sant Felip Neri para ir a misa, o cuando va a visitar a Llorenç a su piso de la calle Mallorca.

Al principio, especialmente ante su amigo, todo es optimismo y coraje.

—¡Ánimo, Llorenç! ¡No sea perezoso y levántese tan pronto como pueda! Si se abandona en el lecho está acabado…

Después, fuera de la habitación del enfermo, da multitud de indicaciones a la esposa para las curas.

—Mantenga la habitación con una temperatura constante y que no le falten mantas. Póngale un sillón para que pueda salir de la cama e incorporarse.

Tanto insiste y la corrige, que la pobre mujer termina llorosa en cada visita. Hasta el punto que le insinúa a Gaudí que no es necesario que vaya. Más aún, a medida que la situación empeora y su actitud también, reniega de todo y de todos en cuanto entra a la casa. Incluso antes.

—¡Qué escaleras tan mal hechas…!

Pero nunca deja de ir a ver a su amigo. Día sí y día también.

—Dios vela por nosotros, Llorenç. Nunca nos abandona. No tema los males del cuerpo. Los del alma son los que debemos prevenir…

Y este se lo agradece.

Durante semanas, a pesar de que su hijo ha tomado el relevo, Antoni añora a su compañero de aventuras. Aparte de la presencia, echa de menos la comprensión que los une en silencio desde hace media vida o más. Junto al maestro, Joan Matamala continúa aprendiendo, como cuando era pequeño. Lo observa dedicarse a la orfebrería y a la escultura, recordando el oficio de calderero. Lo admira, escucha, entiende. Y como si también con ello tomara el testigo de su padre, sufre por él. Pero no solo porque a menudo pierde los papeles o la noción del tiempo y el espacio en el trabajo, sino porque también lo hace por la calle. Y cuando va solo.

Es sabido por todos que Gaudí va siempre tan concentrado que pierde el mundo de vista. El mismo Joan ha tenido que saludarle varias veces para que lo viera. Un día, acompañado por su ayudante Vicenç Villarrubies, casi los atropella un coche. El maestro, sin embargo, ni se inmutó.

—Es él quien debe detenerse para que nosotros pasemos —responde a las prisas del joven.

Lo dice alto y claro para que el conductor lo oiga, siguiendo tranquilamente a su ritmo.

—¡Esta vez has tenido suerte, viejo! —le grita el hombre del vehículo—. ¡La próxima quizá te fallen las lecciones…!

—No sé qué ven las chicas en estos dandis seductores… —se lamenta el arquitecto—. Unos maleducados es lo que son. ¡Unos maleducados al volante!

Algunos de los jóvenes arquitectos, alumnos y aprendices, lo tratan de viejo cascarrabias y es el hazmerreír de todos por sus excentricidades.

—¡Dicen que, puestos a ahorrar, ya no lleva ni ropa interior!

Pero el joven Matamala lo defiende y vela por él, tal como su padre haría. Al menos cuando puede. Cuanto mayor se hace, más se comporta Antoni igual que un chiquillo.

—¡Los viejos somos peores que la chiquillería! —reconoce Llorenç.

XXIX

Lo que en un principio parecía cuestión de días o semanas, finalmente se convierte en años. Años que pasan volando. Y lo que era un bebé escuálido, pronto se transforma en un muchacho firme. Y en el vivo retrato de su padre.

—No hay más ciego que el que no quiere ver —afirma la criada.

Pero ni el uno ni el otro se dan cuenta. Roser porque está enamorada y Pere porque no. Ni rastro del instinto paternal que incluso él creyó que se despertaba en su interior. Aunque tanto le da. Siempre tiene otras cosas más importantes que hacer. Sobre todo desde que su esposa no lo agobia como antes, fiscalizando cada salida y cada gasto. Ahora es al niño a quien persigue. Mucho mejor. En realidad, se alegra de que sea feliz. «Como si quiere adoptarlo», piensa. Todo es más fácil y agradable así. Lástima que no sea perenne.

A principios de junio de 1926 Barcelona está llena de soldados y se respira un ambiente tenso, debido al decreto de Primo de Rivera que anula todos los ascensos de artillería. Hay disturbios y detenciones por doquier y toda la prensa se hace eco. Pero la mañana del día 9, cuando como tantas otras Pere se dispone a leer *La Publicidad*, es una única noticia la que acapara principalmente la atención, portada incluida: la muerte de Gaudí.

—¿Y no dicen nada del combate de Paulino Uzcudun ayer en la Monumental? ¿Ni una sola línea por el nuevo campeón de Europa de pesos pesados? —masculla tirando el diario al suelo—. ¡Malditos...!

Roser, interesada en saber qué le ha sucedido al arquitecto, recoge las hojas de papel del suelo y las ordena. Y entonces, sin querer, fija la vista en un pequeño artículo que va acompañado de la fotografía de una atractiva joven.

—Hallada muerta la gran estrella Rita Amor —lee en voz alta.

Después del titular continúa en silencio.

Descubre la azarosa vida de una humilde hija de sastre convertida en actriz erótica, de quien dicen que se retiró para criar a su hijo, fruto del enredo con un misterioso burgués, y que al perderlo terminó por volverse loca, hasta el punto de morir de pena. De pena o, según el forense, por sobredosis de una combinación de fármacos: tónico Bayer de heroína contra el dolor, jarabe Stickney de opio para la tos y pastillas de cocaína antimigraña Font.

—Pobre muchacha... —piensa en voz alta.

Entonces la reconoce. Reconoce a la mujer que vagabundeaba por el Paseo de Gracia. Aquella que las primeras veces llevaba un bebé y después iba siempre sola, sucia y mal vestida. Porque Rita no volvió al cabaret de rótulos luminosos: otras artistas más jóvenes tomaron el relevo, y el negocio de las producciones cinematográficas se trasladó a Madrid, mientras que ella... Ella era incapaz de abandonar Barcelona. Incapaz de abandonar a su hijo. Solo poder verlo, de vez en cuando, en la distancia, desde el anonimato...

—¿Doña Roser? —susurra una débil voz.

La aparición de Pere, el hasta ahora supuesto ahijado de la sirvienta, resulta de lo más inoportuna. Al igual que la expresión de culpa en el rostro de su marido.

«Nacemos fruto del amor y, en su nombre, se vive, se mata o se muere», dejó escrito la vedette.

Entonces ata cabos.

—¿Doña Roser? —insiste el chaval.

—¿Querida? —murmura Perico.

Ella no reacciona. Tiene la mirada perdida, el rostro blanquecino, el pulso trémulo. Hasta que entra en escena la criada, temiéndose lo peor.

—¿Señora...?

Pero lo peor no es exactamente lo que había imaginado. No para la dueña, al menos.

—¿Cómo habéis podido...? —empieza. Y pronto rectifica—: ¿Cómo has podido...?

Rápidamente, Assumpta envía al chico a la cocina, mientras ella y el señor se quedan plantados en la sala para recibir su merecido. Pero, quién sabe si en un acto de responsabilidad, Pere ordena que la criada se retire y cierra las puertas tras de sí. Claro que no sirve de mucho, puesto que los gritos, de una y del otro, se oyen desde cualquier rincón de la Pedrera. Y la hacen temblar de arriba abajo.

—¡Sabías cómo deseaba tener un hijo y no solamente lo tienes con otra mujer, sino que además me lo metes en casa, delante de mis narices...! ¿Cómo te atreves?

—Si no fueras tan...

—¿El problema soy yo? ¿Te vas de putas y el problema soy yo?

—¡No, tú no! Tu eres perfecta como una muñeca de porcelana… ¡E igual de fría también!

—Maldita casa… maldito el día que…

—¡Sí, claro! La culpa siempre es de los demás… Tú todo lo haces bien. ¡Eres impoluta! No sé por qué no pusimos una escultura tuya arriba en la azotea, donde Gaudí quería poner la virgen…

—¿Cómo puedes…?

—¡Con el tiempo que hace que no te abres de piernas, bien podrías volver a serlo!

Roser, indignada, se abalanza sobre él para abofetearlo, pero Perico la detiene, forcejean y, finalmente, ella cae al suelo. Y no solo se rompe un brazo en la caída: su orgullo también se hace añicos. Aunque la discusión no termina así. Ni mucho menos.

Al cabo de unas horas, después de mucha zozobra y griterío, se hace un silencio espantoso en casa de los Milà. Un silencio que ya no les abandonará nunca.

Ese mismo día, doña Roser despide a Assumpta, su criada desde hace más de veinte años. Le entrega un sobre repleto de billetes y, sin ni siquiera mirarla a los ojos, ordena que no la molesten antes de irse.

—¿No querrá ni decirle adiós al niño…? —pregunta ella con un hilo de voz.

Pero la señora no responde. Si lo hiciera, se pondría a llorar.

Durante muchos años, el bastardo de Perico y Margarita vive en el pueblo natal de Assumpta, Duesaigües, donde todo el mundo lo considera hijo suyo. Incluso él mismo, dada su juventud, la llama madre, medio olvidándose de la historia previa y de la falsa hermana muerta. Para protegerlo, ella acepta también la nueva mentira. Y se niega a decirle quién es su padre. Con el tiempo, las versiones son diversas: un soldado la dejó preñada justo antes de irse al frente a morir por la República; un antiguo dueño de alguna casa rica donde servía... No duda de su maternidad. Pero ningún niño quiere ser medio huérfano. Menos aún hijo bastardo, aunque sea de la aristocracia.

A medida que crece, los rumores lo hacen con él. Y toman la forma de una barrena, que le taladra el cerebro, día tras día, hasta deslizar dentro de él pensamientos extraños. Dudas. Sospechas. Poco a poco, abre una fisura en la versión de los hechos que la madre le había contado. Una grieta a través de la cual empieza a vislumbrar sus peores temores. Y todo empieza a tambalearse.

A partir de ese día, a principios del verano de 1926, Pere y Roser ya no vuelven a compartir habitación ni cama. De hecho, casi no comparten ni la vida, excepto en ocasiones puntuales, cuando resulta indispensable quedar bien de cara a la galería. Lo que en un principio eran solo pequeñas hendiduras, se ha convertido definitivamente en un abismo insalvable. Ya no hay vuelta atrás. Y solo en público mantienen las apariencias, entre la hipócrita burguesía catalana de la época, llena de matrimonios como el suyo. Así que, sin acordarlo, establecen una especie de tregua indefinida. Es la única forma de convivir que encuentran: sobrevivir.

—Ya lo decía Napoleón —se lamenta Perico en su círculo de amigos más íntimo—. ¡De la batalla con una mujer solo se sale vencedor huyendo!

Como su esposa le ha cerrado el grifo y lo lleva atado bien corto, no puede hacer gran cosa aparte de salir a emborracharse. Solo de vez en cuando, con el dinero que guarda de sus beneficios extraoficiales, adquiere productos cróticos: postales, fotografías, revistas... La mayoría son de importación, vendidos como artículos de lujo, pero resultan bastante más baratos que mantener a una querida. Este es el único capricho que le queda. Y Roser lo sabe. De hecho, cuando le registra los bolsillos y encuentra alguno, se muerde la lengua.

«Solo resulta de mal gusto lo que se populariza, lo que está al alcance de todos», se recuerda a sí misma. Eso dicen los de su clase. Pero la línea que separa lo bueno de lo malo, como la del amor y el odio, es difusa. Cada vez más.

Son tiempos grises. Y el desencanto es colectivo.

Por suerte o por desgracia, a finales de los años veinte y principios de los treinta no hay muchas fiestas ni actos sociales relevantes a los que valga la pena asistir. Después del traslado a Madrid del negocio cinematográfico, Alfonso XIII ya no tiene ningún interés personal por visitar Barcelona. Ni profesional tampoco. Y eso decepciona mucho a la clase alta, que tanto venera al monarca español. Este, después de dar su apoyo al golpe de Estado y al nuevo gobierno de Primo de Rivera en 1923, bastante tiene con la interminable guerra en las colonias de Marruecos. El conflicto, que le vale el apodo de El Africano, empeora aún más su mala reputación, gracias a decisiones como la de bombardear el pueblo bereber de la zona del Rif con gas mostaza. O el hecho de que este gas se produzca en Madrid con el asesoramiento de un científico alemán, relacionado con su gobierno en la producción clandestina de armas químicas...

Finalmente, el 14 de abril de 1931, Su Majestad acaba por huir del país. Entre sus pertenencias están algunos de los originales de las filmaciones eróticas de Royal Films. Aquellas que protagoniza Rita Amor. El resto son destruidos.

Y aunque su desaparición del mapa político pretende evitar un conflicto civil, solo le sirve para salvar la piel.

El verano de 1936, la frágil relación que une a Assumpta y Pere ya no aguanta más. Ni las mentiras ni la tensa convivencia que comparten desde hace meses. Y finalmente se desploma. Entonces, su madre adoptiva le cuenta toda la verdad sobre sus orígenes. La única que sabe, al menos.

—Lo siento... —concluye. Y temerosa de su reacción, agrega—: La venganza es un arma de doble filo: también hiere a quien la busca.

Al día siguiente, el muchacho huye de casa y de Duesaigües. Antes de que ella pueda darle el único recuerdo que conserva de Rita.

A poco de que estalle la guerra.

El 19 de julio, el levantamiento encuentra a los Milà de veraneo en Blanes. A ambos. Al ver que la cosa va en serio, y después de enfrentarse al comité revolucionario, vuelven juntos a Barcelona, pero una vez allí, conscientes de que sus vidas corren peligro, emprenden caminos dispares. Roser decide refugiarse en el piso de unos primos, mientras que Pere huye en barco hacia el extranjero, a territorio nacional. Unos meses más tarde, ella hace lo mismo en dirección a Francia, con la ayuda del cónsul y de un empresario naviero que la hace pasar por pariente.

Ninguno de los dos vuelve hasta el fin de la guerra, en enero de 1939, poco después de que los franquistas entren por la Diagonal, haciendo huir a los republicanos por la carretera de Mataró.

Atrás queda una ciudad destruida. Excepto la Pedrera, que permanece casi intacta. Casi.

—¡Qué mal trance y qué miedo he pasado! —exclama ella, abrazando a su esposo—. Qué bien que estemos a salvo, de nuevo en casa...

—Sí, yo también —responde él—. ¿Cuando vamos al banco? Necesito dinero. —Y viendo la cara de estupefacción de su mujer, añade—: No es nada personal, querida. Solo negocios.

Muchas cosas han cambiado. Pero algunas ya no lo harán nunca.

Pocos arreglos se hacen en el edificio tras la ocupación durante los años de la Guerra Civil. En cambio, lo que sí requiere inversión es la Monumental. Hasta que prohibieron las corridas, las pocas hechas durante la guerra tuvieron lugar en Las Arenas. Y el estado de la plaza de toros de la que Milà es promotor resulta lamentable. Al principio de la revuelta fue el escenario de mítines republicanos; luego la convirtieron en un garaje, arrancando muchos de los asientos de madera para poner rampas de acceso para los vehículos; al final, se utilizó como almacén de chatarra y productos de contrabando.

Una vez más, Perico debe recurrir a su esposa. Esta vez, sin embargo, las cosas no son tan fáciles. La herencia de Guardiola ya escasea y Roser, incapaz de asumir tanto gasto, se ve obligada a vender algunas joyas. Todas obsequio de su segundo marido.

—No es nada personal, querido... —dice al verlo indignarse—. Solo negocios.

Desafortunadamente, la mayoría de piezas son de bisutería. Y como el coste de la reforma de su casa supera lo previsto, se ve obligada a vender también un juego de esmeraldas que le había regalado don Josep. Es la única manera de pagar a los hombres que han trabajado, muchos de los cuales dependen de este sueldo para comer. Para vivir. Entre ellos, el joven Pere.

Después de esquivar a ambos bandos de la guerra y sobrevivir, el hijo bastardo de Perico y Margarita llega a Barcelona dispuesto a luchar su propia batalla. Huyó del pueblo más por un arrebato en busca de confrontación que por otra cosa, ignorando la revuelta popular. Tiene tanta rabia acumulada que no sabe qué hacer con ella. Ni con las preguntas... Necesita respuestas. Culpables. Una ávida sed de venganza se despierta en él. Y por más que investiga —sobre su padre, sobre la madre, sobre todo—, no consigue apaciguarla. Pero es un pez que se muerde la cola, porque tampoco puede detenerse. Como si la búsqueda de información debiera ayudarle a reconstruir el rompecabezas de la niñez perdida, la que le quitaron, o llenar el vacío que lo consume por dentro… Pese a que nada de esto enmienda el agravio vivido. Y, aunque parezca imposible, no ve otra salida que hacer justicia.

Al cabo de unos meses investigando y subsistiendo de cualquier manera en la capital catalana, finalmente encuentra su oportunidad. Un día, en un bar del Paralelo, escucha una conversación entre dos hombres comentando que buscan peones para trabajar en la Monumental, y se presenta voluntario.

—Has tenido suerte —dice el capataz al contratarlo.

Pero él no cree en las casualidades.

Durante semanas trabaja de sol a sol, siempre mirando de reojo o por encima del hombro, atento a la visita de Milà, quien de vez en cuando supervisa la evolución de la reforma. Y cada vez intenta acercarse sin éxito o se le escapa. Hasta que el último día de trabajo se decide a dar el paso. Cuando lo ve bajar a la arena, tan bien vestido y charlando con sus amigos burgueses, se le acelera el pulso. Y, sin pensarlo dos veces, destornillador en mano, se le acerca. Por un momento lo aprieta tan fuerte que cree que sería capaz de apuñalarlo allí mismo; de hacer que su sangre estrene la plaza de toros… Pero su simpatía inesperada lo pilla desprevenido.

—¡Jóvenes como este es lo que necesitamos…! —exclama. Y dirigiéndose a él, añade—: ¿No le parece?

Después de titubear, Pere contesta lo primero que le pasa por la cabeza.

—Seguro que en su casa les iría bien un manitas como…

—¡Yo me refería en general, para levantar el país! —lo interrumpe—. Pero me gustan los hombres con iniciativa. Así que preséntese mañana mismo, a las ocho en punto, en la garita del portero. Él le dará trabajo.

Y sin esperar las gracias, con esa condescendencia que lo caracteriza, el señor Milà añade: «De nada». Justo antes de alejarse con sus colegas entre risas.

Es la primera vez que Pere ve a su padre de cerca. En persona. Y horas después, aún se debate entre la sorpresa y las ganas de matarlo.

XXX

Cada día hacia las cinco y media aproximadamente Antoni Gaudí sale del templo en dirección al oratorio de San Felip Neri, paseando. El dolor de pies y el reuma no le permiten ir deprisa y un ritmo pausado le activa el cuerpo adormecido de tantas horas trabajando quieto, de pie o sentado. Para evitar el tráfico escoge siempre las calles poco transitadas. Y también para atajar. Le encanta terminar el día con las impresionantes liturgias del padre Mas y los cantos del Orfeó Català, y se impacienta por llegar. Es un camino que ha hecho mil veces, y como se lo conoce de memoria, aprovecha para ordenar sus pensamientos. Luego, al final, pasa por Urquinaona a comprar la edición nocturna de *La Veu de Catalunya* y la hojea en el camino de vuelta a la Sagrada Familia, donde lo esperan para cenar a las diez.

—Mañana venga temprano, que haremos cosas bonitas —se despide Antoni.

El 7 de junio de 1926, después de una larga jornada, se va del taller dejando a medias el prototipo de lámpara en el que trabaja desde hace días, a imagen y semejanza de un lirio. Vicenç Vilarrubies se queda solo en el despacho con el esqueleto que el maestro adquirió hace tiempo para el estudio de la anatomía humana. Parece que a él no le intimida la proximidad de la muerte, al contrario que a sus ayudantes. Claro que la mayoría aguantan lo que sea para formar parte del equipo de alumnos herederos del arquitecto, a quien transmite sus ideas sin reservas para no llevarse nada a la tumba. Y algunos, fascinados por el hombre o simplemente por respeto, incluso van con él a misa o de paseo. Pero como no tiene a nadie que le acompañe a su residencia del parque cada día, vive desde hace meses en la Sagrada Familia.

Hoy lunes, Gaudí va retrasado por primera vez en su vida. No lleva nunca reloj, pero lo sabe. Ya son las seis pasadas y apenas está cerca de la plaza Tetuán. «Me he entretenido demasiado tiempo con el lirio —piensa—. Hoy no llego...» Y, aligerando el paso, cruza Bailén con Gran Vía. En el preciso instante que pasa un tranvía.

Ni los gritos del conductor ni la frenada sirven de nada. Todo va muy rápido. El vehículo lo embiste y Antoni cae al suelo, inconsciente, unos metros más allá.

Cuando el conductor baja, se acerca a Gaudí y observa su aspecto descuidado, el de alguien que hace días que no se lava, ni peina, ni afeita. Acto seguido, se limita a apartar el cuerpo para restablecer el tráfico y continuar con su ruta.

—Solo es un vagabundo borracho que no mira por dónde va —anuncia a los pasajeros antes de proseguir la marcha.

Y nadie baja a ayudarle.

A pesar de la pinta que lleva, algunos peatones se detienen para socorrerlo.

Un poco de sangre gotea por su oído, aunque todavía respira. Alguien propone llevarlo a una Casa de Socorro e intenta parar un taxi. Dos. Tres. Pero ninguno de ellos quiere subir a un mendigo en su coche, por miedo a que les ensucie la tapicería. De hecho, el cuarto acelera al ver el panorama. Y el tiempo pasa. Una hora. Solo dos personas se quedan para conseguir ayuda; ambos llamados Antoni. Uno Noria, el otro Roig. Y la ayuda llega en forma de un guardia civil fuera de servicio: Ramón Pérez Vázquez, un coruñés novato de veinticinco años.

Lo primero que hace el agente es registrar sus bolsillos para ver si lleva algún documento identificativo. No encuentra más que un rosario de madera, el Evangelio, una llave y un puñado de frutos secos.

—¿Cómo se llama usted? —le pregunta el policía al oírlo gemir.

Y él mastica su nombre. Pero el joven no lo entiende.

Entonces, imponiendo su autoridad, para un taxi, carga a Antoni con la ayuda de los otros hombres y ordena al chófer, un tal Ramon Cos, que les lleve aprisa a la Casa de Auxilio más cercana.

A las diez de la noche, al ver que don Antoni no llega, el guardián del templo y su mujer ya están preocupados. La cena se enfría en la mesa. Y él es muy puntual. Así que, a las diez y media corren a avisar al padre Gil Parés Vilasau, vicepresidente de la Junta de obras. Este les propone esperar un rato, por si se ha entretenido charlando con algún amigo de los que visita. «La edad a veces nos hace perder la noción del tiempo», dice. Pero, al ver que no aparece, toma un taxi y recorre todas las casas de socorro de la ciudad. Y en la de ronda de Sant Pere una monja les dice que sobre las siete de la tarde han atendido a un señor mayor, de barba blanca, atropellado por un tranvía. Y que lo han enviado al Clínic.

—Aquí no ha llegado ningún herido: solo un muerto —responde un celador del hospital.

Al cura se le une Domènec Sugranyes, que no puede creer lo que está pasando. Y muchas gestiones más tarde, finalmente les permiten entrar en el depósito para reconocer el cadáver en cuestión. Por suerte, no es él. Y, por suerte, otro empleado del Clínic les dice que puede que lo encuentren en el de la Santa Creu.

—A veces, los conductores de la ambulancia municipal deciden a dónde llevan a los pacientes, según donde haya camas disponibles…

Domènec recuerda cuántas veces el maestro ha manifestado su deseo de morir en aquella santa casa. Entre los pobres.

—Aquí te cuidan por amor y no por dinero, como las clínicas, decía siempre. —Y al darse cuenta del tiempo verbal que ha utilizado, rectifica con el corazón en un puño—: ¡Dice! Dice siempre.

Cuando llegan al hospital de la Santa Creu, debatiéndose entre el temor y la esperanza, ya son casi las doce de la noche. Preguntan a la gente que está de guardia por don Antoni Gaudí, pero todos responden que no está ingresado.

—Si lo estuviera lo sabríamos —declara el médico de urgencias—. Habría periodistas y admiradores…

—¿Y si no lo supiera nadie? —insisten ellos—. Tiene que estar aquí… ¡seguro!

El personal busca entre los pacientes a un hombre

que encaje con la descripción: setenta y cuatro años, ojos claros, barba blanca, traje negro y una especie de alpargatas en los pies. Pero tampoco hay manera. Entonces, por casualidad, se entera de la búsqueda y del accidente el joven estudiante de medicina Alfons Trias, hijo del abogado y único vecino del parque Güell. Y él, que sí reconoce al arquitecto, lo encuentra enseguida: en la cama número diecinueve de la sala de los traumáticos, la de Santo Tomás. Entre mendigos y moribundos.

—¿El que lleva la ropa sujeta con imperdibles es el gran arquitecto...? —exclama una de las monjas que lo cuida.

—¡Exacto! —responden sus amigos.

Pero la alegría de encontrarlo pronto se desvanece al saber que está muy grave.

Antoni ha perdido la conciencia y no los reconoce. El doctor Prim, que es quien lo ha atendido, confirma la gravedad del golpe y que, de momento, no pueden hacer otra cosa que esperar a ver cómo evoluciona. Así que el padre Gil y Sugranyes se van a casa. En contra de su voluntad.

—Al menos ya ha recibido la extremaunción... —les dice el médico.

Al día siguiente, martes día 8, ambos se plantan a primera hora de la mañana en el hospital. Con ellos, durante la visita, hay también otros miembros de la Junta del Templo, del hospital y de Sant Felip Neri. Un nuevo y más exhaustivo reconocimiento, hecho por el doctor Trenchs, revela que Gaudí tiene varias costillas rotas, una considerable conmoción con posible fractura de cráneo en el hipocondrio derecho y fuertes contusiones en las extremidades. El pronóstico, pues, es aún más severo de lo que se temía. Y se corre la voz.

Pronto se van descubriendo detalles sobre el accidente, de los testigos que le socorrieron, del guardia civil… Y al saberse que hasta cuatro taxistas le negaron ayuda, por su humilde condición a pesar de estar herido, una ola de rabia inunda la ciudad. El teniente de alcalde impone multas a los propietarios de los taxis. A tres de ellos, al menos, ya que nadie puede identificar al cuarto. Y la prensa se hace eco de la triste noticia.

A pesar del buen trato recibido y la promesa de ofrecerle todos los cuidados y la atención necesarios, la Junta del Templo considera trasladar al maestro a una clínica.

—Quizá no sobreviva al viaje… —declara el equipo médico de la Santa Creu.

Pero la última palabra la tiene el mismo Gaudí, en un instante de lucidez.

—Mi sitio está aquí —murmura.

Y, conmovidos, deciden trasladarlo únicamente a una habitación privada, donde pueda disponer de más intimidad y confort. Mientras, se le siguen haciendo pruebas.

Las radiografías confirman las múltiples fracturas de costillas y las punciones medulares, con una considerable presencia de sangre, la posible fractura craneal. Se le venda, enyesa y desinfecta. Y entonces se le lleva a su cuarto.

Tras los últimos cuidados, recupera la consciencia de nuevo, brevemente. Y Gil Parés aprovecha para ofrecerle el viático.

—Don Antoni: creo que ha llegado la hora… Que

Nuestro Señor quiere disponer de su vida. ¿Desea recibir el Sacramento?

Y él asiente.

A lo largo de la eucaristía, administrada a los cristianos en peligro de muerte como alimento para el último viaje, el arquitecto se limita a repetir el gesto. Solo la palabra «amén» sale de sus labios, alta y clara. Y un gracias, habiendo recibido la hostia, a pesar de la dificultad en abrir la boca a causa de las secuelas del accidente. Después, una dulce tranquilidad parece dar tregua a los dolores que lo atormentan desde hace dos días. Pero dura poco.

—Dios mío, Dios mío... —masculla Gaudí durante horas.

Hacia el mediodía, un buen número de amigos, conocidos y reporteros se congregan en la antesala de la habitación donde agoniza. Entre los visitantes se encuentra el jefe de ceremonial del ayuntamiento, enviado por el alcalde, con orden de hacerse cargo de cualquier gasto; una oferta que la Junta del Templo rechaza amablemente. Por la tarde, con su estado aún igual de grave, se telegrafía a Roma para pedir una bendición especial del papa. Por la noche, solo los más allegados se quedan para velarlo.

Al día siguiente, las repetidas visitas del médico confirman que el pronóstico sigue siendo el mismo. Pero sí hay otras novedades respecto al accidente.

El subdirector de la empresa de tranvías se presenta en el hospital para dar su pésame y, de paso, saber de testigos que puedan completar la versión del jefe de ruta. Según este, parece que Antoni iba a subir al apeadero de Gran Vía con Bailén y que, al fallarle un pie, se dio un golpe de cabeza con el palo que hace de soporte de la línea para seguidamente caer de espaldas al suelo, que es cuando el tranvía lo arrolló. Curiosamente, sin embargo, esta versión del accidente no encaja con las heridas que el maestro sufre. Ni siquiera con la versión oficial del conductor, que afirma que don Antoni atravesó la avenida entre Bailén y Girona y que al pisar los raíles de las vías de un sentido, viendo que se acercaba un tranvía desde Paseo de Gracia-Tetuán, dudó, y entonces el que subía se lo llevó por delante. Así, a medida que pasan las horas, más se evidencia que el plan de la empresa es eludir responsabilidades. Todos conocen la fama de algunos tranvías, llamados «el degollador», por las ramas de los árboles que golpean a los pasajeros del piso de arriba, o «Herodes» por la gran cantidad de niños que arrollan…

La madrugada del jueves 10 de junio de 1926, la muerte del arquitecto ya parece inminente. Después de una plácida noche, llena de atenciones y cuidados constantes, su estado empeora de repente. El corazón y los riñones comienzan a fallarle. Y su voluntad de morir se hace patente cuando los médicos le aplican oxígeno y él se los quita de encima a gritos de «dejadme». Pero hacia las siete y cuarto de la mañana, el rostro de Gaudí desprende una extraña serenidad. Los ojos le brillan como nunca, de un azul cielo profundo, y una dulce sonrisa se dibuja en sus labios. Incluso le ha vuelto el color a las mejillas. Los rezos se vuelven suspiros. Reconoce a todas y cada una de las personas que lo rodean: Domingo, el padre Parés, el doctor Carreras, el hermano Río, entre otros. Y todos se animan. Aunque resulta obvio que esta alegría y esta paz son solo un espejismo; igual que la mejoría. En el fondo, saben que no hay esperanza. Por eso pronto retoman la oración. Y Gaudí lo agradece.

—Más, más... Bien, bien... —dice.

Enseguida, el breve despertar da paso otra vez a los dolores, los lamentos y la inconsciencia. El rezo se intensifica. Se le administra la extremaunción de nuevo. Calmantes, oxígeno, agua. Y ya no puede hacerse otra cosa que esperar.

Multitud de curiosos, admiradores, reporteros y fotógrafos invaden los pasillos. La antesala de la habitación donde agoniza el maestro está a rebosar de amigos y alumnos: Bonet, Ràfols, Villarubies, Martinell, Conill, Puig Boada,... Incluso Ricard Opisso y otros viejos conocidos quieren darle el último adiós. Dentro, los más allegados rodean su cama; aquellos que lo han acompañado desde el accidente y hasta los últimos momentos de su vida.

La voz profunda y calmada del padre Gil llena la estancia. La respiración de Antoni es cada vez más lenta y pesada. Tan efímera, durante tanto rato, que, cuando por fin se apaga parece imposible. Un terrible silencio inunda entonces la habitación. El vestíbulo. El hospital entero.

Son las 17.08 minutos del día 10 de junio de 1926.

—Gaudí ha muerto —anuncia Sugranyes.

Y el silencio se transforma en llanto. Un llanto que inunda toda la ciudad.

Antes de amortajar el cadáver, siguiendo órdenes de Dalmases, César Martinell ayuda a Joan Matamala a hacer la máscara mortuoria. Y ya puestos, deciden hacer un busto, conscientes de que se trata de una oportunidad única y de gran trascendencia futura.

A la una de la madrugada, después de muchas horas de trabajo con lágrimas en los ojos, desmoldan la mascarilla de yeso. Pero, sin querer, se le abren los párpados al maestro, dejando al descubierto su mirada penetrante.

—Cualquiera diría que está a punto de levantarse y regañarnos... —comentan.

A ambos se les pone la piel de gallina. Uno se las cierra, el otro recoge las herramientas, y luego se despiden para siempre.

En la lectura de sus últimas voluntades asisten en calidad de albaceas Domènec Sugranyes y el vicepresidente de la Junta de la Sagrada Familia, Gil Parés. En el testamento, hecho el 9 de junio de 1911 durante su estancia en Puigcerdà, consta el deseo del maestro de crear dos fundaciones, una en Reus y otra en Barcelona. Para la de Reus, en honor a su madre, da treinta y cinco títulos de obligaciones del ferrocarril de Almansa a Valencia y Tarragona. A la ciudad de Riudoms entrega todo el patrimonio que tiene en memoria de su padre: la casita del pueblo, un terreno próximo y el Mas de la Calderera con todas sus tierras. El resto del patrimonio, salvo alguna pequeña contribución económica a sus amigos más cercanos, se destina a beneficio de las obras del templo. Y esto incluye la casa del parque Güell con todas sus pertenencias.

El documento confirma también lo que todos ya sabían por las constantes declaraciones de Gaudí, y es que quería un sepelio humilde. Ni grandes pompas ni actos oficiales. De todos modos, viendo que el pueblo catalán desea rendir homenaje al arquitecto, se dispone una sala al lado de la sacristía, a modo de capilla ardiente, para que quien quiera vaya a presentarle sus respetos. Desfilan compañeros, alumnos, amigos, conocidos, personalidades, anónimos, burgueses, peones... Muchos firman el libro de condolencias y centenares de tarjetas se apilan sobre la mesa. Algunos incluso se arrodillan a sus pies. Los artistas hacen dibujos; los reporteros, fotos. La solemnidad es tanta, que los que más conocían a Antoni saben que el espectáculo le desagradaría. Pero, al menos, el desfile mortuorio se pacta con el ayuntamiento desprovisto de cualquier ostentación. Sin coronas ni banda de música y con los guardias vestidos de diario.

El viernes por la mañana, en la capilla del hospital, se celebran misas en honor de Gaudí. A las seis, a las ocho y a las nueve. Todas se llenan, a pesar de que mucha gente no sabe aún de la muerte del arquitecto. De hecho, la mayoría de los fieles que van a la Sagrada Familia para la celebración del Sagrado Corazón descubren entonces la terrible noticia.

También hoy llega, junto con cientos de condolencias de todas partes, la conformidad del gobierno y de Roma para enterrar a Gaudí en el templo y se llevan a cabo los preparativos, consistentes en excavar la sepultura al pie de la escalera de salida de la cripta, en los cimientos, para que pueda volver a la tierra, tal como él quería. Asimismo, se establece una ruta para el desfile del féretro. Y aunque se trata de una muerte por accidente, se le practica la autopsia de rigor al cadáver. Después devuelven el cuerpo al ataúd, una simple caja de roble barnizado, sin asas ni decoración, solo una cruz de madera en la tapa, dejándolo listo para el día siguiente.

Finalmente, el sábado día 12 se celebra el funeral.

De buena mañana ya hay cientos de personas congregadas en las inmediaciones del hospital, aunque no es hasta las cinco de la tarde que se organiza la comitiva. La rodean guardas de la caballería montada, que abren el paso, y policías a pie para mantener el orden. Al frente, en una humilde y discreta carroza mortuoria, va el ilustre difunto, con su féretro cubierto por la bandera de la Asociación de Arquitectos de Cataluña; detrás, los devotos de San José, bedeles de diferentes colectivos artísticos, alumnos de la Escuela Superior de Arquitectura de Barcelona, miembros de la Junta del Templo y del hospital, los albaceas, familiares lejanos y gente de la alcaldía de Reus, los trabajadores del templo, niños de la Escuela Pía donde Gaudí estudió... Tan larga es la procesión, que cuando la cabecera llega a la catedral, la cola apenas si ha salido de la Santa Cruz. Invade las calles a su paso, como una marea negra, deteniendo el tráfico, en un silencio que hiela el corazón, mientras multitud de gente sale a los balcones y a las ventanas, para cantar salmos. Algunos cuelgan crespones negros. En la Rambla, las floristas le lanzan flores.

Después de un solemne responso en la catedral, llena hasta los topes, se retoma el desfile.

Alrededor de la Sagrada Familia, los carteles y las luces se han cubierto con gasa oscura. El cortejo entra por la calle Mallorca, pero se abren todas las puertas para que la muchedumbre pueda acceder. Obreros y miembros de la Junta entran el ataúd acompañados por el Réquiem que interpreta el Orfeó Català, bajo la batuta de Millet. Y cuando el mutismo general se rompe con el llanto de la campana que tantas veces él mismo había hecho sonar, Barcelona entera tiembla.

Convaleciente, todavía en cama, Llorenç Matamala se extraña de que su amigo no haya ido a verlo esta semana. Y es precisamente por su frágil estado de salud por lo que nadie se atreve a decirle que ha muerto. Lo mismo ocurre en casa de los Santaló, donde el médico descansa, recién operado de la próstata.

—Es raro que no haya venido aún... —comenta el doctor.

El sábado por la noche, la esposa de Llorenç lo oye hablando solo.

—¡Mire, don Antoni! ¿No quiere entrar? —exclama con una gran sonrisa en los labios. Y asiente, cabizbajo, antes de añadir—: Estoy contento de que haya venido, aunque no pueda acompañarlo todavía. ¡Cuánta luz...!

A la mañana siguiente, Pere le dice a su mujer que ha soñado con Gaudí. Y que era un sueño tan real que por un momento ha creído que era verdad.

—Pero venía a decirme adiós...

Unos días más tarde, sobre la mesa de la oficina del templo, cerrada a cal y canto desde su muerte, encuentran el lirio que estudiaba. Radiante y espléndido. La habitación entera huele a su perfume. Y la lámpara que había dejado a medias está terminada.

XXXI

La reapertura de la Monumental, con un multitudinario encierro presidido por el capitán general Luis Orgaz, el domingo 27 de agosto de 1939, es un éxito. Parece que, poco a poco, todo vuelve a la normalidad. O, al menos, a la nueva versión de normalidad que establece el régimen de Franco. La familia Milà-Segimon celebra algunas fiestas, reparte invitaciones entre amigos y parientes, va al teatro. Las calles de Barcelona, las casas y su gente se recuperan de la batalla. El país entero. Pero no todo el mundo sobrevive a la posguerra.

En la Casa Milà, el joven Pere ejerce de carpintero, de chico de los recados, de cerrajero, de chófer, de confesor... todo lo necesario para estar cerca del señor, a la espera de encontrar el momento oportuno. Primero, para decirle quién es en realidad; para trastornar su mundo igual que él había hecho con el suyo... Pero el momento idóneo no llega nunca. Quizás, en el fondo, confiaba en que Perico vería la semejanza, que lo reconocería antes de que él reuniera el coraje para confesárselo. O tal vez se dio cuenta de que, simplemente, no le importaba. Ni a él ni a la señora, que lo ignora como si fuera invisible. Igual que al resto del servicio. Y mientras, junto con el resentimiento, el muchacho acumula todo lo que descubre de su historia. Cada minucia, cada chisme, cada hallazgo... Sin darse cuenta de que el tiempo pasa, de largo y de puntillas. Y que hace justicia a su manera.

Al no dormir juntos, Roser no sabe que su hombre se levanta muchas veces por la noche para ir al baño. Demasiadas. Como no hacen el amor desde hace años, tampoco Perico es consciente de que algo no funciona entre sus piernas. De hecho, cuando descubre que hay sangre en su orina, piensa que se trata de una infección sin importancia, pues es imposible que sea algo venéreo... Y cuando avisa al médico, ya es demasiado tarde.

—Se trata de un cáncer de próstata.

El diagnóstico llega con el tumor esparcido por los huesos, que le produce unos dolores terribles.

—Es necesario que haga reposo... —le dice al enfermo.

—¡Ya descansaré cuando me haya muerto! —bromea él.

—No le queda mucho tiempo de vida... —le confiesa el doctor a Roser, en privado.

Y le receta un tónico a base de morfina para amortiguar el sufrimiento.

—¿Hasta cuando dice tengo que tomar esto? —pregunta él.

Pero nadie contesta. Y antes de poder reclamar una respuesta, Pere pierde el conocimiento.

—No diga nada a nadie —le pide ella al médico antes de despedirse—. Si descubre que se está muriendo... va a volverse loco.

Para protegerlo, mantienen en secreto su estado de salud tanto como pueden. Así, gracias a la medicación, puede hacer vida normal durante bastantes semanas. Incluso salir con los amigos. Al menos hasta que la enfermedad empeora. Hasta que empiezan a fallarle las piernas y, una noche, tienen que acompañarlo a casa a rastras.

—¡Qué borrachera llevo! —exclama entre risas—. ¡No me aguanto en pie...!

Es la última vez que camina.

—Acostadlo —ordena su esposa.

No se levanta nunca más.

El cáncer afecta al sistema nervioso y la poca sensibilidad se convierte enseguida en pérdida total. Primero deja de sentir los pies, las piernas, los muslos; y, al final, pierde el control de la vejiga y los intestinos. Entonces, él mismo se da cuenta.

—Me estoy muriendo, ¿verdad? —le dice una tarde a su esposa, que lee sentada en un sillón, junto a su lecho.

Roser levanta la vista del libro. Y como no se atreve a decirlo en voz alta, asiente con la cabeza.

—Lo siento —murmura él—. Aunque no lo creas, te he amado... A mi manera.

—Yo también... —lo interrumpe ella—. Yo también.

Y acto seguido retoma la lectura.

Υ

Una mañana, mientras le hace compañía, Roser se adormece y al despertar ve que Pere está muy quieto. Demasiado. Y pálido. Entonces, presa del desconcierto, sin tan siquiera llamar al servicio y vestida de andar por casa, baja a la sastrería.

—¿Se encuentra bien? —le pregunta el dueño.

—Necesito que le hagan un traje nuevo a mi esposo... —balbucea—. Todos los que tenía ahora le van enormes... Y quiero que esté bien guapo, como siempre...

En la tienda está Salvador Dalí, a quien el Señor Morella cose un frac de terciopelo rojo, muy estridente, para asistir a una boda a la que no desea ir. Este, al ver a Roser con la bata de boatiné, se echa a reír. Ella lo observa, retorciéndose el bigote, y estalla en risas también. Aunque, en su caso, pronto se convierten en llanto.

El 22 de febrero de 1940, Pere Milà muere a los sesenta y seis años. Al cabo de dos días lo entierran en el cementerio viejo, en la cripta familiar, después de un responso en la iglesia del convento de Montesión, parroquia de Santa María de Jesús de Gracia. Aparte de los numerosos pésames, asisten a la ceremonia personalidades de la banca, del comercio y de la industria, sobre todo miembros de la aristocracia y también de otras clases sociales. Pese a todo, en las necrológicas de *La Vanguardia* todavía hay quien aprovecha para hacer una última crítica a la Pedrera: «Esa extraña realización del arquitecto Gaudí que solo gusta a los turistas que visitan Barcelona».

—¿Que gusta a los turistas...? —refunfuña Roser—. ¡Qué tontería!

A sus sesenta y nueve años continua dolida. Y a partir de ahora, sola. De nuevo. Definitivamente.

A los pocos días de la muerte de Perico, una insólita calma invade toda la casa, al igual que una niebla invernal, mezcla de paz y frío. Y nadie osa esparcirla. Hasta que, una tarde, su esposa hace llamar al joven manitas. Muy seca, toda vestida de negro, le tiende al muchacho un sobre repleto de billetes y le anuncia que prescinde de sus servicios. En parte, él ya se lo esperaba, pues corre el rumor que queda muy poco de la inmensa fortuna del indiano; pero todavía no puede creer que su padre haya muerto, y duda unos instantes antes de irse. Entonces ella, mirándolo a los ojos por primera y última vez en todos aquellos años, le dice:

—Lo sabía. —Y al ver la estupefacción en el rostro del muchacho, puntualiza—: Él sabía quién eres.

Pero ni se inmuta cuando se pone a llorar como un niño.

—Pensaba que... —murmura, quedándose a medias.

Pensaba decir y hacer tantas cosas... O que Perico las haría en cuanto lo supiera...

—Burro cojo, pensando no sana —sentencia Roser.

A estas alturas de la vida, ya es ducha en materia de expectativas.

Tan pronto como la viuda de Milà asume su nuevo estado, las cosas vuelven a su lugar y la rutina toma las riendas del día a día. Cada vez sale menos de casa.

Las relaciones sociales ya no le atraen y disfruta mucho más de la tranquila vida hogareña. Lee, toca el piano, escucha música... Y algún día a la semana, como extra, recibe visitas. Por ejemplo la de los Sagnier, sobrinos por parte de su marido, que cada jueves por la tarde van a verla aprovechando que es fiesta en los colegios. La chiquillada corretea por los majestuosos salones, suben y bajan de los muebles de Gaudí y juegan al escondite en la zona del servicio. Un montón de exquisiteces los esperan para merendar en cuanto se cansan. Y mientras, ella los observa y escucha complacida, tomando el té bajo la cálida luz de los ventanales. Solo les regaña cuando molestan a los guacamayos. Sus queridos *Gonzalo* y *Amaya*, regalo de don Josep.

Pere hijo tarda bastante en digerir lo vivido. Especialmente la pérdida. Tanto la de su padre como la de todo aquello que él podía haber explicado y que ha desaparecido para siempre. «Si uno de los dos hubiera osado preguntar al otro...», piensa. Porque no puede creer que a él no le importara ni un poco... Y se da cuenta de que tardó demasiado. Que el tiempo pasa muy deprisa. Y que no espera ni perdona a nadie por sí solo.

Cuando, al fin, decide volver al pueblo, encuentra a Assumpta moribunda, esperándolo. Hacía años que la consumía un cáncer, pero se negaba a morir sin abrazarlo por última vez. Tenía una carta para él de su madre biológica: la carta que le dio la noche que fue a buscarlo a la Pedrera.

Ironías de la vida, una la escribe antes de morir y la otra muere tras entregarla.

—La venganza es un arma de doble filo... —recuerda que le dijo la noche antes de que huyera de casa. Pero es ella quien se disculpa, en su lecho de muerte.

—¡Perdóname! —rectifica él—. Perdóname... —exclama cuando la ve cerrar los ojos.

Y aprieta bien fuerte sus manos. Con la carta entre ellas.

Es curioso que las cosas más importantes de la vida, a menudo nos pasen desapercibidas. Y cuanto más las das por seguras, más frágiles e inciertas son. Las que hacen que todo vaya como una seda. Las que cuando ya no las tienes, echas de menos igual que un brazo o una pierna... Invisibles, caducas. Como la inocencia, la confianza, los padres... O el amor.

Las mejores cosas de la vida, las más bonitas, son también muy delicadas. Una flor, una mariposa. Ambas mueren fuera de su hábitat o si intentas dominarlas. Y ambas, como toda persona, son hechas para ser amadas tal como son: un milagro.

Se vive, se muere y se mata por amor. Se hace cualquier cosa o nada. De todo. Nos ciega, ilumina, desconcierta, inspira... Nos acompaña a lo largo de nuestra vida, de una forma u otra. Como padres, hijos, hermanos, primos, amigos, amantes... Nacemos fruto de la estima y en ella o en su ausencia nos crían. Crecemos aprendiendo de los que nos rodean, hasta el momento en que ya no tenemos suficiente. Que queremos seguir nuestros deseos. Entonces, necesitamos conocer a otras personas, y descubrir quién de entre ellas tomará el relevo. El afortunado o afortunada destinado a compartir el sentimiento y la vida. Pero a veces no se puede tener todo... Y hemos de elegir una cosa o la otra.

No hay caminos ni elecciones buenas o malas. No hay

errores ni aciertos. Todo es un ensayo en esta vida. Pero yo creo en el destino, en ciertas cosas que ya vienen dadas, hagas lo que hagas. Que en todo lo que hacemos o nos pasa hay un propósito. Y, en mi caso, hijo, creo que tú eres el mío: el único amor de verdad. Perdóname por no saber hacerlo mejor. Quizás algún día lo entenderás... Te quiero.

La muerte de Assumpta, la única madre que ha conocido, junto con las palabras de Rita, le abre los ojos. Pere ha perdido gran parte de su vida con el odio y la rabia consumiéndole por dentro; encerrándose en sí mismo por miedo a sufrir; alejándose de aquellos que quería o los que le querían, para evitar precisamente lo que más deseaba... Hasta quedarse solo. Solo con el pasado. Sin futuro ni presente.

Guarda la carta en la libreta que lo acompaña desde hace años, donde ha anotado todos los descubrimientos sobre sus progenitores. Y, con la mano temblorosa, escribe, por primera y última vez, unas palabras en primera persona.

La sensación de sentirse perdido o engañado es terrible. Pero lo es más aún cuando te das cuenta de que el responsable final eres tú mismo. Quizá preferimos vivir felices en la ignorancia, porque cuando esta se desvanece, somos incapaces de aceptar la realidad e integrarla en nuestra vida. En lugar de eso, perdemos tiempo y energía culpando a diestro y siniestro, a las personas involucradas, de la emoción que el descubrimiento provoca en nosotros. Como si eso sirviera de gran cosa... Al principio te desahoga, sí, pero ¿y después? Después estás igual. La fuente de rabia y frustración no se detiene nunca. Nunca se detiene, si tú no lo haces... Hasta que paras. Paras de buscar afuera y de culpar a los demás. Paras de remover la mierda. Paras de una vez por todas. Paras de hacer lo que llevas años repitiendo sin descanso. Entonces, en lugar de estafado, comienzas a sentirte perdido. Vulnerable. Indefenso. Empiezas a sentir otras cosas. Mejor eso que nada... Mejor, antes de que sea demasiado tarde.

Me perdono. Y he perdonado. Todos hacemos cosas de las que no nos sentimos orgullosos, pero, en cada momento de nuestra vida, hemos hecho lo que hemos podido, lo mejor que sabíamos. Y todos somos inocentes. Todos. Quien esté libre de culpa, que tire la primera piedra.

En 1947 hace siete años que Roser es viuda.
Mantener el ritmo de vida al que está acostumbrada no resulta fácil, y aunque no tiene grandes gastos va un poco justa de dinero y opta por soltar lastre. Así que vende la Monumental por quince millones de pesetas a Pedro Balañá, el hombre que tomó el relevo de su marido en la gestión de la plaza de toros. En principio, no tiene intención de vender ninguna otra propiedad, pero el destino no opina lo mismo. Ni el destino ni el industrial textil Josep Ballvé Pallisé.

Una tarde, a la salida del Boliche, un café situado al lado del cine Savoy, este empresario de éxito pasa con unos amigos por delante de la Pedrera y, simplemente por fardar, les dice:

—Voy a comprarla.

—¡No te atreverás! —lo increpan sus colegas, siguiendo la broma.

—¿Que no? —responde él, picándose.

Y al día siguiente se presenta ante doña Roser con una oferta inferior al precio de venta de la plaza de toros. Ella, que ya no tiene ni fuerzas ni ganas, transfiere las negociaciones a un pariente lejano que le hace de apoderado. La única condición *sine qua non* que pone es seguir viviendo en su casa por el módico precio de 4 000 pesetas al mes. Aunque de los 1 323 m² que mide el principal, en realidad solo utiliza uno de los salones, el comedor, la cocina, el balcón y el oratorio.

A estas alturas de la vida, a los setenta y seis años, lo único que quiere Roser es estar tranquila. Casi nunca sale y recibe muy pocas visitas. Mantiene un mínimo de personal de servicio y pasa los días y las horas en la sala de estar o en el balcón, si hace buen tiempo. La acompañan siempre *Amaya* y *Gonzalo*, los dos guacamayos, populares por su charlatanería, que son la atracción tanto de los turistas como de los chiquillos que salen de los escolapios cercanos. Y desde allí, desde el balcón de su piso de la Pedrera, contempla la Barcelona del siglo XX. Ella, que vio nacer el Paseo de Gracia. Y recuerda con añoranza otros tiempos y ciudades. Ni mejores ni peores: diferentes.

—Los años te dan perspectiva —reconoce, hablando con su prima.

La misma que, en su momento, la convenció de casarse con Perico.

—La vida… —murmura ella, sin saber qué más decir.

—Al final, resultará que estaba predestinada a vivir sola —piensa en voz alta—. Pero es curioso, porque cada vez me siento menos…

Como si la casa estuviera también viva, piensa. Solo que eso prefiere callárselo.

Una noche, más de veinte años después, cae sobre Barcelona un aguacero memorable. Rayos y truenos. El alboroto es tal que Roser se despierta. Y por primera vez desde que se quedó viuda, en lugar de una sensación tiene la certeza de estar acompañada.

—¿Quién hay?

En camisón, se levanta y va hasta el comedor. Juraría haber oído una voz conocida que decía su nombre.

—Josep, ¿eres tú? —pregunta.

—¿Eres tú? —la imita uno de los pájaros.

—Por un momento... —titubea—. Pensaba que...

—Burro cojo, pensando no sana —dice el otro guacamayo.

La frase que quizás ha repetido más veces en los últimos años.

—Qué ironía...

Antes de volver a la cama, mira a través del ventanal cómo cae la lluvia. Es un temporal semejante a aquel de su infancia, en el Camp de Tarragona. Y al recordarlo, una sonrisa aparece en su cara. Entonces se da cuenta de que tenía razón. Que ha llegado el día.

—Por fin.

Entonces vuelve a la cama, cierra los ojos y suspira profundamente. Por última vez.

El 27 de junio de 1964, Roser Segimon i Artells, viuda de Guardiola y de Milà, muere a la edad de noventa y dos años. En su testamento ordena que entreguen 10 000 pesetas a cada uno de los sobrinos, excepto a los tres hijos de un hermano suyo, el médico Joan, el pintor Pere y Magdalena, a quien deja el resto de la fortuna familiar, incluida la pinacoteca. Por suerte o por desgracia, cuando los herederos la hacen tasar descubren que la mayoría de cuadros tienen un valor muy por debajo de su precio de compra. Al menos aquellos que Perico adquirió en su día. Aunque, en cuestión de dinero, él no es el único en salirse con la suya.

Después de una misa multitudinaria en el Aleixar, con honores de estrella, Roser es enterrada en el mismo panteón que Josep Guardiola, su primer marido, quien lo hizo construir en su pueblo natal. Y nadie pone ninguna pega. Ni el obispo de Tarragona ni el arzobispo de Barcelona, que reciben una generosa donación a nombre de la iglesia, ni los portadores de las antorchas, a quienes se les paga veinte duros, el equivalente a dos jornales de trabajo, ni los aldeanos, que reciben indulgencia plenaria rezando la oración de la esquela durante el responso. Nadie se opone. Aunque el indiano dejara por escrito en sus últimas voluntades que si ella volvía a casarse no quería que los enterraran juntos.

—Los caminos del Señor son inescrutables... —se excusa el cura al final del oficio.

O simplemente es que el primer amor, aquel que hizo realidad todos nuestros sueños, no se olvida nunca.

Epílogo

En 1947, el nuevo propietario de la Casa Milà, José Ballvé Pallisé, crea la Compañía Inmobiliaria Provenza S.A. junto con la familia de Pío Rubert Laporta, y pagan dieciocho millones de pesetas por el edificio. Pero Ballvé disfruta poco del capricho, pues en 1950 muere de forma repentina. Y sus herederos, ajenos a la obra de Gaudí, permiten que esta envejezca sin invertir en su mantenimiento.

Para sacar más provecho de la adquisición, en 1953, CIPSA divide la primera planta de la calle Provença en cinco pisos en lugar de los dos originales y encarga al arquitecto Francisco Juan Barba Corsini que convierta en apartamentos los lavaderos en desuso. Este construye trece, en forma de dúplex, con un comedor que es a la vez cocina y habitación, y un servicio. Las viviendas obtienen más críticas que elogios a nivel local, por la falta de respeto al legado gaudiniano, así que se promocionan en los ambientes artísticos y también entre los marineros estadounidenses que visitan el puerto. Muy pronto, en la antigua buhardilla, se respira un ambiente que dista mucho de la sobriedad a la que están acostumbrados los inquilinos de siempre. Pero desde una pareja de homosexuales amantes de la juerga y una casa de citas, a lo largo de los años desfilan residentes como Moise Tshombe, primer ministro del Congo, los cantantes Andy Rusell y Salomé, el director de cine José Antonio Salgot, el hijo del escritor André Maurois, el propietario de Vinçon, o los actores Gemma Cuervo y Fernando Guillén, entre otros.

A partir de 1966, la antigua vivienda de los Milà-Segimon, hasta entonces intacta, va tomando diversas formas. La primera corresponde a la sede de la compañía de seguros Northern. Durante las reformas para adaptar la vivienda a oficinas, llevada a cabo por el arquitecto Leopoldo Gil Nebot, se recupera parte de la decoración gaudiniana, aunque solo del lado del Paseo de Gracia; más adelante, a finales de 1971, la empresa alquila también la otra parte del principal y, de nuevo con el asesoramiento de otros arquitectos y entendidos en el legado de Gaudí, Gil Nebot lleva a cabo la adaptación. En el proceso se recuperan catorce columnas de piedra, cinco de las cuales están esculpidas, el parquet, dos falsos techos y unas ventanas originales.

Mientras, en el verano de 1969 el gobierno español inscribe la Pedrera como Monumento Histórico de Interés Nacional, lo que da lugar a una cierta polémica con los propietarios respecto a la alteración y el mantenimiento de la herencia del arquitecto. Los hijos de Ballvé y Rubert no están dispuestos a hacer mejoras, pues creen que el inmueble no es lo bastante rentable, así que su decadencia se acentúa hasta el punto de que en 1971 algunas piedras de la fachada se desprenden y caen a la calle. Entonces, CIPSA encarga al arquitecto Josep Antoni Comas una restauración, pero es tan exigua que resulta contraproducente. En especial con mejoras como la de pintar de marrón oscuro las paredes interiores de los patios de luces. Y de poco sirven los recordatorios de la nueva condición de patrimonio protegido, como la tirada de un sello de ocho pesetas con su imagen.

Cuando la Northern deja el antiguo piso noble, este se alquila a un gallego llamado Olegario Sotelo Blanco, que establece la sede de su constructora, una editorial e incluso, en 1980, una sala de arte con el nombre de La Pedrera. Y antes, subarrienda una parte al Centro Aragonés de Sarrià para convertirla en un bingo.

En el resto de viviendas ocurre algo parecido: los nuevos inquilinos, la mayoría empresas, transforman el espacio en despachos. Por ejemplo Cementos Molins o Inoxcrom. Solo unos pocos admiradores de la obra son respetuosos, como la hija del poeta venezolano Juan Liscano, el editor José Ilario o Manuel Armengol, un fotógrafo que se instala en el antiguo estudio de Pere Segimon. También, a lo largo de los años, la planta baja vive su metamorfosis, con la apertura de distintos negocios: una joyería, algunos bares, un estanco, una pensión,...

Finalmente, en noviembre de 1984, la Unesco declara la Casa Milà Patrimonio Mundial por su extraordinario valor histórico y arquitectónico. Y, por fin, su suerte empieza a cambiar.

Υ

En la Navidad de 1986 Caixa Catalunya anuncia la compra de la Pedrera, un edificio envejecido y dañado por el que pagan a la Inmobiliaria Provenza novecientos millones de pesetas. La idea es convertirlo en un Centro Cultural al servicio de la ciudad, y que recupere el decoro perdido. Con ese fin, el entonces jefe de la Fundación arranca personalmente los cables de tender ropa de la azotea, para a continuación hacer que quiten las antenas de televisión. Pocos meses después comienzan las obras. El presupuesto de la reforma es de mil millones; la inversión real, una vez terminada, de siete mil.

A partir de entonces, las mejoras se suceden en la antigua Casa Milà.

En 1987 se permite el acceso del público a la cubierta. Se reabre también la cantera de Vilafranca que había suministrado la materia prima a Gaudí ochenta años atrás, para poder utilizar sus piedras en la reconstrucción. Y, gracias a ello, en mayo de 1988 luce de nuevo su color auténtico: un precioso blanco crema.

En junio de 1990 se inaugura la planta noble como sala de exposiciones de la Fundación Caixa Catalunya, con una muestra sobre el modernismo en el Eixample. Cuatro años más tarde le toca el turno al sótano, antigua cochera y búnker durante la Guerra Civil, ahora transformado en auditorio de la Obra Social. El verano de 1996 se terminan las obras de rehabilitación y se estrena el Espacio Gaudí, donde antiguamente estaban los apartamentos de Barba Corsini y los lavaderos. Al año siguiente, la Generalitat de Catalunya otorga el Premio Nacional de Cultura a la Pedrera, por su restauración de la buhardilla y la azotea. Y en 1999 debuta el piso muestra, una representación de la vida de una familia acomodada del primer tercio del siglo XX, reconstruido íntegramente con los elementos originales.

Alrededor del centenario, en el marco de la crisis económica, la Fundación se independiza de la entidad bancaria y pasa a llamarse Catalunya-La Pedrera. Y mientras el negocio más antiguo, la sastrería Mosella, abierta en el semisótano desde 1928, cierra sus puertas, se abren al público las de un café restaurante en el entresuelo, que hace tándem con la librería y tienda de la planta baja. Se amplía la oferta de actividades y horarios, tanto a nivel turístico como local, y la renovación es continua, así como el flujo de visitantes, provenientes de todo el mundo.

Actualmente, el edificio recibe una media de un millón de visitas al año y encabeza la lista de los diez lugares más visitados de Barcelona. Aún hoy viven en él cuatro vecinos de renta antigua. Como decía una de ellos en 1995: «Abres la ventana del baño y te encuentras a un japonés o a un albañil». Y hay quien jura haber oído o visto a Gaudí por los pasillos, dando instrucciones.

Nota de la autora

Esta novela ha contado con la participación de personalidades ilustres de nuestra historia, Gaudí entre ellas, pero como toda obra de ficción que es, se basa y describe hechos y situaciones que no son reales. Solo el contexto histórico y cronológico y una parte de los datos son estrictamente veraces; el resto forma parte de la rumorología de la época (una versión que a menudo difiere de la historia oficial), las hipótesis colectivas y, cómo no, del imaginario propio de la autora.

Aquellos que tengan interés en descubrir dónde está la línea que separa realidad y ficción, pueden consultar la bibliografía, asistir a las presentaciones de la novela o contactar directamente con su autora.

Bibliografía

Mi itinerario con el arquitecto, Joan Matamala, Editorial Claret, S.A.U.
Conversaciones con Gaudí, César Martinell, Punto Fijo.
Gaudí: Arquitecto de Dios, Rafael Álvarez Izquierdo, Palabra.
Antoni Gaudí, Joan Bassegoda i Nonell, Edicions 62.
El gran Gaudí, Joan Bassegoda i Nonell, Ed. Ausa.
Gaudí o espacio, luz y equilibrio, Bassegoda i Nonell, Criterio.
La Pedrera de Gaudí, Bassegoda i Nonell, Joan, Fundació Caixa de Catalunya.
Gaudí, de piedra y fuego, Ana Maria Ferrin, Araquemada Editores.
Josep Bayó Font, contratista, Joan Bassegoda i Nonell, ETSAB, Edicions UPC.
La muerte de Gaudí, 85 años después, Amics de Gaudí, Autoedición.
L'Aleixar, Fina Anglès y Joan Miquel Ventós, Cossetània Edicions.
Riudoms, Joan Ramon Corts, Cossetània Edicions.

La Pedrera Educación, portal de la Obra Social de Caixa Catalunya.
L'herència de l'indià, Josep Maria Huertas Claveria, La Pedrera Educació.
Gaudí sense Gaudí, Fundació Caixa Tarragona.
Retrato de un indiano, Albert Manent, La Vanguardia.
Detenció de Gaudí, l'11 de setembre de 1924, Joan Crexell, Serra d'or.
Los inicios del cine en España (1896-1909), Palmira González López,
Los felices años veinte: España, crisis y modernidad, Carlos Serrano y Serge Salaün, Marcial Pons Historia.

Y dos blogs de referencia a nivel de anécdotas y curiosidades históricas:
http://barcelofilia.blogspot.com.es
http://mtvo-lasmentiras.blogspot.com.es

Agradecimientos

A Andreu Vernet y familia.

A Anton Maria Salvat Llauradó, exalcalde de L'Aleixar

A Joan Miquel Ventós, exrregidor de Cultura de L'Aleixar.

A Maria Alba Tosquella Roig y a la Fundació Catalunya-La Pedrera.

A José Manuel Almuzara y a la Associació Amics de Gaudí.

A Salvador Guardiola.

Al Arxiu Municipal de Riudoms.

A la Casa Pairal de Gaudí.

A la Fundació Gaudí.

Al actual propietario del Mas de la Calderera.

A Clàudia Vidiella.

A Berta Bruna de Columna Edicions y a Patricia Escalona de **Roca**editorial.

A Sandra Bruna y Natàlia Berenguer.

A todos aquellos que, de una u otra forma han contribuido a hacer posible este libro.

Y, especialmente, a ti, lector.

Otros títulos que te gustarán

LA PASIÓN DE BALBOA
de Rosa López

Las aventuras de Núñez de Balboa y su llegada a tierras panameñas, las relaciones de los primeros españoles que allí arribaron con los nativos y las costumbres y ambientes de España y América en el siglo XVI. Balboa fue estratega, soldado, granjero y su historia de amor con la bella india Anayansi acabó por costarle la vida. Una vida que bien merece una novela.

EL OCÉANO AL FINAL DEL CAMINO
de Neil Gaiman

Una novela sobre la validez de los recuerdos, la magia y la supervivencia; sobre el poder de la imaginación y la oscuridad que hay dentro de cada uno de nosotros.

Por el autor de *American Gods* y *Coraline* y ganador de los premios Hugo, Nébula, Locus y Bram Stoker.

LA ALHAMBRA DE SALOMÓN
de José Luis Serrano

Bajo la actual Alhambra late un palacio judío construido en el siglo XI por una mujer, según las reglas de la divina proporción y a imagen del Templo de Salomón. Esta novela revive a todos aquellos que participaron en la construcción de uno de los monumentos más bellos del mundo.

Por el autor de *Zawi*.

EL RESTAURADOR DE ARTE
de Julián Sánchez

Un asesinato. Un restaurador cerca de conocer un misterio oculto en la obra de Sert. Un secreto que viajará a través de dos continentes. El protagonista de la aclamada *El anticuario*, Enrique, está a punto de embarcarse en otro peligroso misterio…

EL HEREJE
de Carlo A. Martigli

En el Lejano Oriente, un anciano monje tibetano y una joven se han embarcado en un viaje que les llevará hasta el corazón de la Ciudad Eterna. Y traen con ellos un libro misterioso, antiguo y poderoso. Un libro que contiene una palabra olvidada, una verdad oculta. La verdad sobre los primeros treinta años de la vida de Jesucristo que podría cambiar el curso de la historia…

SALVAJE
de Cheryl Strayed

Con veintidós años, Cheryl Strayed creía que lo había perdido todo, así que toma una impulsiva decisión: recorrer el Sendero del Macizo del Pacífico, una ruta que recorre toda la Costa Oeste de los Estados Unidos, desde el desierto de Mojave en California y Oregón al estado de Washington, completamente sola. «Sexy, alegre, fiero, divertido... Strayed consigue clavar cada una de las frases que construyen este libro. Una muy infrecuente experiencia: presenciar cómo un autor encuentra su voz propia.» THE NEW YORK TIMES

Este libro utiliza el tipo Aldus, que toma su nombre del vanguardista impresor del Renacimiento italiano, Aldus Manutius. Hermann Zapf diseñó el tipo Aldus para la imprenta Stempel en 1954, como una réplica más ligera y elegante del popular tipo Palatino

***
**
*

El arquitecto de sueños se acabó de imprimir en un día de otoño de 2013, en los talleres gráficos de Liberdúplex, s.l.u. Crta. BV-2249, km 7,4, Pol. Ind. Torrentfondo Sant Llorenç d'Hortons (Barcelona)

***
**
*